Comment
ne plus
avoir peur
en avion

Apprivoiser l'avion

Marie-Claude Dentan
Michel Polacco et Noël Chevrier

Comment ne plus avoir peur en avion

Apprivoiser l'avion

le cherche midi éditeur

© le cherche midi éditeur, 2001.
ISBN : 978-2-253-01632-8 – 1re publication LGF

Sommaire

Ce livre est dédié à tous ceux qui,
inquiets, angoissés, paniqués
à l'idée de prendre l'avion,
ont travaillé avec nous pour
que leur vol coloré en noir prenne
désormais les douces nuances de
l'arc-en-ciel, signe de réconciliation
entre eux et l'avion.

Avant-propos

Le mot du commandant
par Noël Chevrier

Madame, Mademoiselle, Monsieur.

Bonjour et bienvenue à bord de ce livre. Merci de lui prêter attention, il vous livre les clés d'une meilleure compréhension du monde aérien. Si les bruits, les sensations, le vol en général, les turbulences en particulier vous inquiètent, voici des informations pertinentes, des explications claires qui vous aideront à démystifier ce monde qui vous fait peur car il vous est inconnu. Les différentes phases de vol qui peuvent vous perturber sont, en fait, parfaitement familières à un aviateur. Les équipages parcourent chaque année plus de 500 000 kilomètres entre terre et ciel. Confiant dans la maîtrise de ces technologies complexes « pilotées » au doigt et à l'œil, nous vous rendons compte de notre expérience, de notre pratique, mais aussi du plaisir, de la passion du vol que nous espérons partager avec vous. En ce qui me concerne, je pilote depuis vingt-cinq ans des gros porteurs et transporte plus de 20 000 passagers par an avec toujours autant de bonheur. Pourquoi mourir de peur sur son siège, alors que, pour l'équipage, tout est normal, contrôlé, sécurisé ?

Ce livre témoigne de la remarquable maîtrise de

l'art du voyage. Puissiez-vous y trouver les informations, les remèdes propres à vous donner sérénité et
joie à voler, tel un merveilleux tapis volant, vers des
horizons nouveaux.

Selon la chanson de Jacques Brel :
Je vous souhaite des rêves à n'en plus finir
et l'envie furieuse d'en réaliser quelques-uns.
Je vous souhaite d'aimer ce qu'il faut aimer
et d'oublier ce qu'il faut oublier.
Je vous souhaite des chants d'oiseaux au réveil
et des rires d'enfants.
Je vous souhaite des passions.
Je vous souhaite de résister
à l'enlisement,
à l'indifférence,
aux vertus négatives de notre époque.
Je vous souhaite surtout d'être vous.

Puisse ce livre y contribuer.
Heureuse lecture et bons vols.

Introduction

Depuis qu'il existe des hommes, ceux-ci ont toujours rêvé de chausser des bottes de sept lieues pour s'affranchir du temps et des distances. Aujourd'hui c'est possible grâce à l'avion. Mais, pour certains, voler reste une énigme et déclenche une réaction de crainte.

J'ai peur en avion. Comment cette grosse masse de fer peut-elle tenir en l'air ?

J'ai toujours eu peur en avion. L'homme n'est pas fait pour voler. La preuve, la chute d'Icare.

J'aimais beaucoup voler quand j'étais jeune. Comment expliquer l'angoisse que je ressens aujourd'hui rien qu'à l'idée de prendre l'avion ?

Et si les réacteurs tombent en panne ?

Et si l'avion tombe dans un trou d'air ?

Est-ce que l'avion risque d'être foudroyé ?

S'il arrive un problème en bateau, je peux toujours nager. Mais en avion, je ne peux rien faire !

Et si je me sens mal en vol ?

Et si le pilote a une crise cardiaque ?

Comment faire si je panique dans l'avion ? Dans le train, je peux tirer le signal d'alarme.

Ces quelques exemples sont tirés de nos rencontres avec des personnes qui souffrent rien qu'à l'idée de prendre l'avion.

Ces peurs se sont vite avérées être les portes d'entrée d'un monde complexe et nouveau que nous vous proposons de parcourir ensemble pour qu'il devienne familier, et, cessant d'être inconnu, cesse d'inquiéter.

C'est sur ce postulat qu'est fondé ce livre, fruit d'une quadruple rencontre : de passagers qui nous ont fait part de leurs difficultés, d'un professionnel de l'information aéronautique, journaliste-aviateur, d'un commandant de bord, un homme de l'air qui n'a pas tout à fait oublié qu'un jour lui aussi a été « rampant », et de moi-même qui ai effectué une recherche sur la survie en situation extrême. Et quand on est en avion, à « des mille et des mille de toutes terres habitées », si on est pris dans la tourmente du stress aérien, n'a-t-on pas l'impression de vivre sa dernière minute et cela durant des heures ? Un dessinateur passionné d'aéronautique a rejoint l'équipe.

Comment est construit ce livre ? Les diverses questions ont été regroupées en sept chapitres. Chaque chapitre traite d'un thème et est indépendant. La lecture peut être non linéaire. Vous pourrez ainsi choisir vos entrées et trouver plus rapidement les réponses aux questions que vous vous posez.

Chapitre 1 : L'état des lieux de la sécurité aérienne

Nous vivons dans un monde baigné d'informations. L'avion est, aujourd'hui, le moyen de transport le plus sûr, les statistiques sont là pour le prouver. Mais le choc des images peut occulter la vérité des chiffres et véhiculer des caricatures simplistes et parfois trompeuses. Un journaliste vous éclaire.

Chapitre 2 : Les « grandes familles » de passagers stressés

Nombreux sont ceux qui fréquentent difficilement les routes aériennes ou qui évitent de prendre l'avion. Qui sont-ils ? Les résultats d'une enquête vous renseignent.

Chapitre 3 : Petit traité sur le stress

Qu'en est-il du stress, mot ô combien à la mode aujourd'hui ? Indispensable pour échapper à certains dangers, nécessaire à dose homéopathique dans la vie quotidienne, il devient fauteur de troubles quand il est trop élevé ou trop répétitif. Comment apprendre à mieux le gérer et à développer ses capacités d'adaptation à l'avion. Des stratégies existent pour dissiper l'angoisse du vol.

Chapitre 4 : Petit traité d'aéronautique

Un minimum de connaissances aérodynamiques est indispensable pour comprendre pourquoi et comment vole un avion. Ce chapitre est consacré au fonctionnement des machines volantes, à leur environnement et aux pilotes.

Chapitre 5 : Le voyage aérien, mode d'emploi

Votre décision est prise. Vous allez prendre l'avion. Comment préparer votre voyage et être en forme le jour J ? Ce chapitre est davantage destiné aux passagers qui ne voyagent pas très souvent.

Chapitre 6 : Comment faire votre nid dans l'avion ?

Quelques conseils pour chausser les pantoufles de l'espace. Quand on a la tête au-dessus des nuages, il faut apprendre à ne plus avoir les pieds sur terre.

Chapitre 7 : Sur la piste de ceux qui ont pris leur envol

Quelques exemples de ceux qui ont surmonté leurs frayeurs de l'avion et qui aujourd'hui s'envolent facilement. Les récits sont tirés d'expériences vécues. A chacun ses symptômes, sa souffrance et l'histoire de sa réconciliation avec l'avion.

La méthode utilisée pour présenter les chapitres est simple. Essentiellement concrète et largement illustrée, la théorie n'est pas séparée de ses applications. Plusieurs rubriques sont destinées à faciliter l'assimilation des principes fondamentaux :

Expérience
ou exercice

Rappel
des points essentiels

Poubelle des idées reçues
et des gros clichés

Informations
complémentaires

✈️ Petits conseils
     pratiques

🐭 Et si j'étais une petite souris
     (dans les coulisses du cockpit)

Pour appuyer le cours de l'exposé et préciser certaines notions, de courts dialogues vous sont présentés.

A la fin de l'ouvrage, vous trouverez un petit lexique aéronautique et une bibliographie succincte.

La lecture de ce livre ne demande aucune connaissance scientifique. Nous avons essayé d'exposer les principes qui animent le vol des « plus-lourds-que-l'air » en termes simples. Il en est de même pour les explications concernant notre fonctionnement biologique et psychologique sous stress. Nous espérons que malgré les lacunes de cette méthode, elle vous permettra de domestiquer l'oiseau mécanique. C'est là notre objectif.

Mais avant de vous plonger dans la lecture de cet ouvrage, je vous propose de mettre au panier une première idée reçue et d'avoir une nouvelle lecture du mythe d'Icare.

Au cours d'une étude sur les mythes grecs, je me suis aperçue que nous avions détourné l'un d'entre eux. Dans notre pensée collective, nous gardons bien présentes à l'esprit l'aventure du malheureux Icare et la chute qui signa la fin brutale de son vol.

Nous avons, du coup, plus ou moins intégré dans notre inconscient collectif le fait que voler serait une transgression des lois des dieux. La chute en serait la conséquence, la punition. Mais ce faisant, nous avons déformé le message du mythe d'Icare. Relisons ensemble l'histoire.

Dédale, architecte, artiste de génie, inventeur (il substitua notamment l'usage des voiles à celui des rames), conçut, à la demande du roi Minos, un labyrinthe pour emprisonner le Minotaure[1]. Une fois le labyrinthe réalisé, Minos y enferma Dédale et son fils, Icare, pour que le secret fût gardé à jamais.

Alors, pour Dédale, les routes terrestres étant fermées, seule la fuite par les airs offrait la voie de la liberté. Il construisit des ailes artificielles qu'il fixa avec de la cire d'abeille aux épaules de son fils et aux siennes et recommanda avec insistance à son fils de ne pas trop s'approcher du soleil. *Je te préviens Icare, il faut mener la course à hauteur moyenne. Vole entre les deux.* Ils prirent ensemble leur essor et volèrent à travers le ciel.

Toutefois, malgré les avertissements paternels, le jeune homme grisé par le vol s'éleva de plus en plus haut, toujours plus haut. La chaleur du soleil se fit de plus en plus intense. La cire qui retenait ses ailes fondit et il fut précipité à la mer. Icare avait désobéi à son père : il en paya le prix.

---

1. Le Minotaure était un monstre redoutable, mi-taureau, mi-homme, qui réclamait régulièrement en pâture un tribut de jeunes hommes et de jeunes filles.

Par contre, Dédale, qui vola à la bonne altitude, se posa sans problème et atterrit en Sicile où il connut de nouvelles aventures.

Ainsi, la chute d'Icare ne fut pas due à la transgression des lois divines mais à une transgression des règles de sécurité.

L'homme marche sur la terre. Il voyage sous terre. Il navigue sur l'eau et descend au fond des mers. Il peut aussi s'envoler dans l'air et conquérir l'espace.

Vous n'en êtes pas intimement convaincu. Votre objection : l'homme sait marcher et peut nager, mais il a beau battre des bras, il ne décolle pas. Pour voler, il a besoin d'un artifice, d'une machine.

Certes l'avion est le produit de l'intelligence humaine, mais l'aérodynamique s'est largement inspirée du modèle des oiseaux.

Fig. 1.1 Oiseau de Botelli en 1680.

Sans répit, depuis l'Antiquité, les physiciens se sont efforcés de découvrir le secret du vol. Il a fallu toutefois attendre le génie de Léonard de Vinci pour comprendre, à force d'observations, le « mécanisme » de l'oiseau et effectuer les premières études scientifiques d'une machine volante. *Un oiseau est un instrument qui fonctionne selon la loi mathématique, instrument que l'homme est capable de reproduire avec tous ses mouvements*, affirme Léonard de Vinci. Ce qui lui

Fig. 1.2. Etudes de Léonard de Vinci : l'homme-oiseau ou l'homme-chauve-souris.

a manqué, c'était l'invention d'un moteur. La force musculaire des bras ne suffit pas à compenser la résistance de l'air et la pesanteur. Mais une fois le moteur mis au point, l'homme a pu enfin s'envoler comme l'oiseau, comme la chauve-souris. Rien de magique donc.

Ce qui est spectaculaire, par contre, c'est la rapidité des progrès effectués. Comme pour rattraper le temps perdu, l'homme a mis les bouchées doubles et, en moins de cent ans, il a appris à domestiquer les forces du monde de l'air, comme il a su le faire pour le monde des eaux.

Quelques siècles plus tard, la prophétie était réalisée : le 9 octobre 1890, une chauve-souris aux ailes de soie bleue et au museau garni d'une hélice décolle du parc d'Armainvilliers, propriété de madame Péreire, près de Paris. Aux commandes, Clément

Fig. 1.3 L'avion d'Ader était une chauve-souris.

Ader[1]. L'avion surnommé Eole parcourt une cinquantaine de mètres en s'élevant au-dessus de la terre.

Clément Ader sera suivi de près, aux Etats-Unis, par les frères Wright[2], en Allemagne, par Otto Lilienthal, célèbre pour ses glissades aériennes, en Grande-Bretagne, par Percy Pilcher et son faucon (*The Hawk*). Les cieux commencent à se peupler de ces nouvelles créatures, mi-oiseaux, mi-mécaniques.

---

1. Clément Ader est né en 1841 et a effectué des études d'ingénieur. C'est lui qui a réussi le premier à faire décoller un « plus-lourd-que-l'air » construit par ses soins. A ne pas manquer : la visite du musée des Arts et Métiers, 60, rue Réaumur, 3e, Paris, où est exposé cet appareil ailé pour lequel il a inventé le mot « avion ».
2. Le 17 décembre 1903, les deux frères, Orville et Wilbur, ont réussi à effectuer quatre vols (de 12 s à 59 s) sur *Flyer I*, ouvrant les portes du ciel.

1

L'état des lieux de la sécurité aérienne

PAR MICHEL POLACCO

La sécurité, c'est quoi ?

Le transport aérien de passagers, depuis qu'il est né dans les années vingt, a fait des progrès fantastiques.

Mais la sécurité est une notion relative. Elle dépend du prix que l'on attache à la vie humaine. C'est donc une valeur qui varie selon les époques, selon les lieux ou les civilisations. En ce début du troisième millénaire, l'avion est-il suffisamment sûr pour répondre aux aspirations des passagers, les vôtres en particulier ? Pour dissiper vos craintes ou vos peurs, pourrait-il et devrait-il être encore plus fiable ?

Avant de répondre à ces questions, il nous faut apporter quelques précisions : tout d'abord le transport aérien commercial doit être distingué de l'aviation générale.

Le transport aérien commercial regroupe :

1. les grandes compagnies nationales et internationales assurant un trafic régulier, comme Air France, Japan Airline, Lufthansa etc. ;

2. les compagnies régionales qui effectuent des liaisons régulières généralement avec des avions plus petits, parfois à hélices, mais c'est de plus en plus rare ;

3. les compagnies charters qui effectuent le plus souvent des vols non réguliers ;

4. les compagnies d'avions taxis ou d'affaires.

Toutes ces compagnies, en fonction des pays, peuvent être plus ou moins recommandables. La FAA[1] impose des restrictions aux compagnies aériennes de certains pays tant que celles-ci n'ont pas remédié à certaines lacunes de sécurité, pouvant aller jusqu'à l'interdiction de desservir les Etats-Unis. La France s'est à son tour engagée sur cette voie depuis la catastrophe de Charm El Cheick en Egypte en 2004.

L'aviation générale, quant à elle, est composée d'exploitants de plus petits avions ou hélicoptères appartenant soit à des administrations, soit à des personnes ou des sociétés privées, soit à des aéro-clubs. Ces appareils ne sont pas habilités à effectuer des transports publics de passagers contre rétribution. Sauf dans certaines conditions précises : pour effectuer des vols en famille ou entre amis, des vols d'initiation ou des baptêmes de l'air ainsi que des activités dites de travail aérien : photographie, épandage, surveillance routière ou de lignes électriques, SAMU (service d'aide médicale d'urgence).

Dans ce domaine de l'aviation générale se trouvent les ULM (les Ultra-Légers Motorisés), les appareils de collection ou de construction amateur, etc.

Il est utile également de rappeler dès à présent que la sûreté est aussi un élément fondamental de la sécurité. Après le 11 septembre 2001 et l'effondrement des Twin Towers, il est plus que jamais évident que les détournements d'avions, les actes de terrorisme ou de

---

1. FAA : Federal Aviation Administration (Administration fédérale de l'aviation américaine).

piraterie divers ainsi que l'indiscipline de certains passagers peuvent perturber un voyage ou mettre en danger la vie des occupants de l'avion. Ce domaine appelé « sûreté » relève principalement des autorités de police et, de plus en plus, pour les indisciplines en vol, des équipages. La fouille des passagers et des bagages, les contrôles d'identité sont la base de la sûreté du transport aérien. Même s'ils dérangent, ils sont véritablement indispensables de nos jours, hélas !

Sécurité et sûreté sont le résultat de l'action de toute une chaîne d'acteurs dont les premiers rôles appartiennent à deux organisations internationales : l'OACI (Organisation de l'Aviation Civile Internationale) et l'IATA (Association Internationale des Transporteurs Aériens). L'OACI édicte des règles qui doivent être impérativement respectées par les compagnies des pays qui en sont membres. Cela veut dire qu'un pays membre de l'OACI doit se baser sur les règles internationales pour organiser et contrôler son aviation civile. C'est en soi une première garantie qui est offerte aux passagers, aux équipages et aux populations survolées.

Fin 2004, cent quatre-vingt-cinq pays étaient membres de l'OACI. L'IATA définit aussi des règles que chaque compagnie adhérente doit respecter. Là encore des normes fixant les conditions d'utilisation des avions, les conditions d'emploi des équipages, etc., apportent des éléments supplémentaires de sûreté et de sécurité. Par exemple c'est l'IATA qui impose aux compagnies adhérentes d'effectuer la totalité des vols de transport public en régime de vol aux instruments avec plan de vol et collaboration du contrôle. Autrefois certaines compagnies, pour « gagner du temps », s'affranchissaient de ces contraintes, même avec de très gros avions rapides, en cas de grève, etc. Et cela augmentait le risque des collisions en vol ou avec le sol.

En dehors des organisations dont nous venons de parler, beaucoup d'autres partenaires interviennent à un moment ou à un autre dans la sécurité et la sûreté du transport aérien. On peut citer :

1. les administrations qui surveillent ou procèdent aux essais, certifient les matériels, édictent les normes de formation des personnels, les normes d'exploitation, engendrent les textes légaux et vérifient leur application ;

2. les industriels constructeurs qui conçoivent et réalisent les avions et les équipements après les avoir testés dans toutes les configurations de vol possibles et imaginables ;

3. les équipages navigants techniques et commerciaux ;

4. les contrôleurs de la navigation aérienne et tous ceux qui contribuent à guider, informer les équipages et leur permettre de communiquer ;

5. les personnels de maintenance dans les compagnies aériennes ;

6. les techniciens qui réalisent les manuels de vol et les cartes ou bases de données utilisées par les pilotes et les contrôleurs (navigation, approche, atterrissage) ;

7. les spécialistes de la météorologie capables de fournir des renseignements et des prévisions pour le monde entier ;

8. les médecins et personnels spécialisés qui surveillent l'état de santé des équipages techniques et commerciaux ainsi que les conditions de vie des passagers à bord des aéronefs ;

9. les responsables des aéroports qui surveillent et entretiennent les pistes, assurent la sécurité incendie et une part de la « sûreté » ;

10. la police et les agents de sûreté pour les contrôles, les fouilles de passagers ou de bagages ;

11. les responsables économiques, voire politiques, les associations qui se préoccupent d'environnement ;

12. les responsables de l'organisation du travail et de l'exploitation dans les compagnies.

En fait, c'est un immense système complexe qui est mis en œuvre autour de chaque vol (fig. 1.4). Une stratégie de sécurité dans tous les azimuts. Et en bout de chaîne, nous, les passagers qui avons aussi notre mot à dire. N'oubliez pas que vous êtes des consommateurs. Si vous devez être disciplinés et respectueux des règles en usage, vous avez le droit de connaître en particulier et à l'avance le nom de la compagnie et le modèle d'avion qui sera utilisé pour vous transporter[1]. Vous devez vous plaindre des compagnies peu sérieuses et les bouder.

---

1. Droit aérien : des passagers peuvent refuser d'embarquer dans un avion jugé défectueux et être ensuite dédommagés. C'est du moins ce qu'a décidé la cour d'appel de La Haye le 19.07.1996 (AFP -

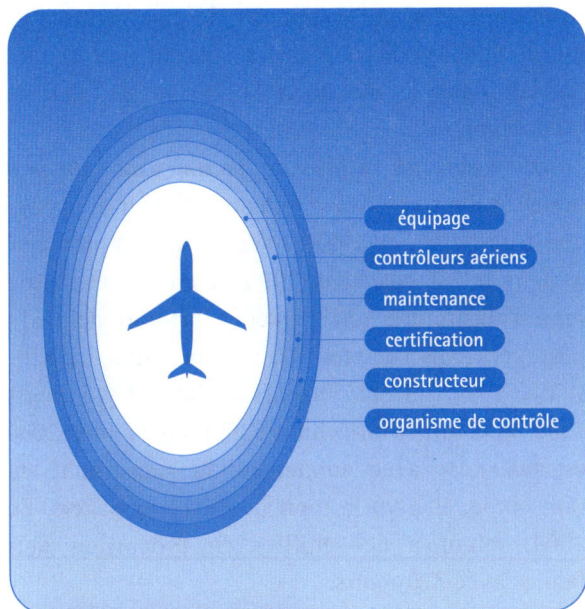

Fig. 1.4 Le cocon de sécurité.

L'avion, c'est sûr ?

La réponse sera sans mystère. Elle nous est fournie par les statistiques de l'OACI qui fait le bilan sécurité du transport aérien mondial chaque année.

Rappelons tout d'abord que le transport aérien mondial accueille chaque année près de deux milliards de passagers. Douze mille avions de ligne à

19.07.96) pour des passagers confrontés à une suite d'incidents techniques successifs.

réaction et cinq mille appareils de plus petite taille munis d'hélices décollent et se posent jour et nuit partout dans le monde à l'occasion de plus de 45 000 vols.

Quels sont les chiffres des victimes du transport aérien ? Pour environ 1 milliard et demi de passagers transportés, en 1993[1] 34 accidents ont provoqué la mort de 936 passagers. 1996 est une année noire : onze catastrophes ont provoqué la mort de 1 614 passagers sans compter 300 victimes au sol à Kinshasa. 1997 : 1 227 victimes, 1998 : 1 115 morts 1999, la courbe s'infléchit à 628, mais l'année 2000 est mauvaise avec notamment la catastrophe du Con-corde, et a vu la mort de 1 047 passagers. En 2004, retour à des chiffres en proportion plus faibles avec 470 morts.

Quel est le nombre des victimes des accidents de la route pour ces mêmes années ? Difficile de répondre car il n'y a pas de statistiques mondiales. En revanche, on peut citer à titre de comparaison celui de la France. Le tribut annuel payé à la route est d'environ 6 000 morts par an (2004), après des efforts gigantesques !

Quelques commentaires sur ces bilans. En 25 ans, en gros, le nombre des passagers a doublé (de un à deux milliards par an), et le nombre des victimes est passé d'environ 2 000 à 500 par an. Soit une diminution par

---

1. Chiffre publié concernant les Etats membres de l'OACI.

huit. Le nombre des accidents diminue, mais les avions étant plus gros et les vols plus nombreux, on reste toujours autour de la « moyenne » des 450 à 1 500 victimes par an. Le pourcentage a évolué pendant toutes ces années de 0,08 à 0,02 morts par cent millions de PKT (Passagers Kilomètre Transportés), chiffres accessibles sur le site Internet du BEA, le Bureau d'Enquêtes et d'Analyses, *www.bea-fr.org.*

Pour ce qui concerne la sûreté (tentatives de détournement, attentats...), on en compte de moins en moins grâce aux mesures de sûreté prises après les horreurs du WTC à New York en 2001.

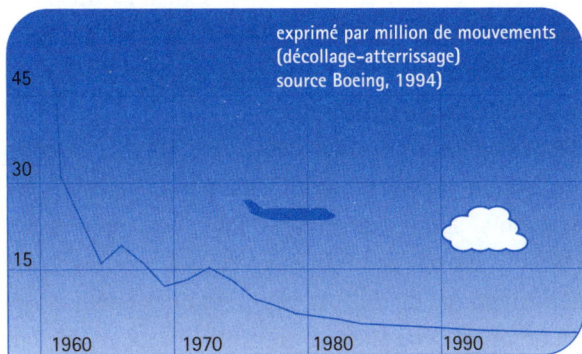

Fig. 1.5 Taux d'accidents annuel d'avions commerciaux.

Vous pouvez aussi suivre l'évolution de la sécurité aérienne en regardant attentivement la courbe des accidents d'avions depuis les débuts de l'aviation commerciale.

Cette courbe (fig. 1.5) appelle quelques commentaires.

Première observation : au vu des résultats de 2004, et en regardant les années précédentes, on constate les progrès spectaculaires de la sécurité aérienne. En 1950, on comptait environ 2 victimes par cent millions de PKT[1] ; en 1975, 0,1 victime, soit vingt fois moins. L'an passé, 0,02. En pourcentage le progrès a donc été flagrant en un demi-siècle. Cent fois moins de risques !

Deuxième observation : en fait les statistiques de sécurité n'évoluent plus guère depuis une petite dizaine d'années parce qu'on est dans le domaine de l'infinitésimal (0,04 à 0,02 victime par cent millions de PKT), ce qu'on appelle l'épaisseur du trait. Mais quand même, les spécialistes cherchent de nouveaux « gisements » pour faire baisser les statistiques. Nous y reviendrons.

Troisième observation : l'OACI ne détaille pas ses statistiques par compagnies ou par pays. Mais les accidents sont plus élevés dans certaines zones (Afrique, Europe centrale, pays les plus pauvres d'Asie et d'Amérique du Sud) et pour certaines compagnies ou aéroports et zones de contrôle qui ne respectent pas les recommandations internationales. Il faut donc être vigilant : préférer les compagnies des pays adhérents de l'OACI, affiliées à l'IATA, s'informer sur les pays où l'on va et ne pas oublier que les

---

1. PKT = passagers transportés par kilomètre. Sur le plan international, il a été décidé de multiplier le nombre de passagers par le nombre de kilomètres qu'ils ont parcourus pour en faire une référence.

voyagistes ne sont pas des « transporteurs ». Ils peuvent affréter des avions auprès de compagnies de toutes catégories. Il y a le meilleur et le pire.

Quatrième observation : les vols non réguliers, les charters effectués avec des avions lourds, sont statistiquement un peu moins sûrs que les vols réguliers. (Un passager tué pour 700 millions de PKT.) C'est en Occident de moins en moins flagrant.

L'aviation générale, légère ou sportive, offre statistiquement moins de sécurité que le transport aérien commercial. Sa frange « professionnelle » offre toutefois une sécurité très supérieure à l'automobile ou la moto. En fait la sécurité varie avec le sérieux d'exploitants très disparates.

Cinquième observation : les hélicoptères équipés de turbomoteurs (moteurs à réaction) offrent une sécurité comparable en transport public à celle offerte par les avions du transport public.

Maintenant, regardons les statistiques de sécurité de l'avion et celles des autres moyens de transport plus en détail. Est-il plus sûr de prendre le train, l'avion, le bateau ou sa voiture ? Cela dépend des critères choisis pour les comptes. Sur la base du PKT, l'avion est plus sûr que le chemin de fer (2 fois), plus sûr que l'automobile (10 fois), plus sûr que le bateau (20 fois)[1]. Si on abandonne le critère de kilomètres

---

1. Cela, en se référant aux statistiques publiées lors de l'étude globale de sécurité qui a été faite pour la mise en service du tunnel sous la Manche en juin 1994.

parcourus et qu'on utilise une référence différente, la durée du trajet ou le nombre de voyages, le nombre cumulé de passagers, l'autobus et le chemin de fer passent en tête. C'est normal car l'avion va vite et parcourt de longues distances avec moins de passagers cumulés. Les voyages en avion sont aussi moins nombreux que ceux effectués en train ou en autocar.

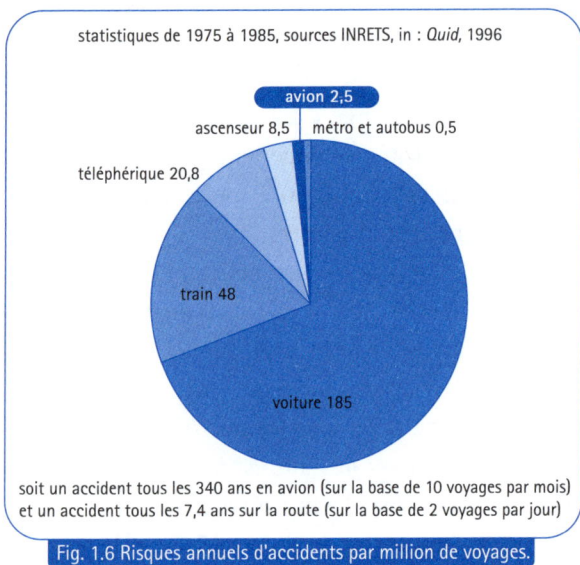

statistiques de 1975 à 1985, sources INRETS, in : *Quid,* 1996

avion 2,5
ascenseur 8,5 | métro et autobus 0,5
téléphérique 20,8
train 48
voiture 185

soit un accident tous les 340 ans en avion (sur la base de 10 voyages par mois) et un accident tous les 7,4 ans sur la route (sur la base de 2 voyages par jour)

Fig. 1.6 Risques annuels d'accidents par million de voyages.

Il y a cependant des accidents. Toute activité humaine présente un risque. Le transport aérien n'échappe pas à cette règle. Ce qu'il faut, c'est relativiser ce risque. D'après une étude largement publiée, il apparaît même que le risque encouru dans le cadre du mariage aux Etats-Unis serait incroyablement

élevé : le nombre de victimes blessées par des con-
jointes jalouses est supérieur au nombre de victimes
d'accidents d'avions ! Il en va de même dans le
monde entier pour les accidents domestiques. Difficile dans ces conditions d'appliquer sans discerne-
ment le « principe de précaution » qui bloquerait
toute activité humaine.

Quelles sont les causes d'accidents d'avion ? Nous
n'allons pas trop nous étendre sur ce sujet car il
existe tellement d'études dans ce domaine que ce
pourrait être l'objet d'un livre entier.

Une chose est sûre, dans les débuts de l'aviation,
la fiabilité des machines était très incertaine. Jusqu'à
la guerre de 1939-1945 le potentiel d'un moteur ne
dépassait guère la centaine d'heures de vol avant de
retourner à l'atelier. L'élément fragile de la chaîne
du transport aérien, c'était la technique : construction et entretien des avions, aides électroniques à la
navigation, prévisions météo, liaisons radio, moyens
de guidage, état des aéroports, contrôle aérien, etc.
L'homme réalisait des exploits pour vaincre les éléments naturels. Il était souvent trahi par ses outils.
Son courage et son expérience faisaient de lui un
héros. C'était l'aviation de légende.

Avec l'ère des jets, avec le développement fantas-
tique de l'électronique, avec l'expérience acquise
dans l'organisation de l'industrie et du transport
aérien, la sécurité a fait des bonds en avant spectaculaires et les passagers ont accouru en nombre,
délaissant les paquebots et même les trains. La possi-

bilité de voyager plus vite, et assez confortablement en regard du temps passé, a été multipliée pour tous.

Les machines sont devenues de plus en plus fiables. Pour vous donner un exemple, aujourd'hui un turboréacteur CFM 56 (Snecma, France – General Electric, USA) qui équipe nombre d'avions (Airbus A 320, A 340 et presque tous les Boeing 737) peut faire 45 000 heures de vol sans être déposé de l'avion qu'il équipe. La grande majorité des pilotes de ligne ne connaissent plus dans leur carrière une réelle panne de moteur en vol.

Il existe à bord des avions des outils qui renseignent mieux les équipages. De même qu'au sol des techniques modernes assistent les constructeurs, les mécaniciens, les aiguilleurs du ciel, etc.

Aujourd'hui, le vol en croisière se passe en toute quiétude. L'accident est rarissime (fig. 1.7).

La chaîne des causes de l'insécurité aérienne a changé de visage. Petit à petit on a accusé l'homme. L'homme au sol, l'homme dans la tour de contrôle, l'homme dans l'avion. Les statistiques depuis 20 ans montrent que sur 10 accidents ou incidents graves, entre 7 et 8 mettent en cause l'opérateur humain.

Evidemment aucun chiffre n'existe pour dire à quel point l'homme est aussi le principal facteur de sécurité. On parle rarement des trains et des avions qui arrivent à l'heure. Pourtant l'homme est sans cesse facteur de sécurité, cela n'est pas comptabilisé. Nous considérons que c'est normal et nous ne cherchons pas à savoir pourquoi.

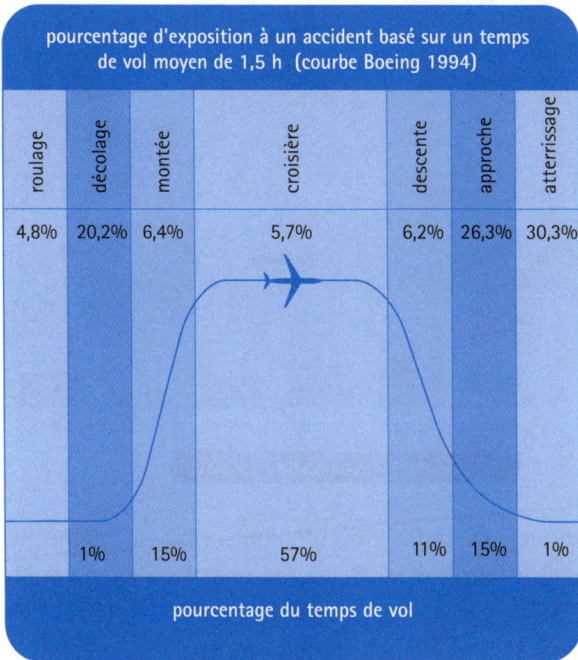

	roulage	décolage	montée	croisière	descente	approche	atterrissage
pourcentage d'exposition à un accident basé sur un temps de vol moyen de 1,5 h (courbe Boeing 1994)	4,8%	20,2%	6,4%	5,7%	6,2%	26,3%	30,3%
pourcentage du temps de vol		1%	15%	57%	11%	15%	1%

Fig. 1.7 Répartition des accidents.

Une analyse des causes d'accidents a été réalisée en 1994 par Boeing (fig. 1.8).

Ces statistiques montrent qu'il existe des « gisements » d'amélioration de la sécurité, en particulier en ce qui concerne les équipages (64 %). Plutôt que de rechercher le « coupable », ce qui ne peut avoir aucun effet préventif, on s'est orienté vers l'analyse des multiples causes combinées qui mènent aux accidents ou simplement aux incidents.

On analyse l'erreur, on cherche non pas à l'éra-

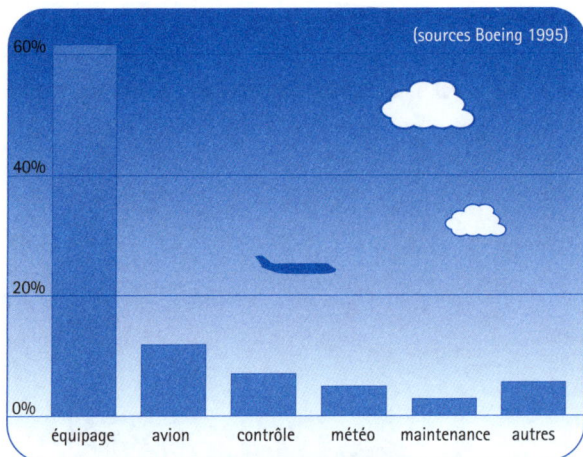

(sources Boeing 1995)

Fig. 1.8 Répartition des causes d'accident.

diquer, ce qui serait utopique, mais à l'empêcher d'être source d'accidents. On cherche à en connaître l'existence, on l'apprivoise et on l'utilise. On a ainsi dégagé un ensemble de facteurs précurseurs qui, pris en compte, permettent de réduire le nombre et la gravité des accidents. C'est la gestion des « facteurs humains ».

Depuis 1978, ces méthodes venues des Etats-Unis se sont répandues dans le monde entier. Partout on analyse systématiquement les vols et les incidents ou les accidents, ce qui est extrêmement coûteux quand on doit remonter du fond des mers les restes d'un appareil accidenté.

Il en ressort une exploitation « intelligente » et « constructive » des incidents (nombreux mais généralement sans gravité) et des accidents (extrêmement rares) afin de pouvoir anticiper. L'accent est mis sur la prévention. Après le système d'analyse des vols (suivi systématique des principaux paramètres du vol), c'est le « retour d'expérience » grâce aux déclarations spontanées des acteurs d'incidents. Cela implique souvent l'absolution contre l'information ! Mais c'est payant.

Dans les grandes compagnies, l'analyse des vols est effectuée systématiquement. Dès qu'un paramètre sort du cadre prévu, l'enregistrement du vol est analysé. L'information obtenue est utilisée pour corriger préventivement les facteurs de risque réel ou potentiel.

Le pilote est le dernier maillon de la chaîne de la sécurité aérienne. Il aurait été sot de se contenter de le mettre en cause sans chercher pourquoi la chaîne de sécurité du transport a été plus ou moins défaillante. La prise en compte des facteurs humains représente une perspective intéressante pour renforcer ce dernier maillon. C'est pourquoi la formation dispensée aux équipages a été renforcée. On a notamment cherché à donner aux acteurs du système aéronautique de nouvelles connaissances dans le domaine de la physiologie et de la psychologie appliquée. Ce programme traite notamment de :

1. l'interface entre les pilotes et les automates (IFH =

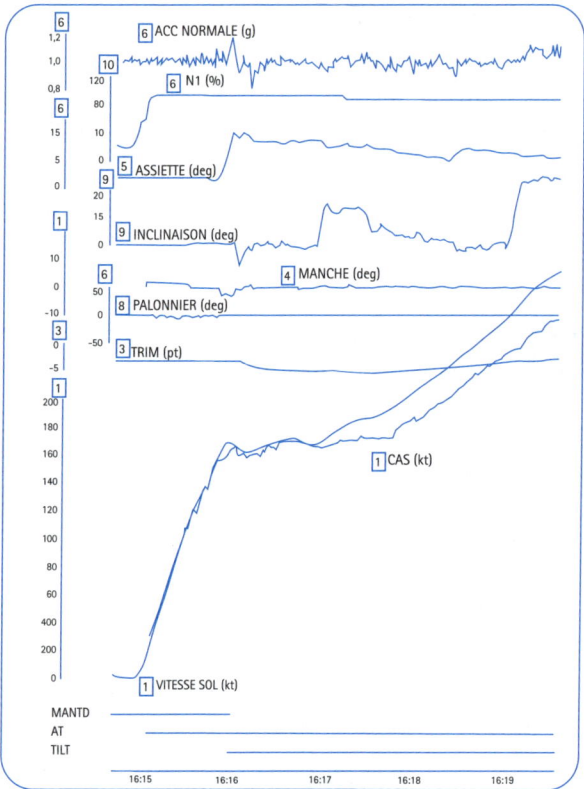

Fig. 1.9 Réseau de courbes de paramètres enregistrés au cours d'un vol.

interface homme/machine) surtout avec l'avènement des avions modernes (*glass-cockpit*[1]) ;

2. la communication dans le cockpit entre les mem-

---

1. Traduction littérale : cockpit de verre, faisant allusion à la présence des nombreux écrans.

bres d'équipage et la gestion des ressources humaines[1] ;

3. divers facteurs comme la vigilance sur les vols longs ou de nuit, la fatigue, les illusions sensorielles, le stress, les décalages horaires, etc. L'OACI exige que tous les pilotes de transport public suivent cette formation. Elle est obligatoire en France depuis 1997.

Pour les non pilotes, pour chacun d'entre nous, l'affaire n'est pas sans intérêt. Que nous soyons conducteur d'automobile, femme au foyer ou utilisateur de systèmes complexes dans l'industrie, la formation aux « facteurs humains » est une source de progrès. Elle apparaît aussi dans le milieu médical. Par exemple, les anesthésistes qui sont parfois confrontés à « l'accident » ont estimé, après une analyse fine des causes d'accidents opératoires, qu'une formation adaptée permettrait de réduire encore les risques.

L'objectif, c'est évidemment le « zéro accident ». Un chiffre inaccessible car proche de l'infini. Mais les Etats modernes sont conscients que même rares, les accidents sont de moins en moins tolérés. Ce sont des freins au développement du transport, des risques de ruine pour les compagnies ou les constructeurs impliqués, etc. C'est pourquoi ils encouragent fortement l'effort de recherche pour améliorer la sécurité dans tous les domaines.

---

1. Ce que les Anglo-Saxons appellent « CRM » *(Crew Resource Management)*.

De nouveaux équipements qui servent à la fois l'économie du transport aérien et sa sécurité sont mis en place. C'est l'évolution des méthodes du contrôle de la navigation aérienne et l'utilisation des satellites pour transmettre et vérifier les positions au-dessus des océans, et transmettre les informations (GPS, Inmarsat [1]).

Côté cockpit, les équipages disposent d'informa-

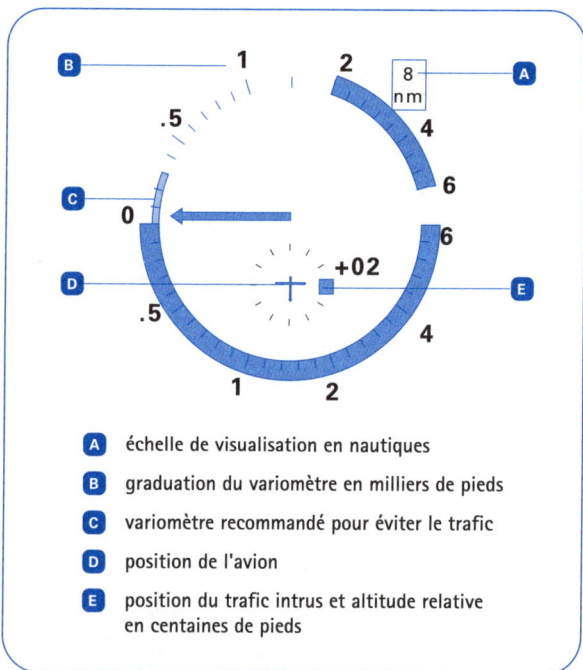

A   échelle de visualisation en nautiques

B   graduation du variomètre en milliers de pieds

C   variomètre recommandé pour éviter le trafic

D   position de l'avion

E   position du trafic intrus et altitude relative en centaines de pieds

Fig. 1.10 Variomètre équipé du système TCAS.

1. Inmarsat : satellite de conversation de l'Organisation maritime internationale.

tions plus précises sur la météo et les autres avions à proximité. Un instrument nouveau, le TCAS, (dispositif d'alerte du risque de collision en vol) est obligatoire aux USA et en Europe pour tous les avions de plus de dix passagers (fig. 1.10). De même depuis 1995, tous les avions de ligne sont équipés de GPWS (avertisseur de proximité de sol) ou même de EGPWS, version évoluée qui possède en mémoire toutes les cartes géographiques.

Mais surtout, n'oublions jamais que tant qu'il y aura des pilotes, des stewards et des hôtesses à bord des avions, professionnels compétents et responsables, les passagers pourront voyager en toute sérénité. Le membre d'équipage (homme ou femme) a aussi une famille, des projets, et envie de pratiquer son métier jusqu'à une retraite bien méritée. Il est entraîné, informé, vigilant et responsable.

Ce sont des hommes et des femmes qui pilotent les navettes spatiales américaines. Ce sont aussi des hommes qui sont allés sur la Lune, et qui en sont revenus. La navette russe *Bourane,* entièrement télécommandée, n'a fait qu'un seul vol. Depuis elle n'a jamais repris l'air ! Les ingénieurs ne pourront jamais tout prévoir. Même avec les outils les plus modernes et performants, il vaut mieux que l'intelligence humaine soit présente à bord de l'avion.

Comment mieux vous informer ?

Les images chocs des accidents d'avion ou les récits de crashes évités de justesse créent la psychose du voyage en avion. C'est un thème qui alimente régulièrement les films catastrophes. Evidemment les médias, en plus d'informer, rebondissent sur ces sujets « grand public » qui attirent l'attention, font vendre les journaux ou entretiennent l'écoute de la télévision et de la radio en jouant sur l'émotionnel et le sensationnel.

Si l'information est utile, voire essentielle, la mise en scène, l'imprécision, l'erreur, même le mensonge, lorsqu'ils sont encouragés ou entretenus, sont particulièrement nuisibles. Le lecteur, le téléspectateur ou l'auditeur doivent donc, pour se faire une opinion, multiplier leurs sources d'information et les comparer.

Bien évidemment, il est inutile de se précipiter. Il est bien rare qu'en quelques heures on connaisse en détail les circonstances ou les causes d'un accident. La plupart du temps, les premiers rapports officiels sont publiés une semaine après l'événement, et les rapports d'enquête demandent généralement douze mois d'étude. Méfiez-vous des débats « médiatiques » et « judiciaires » qui sont essentiellement destinés à désigner des responsables très solvables pour trouver des moyens d'indemnisation, souvent au mépris de la réalité technique. C'est une autre face du problème.

Quelques conseils pour terminer. Lisez la presse

spécialisée professionnelle. Elle est tenue à une grande rigueur au plan technique. Assurez-vous que votre compagnie respecte les règles édictées par l'OACI[1] et qu'elle est membre de l'IATA[2]. Choisissez des compagnies aériennes équipées d'avions modernes et en bonne santé financière. La sécurité comme la sûreté coûtent cher.

Anatomie de deux accidents d'avion

Des accidents surviennent malgré tout. Le système aéronautique, plus qu'aucun autre, possède une succession de défenses qui font appel à la technique, aux procédures, au management, etc., et *in fine* à l'équipage.

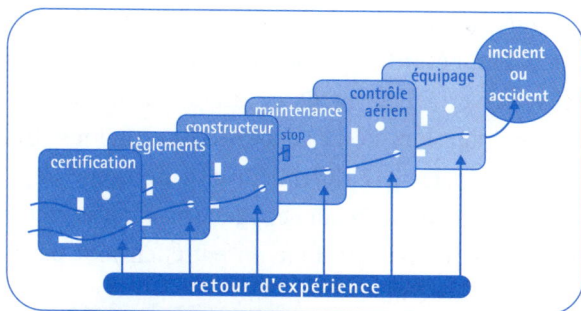

Fig. 1.11 Modèle de Reason.

1. Siège à Montréal: tel. : 00 1 514 954 82 20. Correspondant à Neuilly-sur-Seine, tel. : 01 46 41 85 85.
2. Genève : tel. : 00 41 22 799 25 25.

Aucune des défenses d'un tel système ne peut prétendre à la sécurité totale du système. L'erreur, la défaillance ne peuvent pas être à ce jour totalement éradiquées. La rareté des évènements rend les remèdes complexes, la mobilisation difficile à maintenir.

Deux exemples pour illustrer ces propos :

L'accident dont on parle : un Boeing 747 de TWA qui s'abîme en mer peu après son décollage de New York. Une longue enquête complexe permettra de s'apercevoir que les pompes immergées dans les réservoirs de kérosène des avions les plus anciens ont des isolants qui se dégradent avec le temps. D'où un court-circuit avec explosion qui s'est avéré imparable pour l'équipage.

Tous les avions de ligne de toutes les marques et de tous les modèles ont alors été l'objet d'inspections. Des mesures internationales ont été prises pour se préserver à l'avenir de ce risque qui n'avait pas été envisagé lors de la conception des avions. Qui pensait que les 747 dureraient plus de trente ans ! D'autres appareils qui ont des âges comparables volent encore, ils nécessitent donc un entretien tout particulier et plus coûteux.

L'incident dont on ne parle pas : l'analyse des vols dans de nombreuses compagnies a montré que lors d'approches aux instruments, lorsque l'avion est trop bas, que l'instrument GPWS alerte l'équipage et recommande de cesser de descendre, le message n'est pas toujours suivi de l'action nécessaire. L'analyse de ces cas a mis en exergue un phénomène : la viscosité mentale — on entend mais on ne réagit pas — ainsi qu'une démobilisation des pilotes à la suite de nombreuses fausses alarmes. Solution : on remplace maintenant sur les avions les GPWS par des EGPWS qui, selon le même principe, ont en plus en mémoire toute la cartographie du sol. Plus de fausses alarmes. Les équipages sont confiants et réagissent mieux aux alertes du système.

BEA :

Le Bureau d'Enquêtes et d'Analyses est l'organisme officiel français chargé des enquêtes techniques sur les accidents et incidents d'aviation civile. Créé en 1946, il fait partie de l'Inspection Générale de l'Aviation Civile et de la Météorologie et dépend directement du ministre des Transports.

Sa mission est l'analyse des incidents et accidents dont sont l'objet les appareils immatriculés ou construits en France ou des incidents et accidents aériens qui se produisent dans les territoires français.

Ces enquêtes ont uniquement pour objectif la sécurité de l'aviation. Elles doivent identifier les circonstances de l'accident ou de l'incident, tâcher d'en déterminer les causes et formuler le cas échéant des recommandations destinées à prévenir des événements similaires.

Une directive européenne exclut formellement que les enquêtes techniques visent à déterminer la culpabilité éventuelle ou le degré de responsabilité des personnes ou entreprises impliquées dans l'événement.

Pour remplir ses missions, le BEA dispose de 70 personnes dont 30 enquêteurs et 12 assistants d'enquêteur. Des administrations étrangères peuvent aussi faire appel aux compétences du BEA et lui confier tout ou partie d'une enquête. C'est très courant. Le BEA intervient dans environ 700 événements par an sur le territoire français et une cinquantaine à l'étranger.

De 1996 à 2005, il est ainsi intervenu à Abu Dhabi, en Albanie, en Belgique, en Colombie, au Congo, en Côte d'Ivoire, en Espagne, au Gabon, en Grèce, à Haïti, à l'île Maurice, en Inde, en Indonésie, en Italie, au Kosovo, au Liban, au Mexique, en Norvège, aux Philippines, au Portugal, en Roumanie, au Sénégal, à Singapour, à Taiwan, en Thaïlande, en Turquie, aux USA et en Egypte, etc.

Les bureaux et laboratoires du BEA sont situés sur le site de l'aéroport du Bourget, en face du Musée de l'Air et de l'Espace. Sur son site : www.bea–fr.org, se trouvent près de mille rapports d'accidents ou d'incidents, accessibles à tous, mais évidemment à lire avec un spécialiste à ses côtés.

2

Les « grandes familles » de passagers stressés

Suis-je tout seul à avoir peur en avion ? A cette question, la réponse est simple : certainement pas. Que révèlent les sondages ? 10 % des adultes ont peur de voler[1] ; 17 % des Américains âgés de plus de 16 ans ont une phobie de l'avion[2] ; 25 % des Suédois se sentent anxieux dans certaines phases de vol[3] ; 11 % des personnes interrogées avouent que la perspective des « trous d'air », décollage, atterrissage et déroutement possible, les terrorise assez pour qu'ils renoncent à prendre une carte d'embarquement[4]. Quel que soit le flou qui englobe ces statistiques, le grand enseignement de ces sondages, c'est que vous n'avez pas le monopole de la peur.

Le vocabulaire utilisé pour décrire ce malaise est varié : circonspection, appréhension, inquiétude, peur, crainte, venette, trouille, anxiété, angoisse, panique, effroi, épouvante, terreur. Cette liste, loin d'être exhaustive, traduit les différents états d'un mal-être commun lié à l'avion.

Existe-t-il un portrait-robot du stressé en mal de l'air ? Pas vraiment. Chacun éprouve « sa » peur avec « ses » aspects particuliers qui s'enracinent dans « son » histoire.

---

1. Steptoe A., « Managing Flight Phobia », *Br. Med. J.*, 1988, *296*, 1756-1757.
2. Dean R.D. and Whitaker K.M., *The Boeing Company Proceedings of the Human Factors Society*, 26th annual meeting, 470-773, 1982.
3. *Flight Phobia,* Norlund, 1985.
4. Sondage CSA, *Sud-Ouest Dimanche*, décembre 1988.

— *La peur est « ma » peur.*

— *Je suis un cas particulier.*

— *Vous ne devez pas en voir beaucoup comme moi.*

Cependant, au-delà de cette apparente singularité, il existe des traits communs entre ces différents stressés de l'avion. Nous avons tenté un regroupement en six grandes familles, les Terriens, les Décideurs, les Victimes d'un événement traumatisant, les Anxieux, les « Spatiophobes » qui se cognent à l'espace et ceux qui ayant un jour paniqué gardent cette peur au ventre. Vous vous sentirez peut-être affilié à l'une d'entre elles.

Etes-vous un Terrien ?

Ô que trois et quatre fois heureux sont ceux qui plantent les choux ! Ô Parques, que ne me filâtes-vous planteur de choux !... Car ils ont toujours en terre un pied, l'autre n'en est pas loin !
François Rabelais[1]

Les Terriens, très à l'aise lorsqu'ils sont sur le plancher des vaches, se sentent en danger dès qu'ils s'envolent. Que ressentent-ils ? Ils sont la proie de différentes angoisses.

D'abord, celle du décollage. *J'ai peur que l'avion ne puisse pas décoller et roule jusqu'à l'écrasement. Comment une grosse masse comme cet avion peut-elle s'envoler ? Je n'arrive pas à comprendre.* N'ayant aucune notion d'aérodynamique, le Terrien ne sait pas

---

1. Rabelais F., *Le Cinquième Livre,* Cercle du bibliophile.

que, dès que l'avion a atteint une certaine vitesse, il s'envole sans effort.

Fig. 2.1. Dessin d'un Terrien.

Une fois en altitude, une nouvelle peur envahit le Terrien : celle du vide. *J'ai l'impression que le moindre mouvement va faire tomber l'avion. En vol, je ne bouge pas de mon fauteuil. J'ai l'impression de perdre pied. Sous moi, il y a les valises et, dessous, il n'y a plus rien qu'un vide immense.* Le Terrien oublie que l'air est un fluide, invisible certes, mais bien présent avec ses courants et ses forces. *Et j'ai senti l'air comme un grand coussin résistant sous moi, sur lequel je pouvais me coucher.* C'est ainsi qu'Andréas Daescher, spécialiste des sauts acrobatiques à ski, nous décrit son expérience. Ses sensations sont partagées par tous ceux qui font du parachutisme ou de la glisse en surfant dans les airs.

Une autre source de malaise provient de la perte des repères terrestres. *Je me sentais perdu là-haut. Heureusement, il y avait la géovision. Je me suis accroché à ce petit point lumineux, comme le Petit Poucet à la lumière de la maison de l'Ogre.*

La peur des turbulences est souvent au rendez-vous. *Nous étions fortement secoués. J'avais peur que les ailes ne se cassent. Un avion, c'est fragile. Ce n'est que de la tôle.* C'est justement parce que l'avion est flexible et souple qu'il est résistant. C'est la morale de la fable « Le chêne et le roseau [1] ».

Enfin la peur de la panne. *En vol, je guette tous les bruits. Le ronflement du moteur fait mentalement surgir dans ma tête l'instant de l'explosion. L'avion se fait silencieux. C'est l'arrêt des réacteurs, la panne, puis la chute de l'avion... comme une pierre.* Ce Terrien oublie que l'avion a des réacteurs mais aussi et surtout des ailes. Et les ailes sont là pour faire planer l'avion. Sans moteur, ce gros avion de plusieurs centaines de tonnes devient un planeur.

Beaucoup des inquiétudes des Terriens viennent d'une méconnaissance de l'élément « air » qui fait aussi partie de l'environnement de l'homme. *En vous écoutant, je commençais à sentir cet espace exister, se remplir, prendre forme. Je sentais les effets de l'air. Je comprenais l'origine des secousses. Là, cette sensation de turbulence, c'est le vent rabattant d'une zone montagneuse.* Il reste à comprendre le fonctionnement de

---

1. La Fontaine, J. de, *Fables*, Garnier.

l'avion. *Là, le bruit sourd, c'est le train qui rentre. Ces vibrations, ce sont les aérofreins.* Plus de mystère ; ces inquiétudes se sont dissipées.

Appartenez-vous au clan des Décideurs ?

C'est moi qui mène la barque. C'est moi qui décide.
François Mauriac

Fig. 2.2. Dessin d'un Décideur.

Les Décideurs se plaignent du manque de contrôle à bord de l'avion. Habitués à commander, à décider, ils ne supportent pas de rester passifs, « ligotés » sur un fauteuil pendant des heures. *J'ai l'impression d'être suspendu en l'air sans avoir aucune maîtrise des événements. Je ne veux pas être un pantin. Je n'aime pas confier ma vie à quelqu'un que je ne connais pas. Si je pilotais moi-même, j'aurais sans doute moins peur.* Les Décideurs assument de lourdes responsabilités. Ils pratiquent souvent un « sport à risque » (course automobile, escalade, plongée sous-marine...). Ils n'ont pas peur de mettre leur vie en jeu, si et seulement si ce sont eux qui tiennent les rênes de leur destin. La peur du vol, ce n'est pas la peur du danger, c'est l'absence de contrôle. Leur anxiété se dissipe le plus souvent dans le cockpit. *Je vais, chaque fois que je peux, parler aux pilotes et cela me rassure.*

Avez-vous été victime d'un événement traumatisant ?

Le soleil ni la mort ne se peuvent regarder fixement.
François de La Rochefoucauld[1]

Ces passagers prenaient facilement l'avion, avec plaisir même, jusqu'au jour où un incident violent (réel ou vécu comme tel) a interrompu le cours tranquille de leur vol. Ils ont cru mourir. Depuis, à l'idée de prendre l'avion, ils sont terrorisés. Ils souffrent d'un excès de mémoire. Ce n'est pas un manque de courage. C'est leur corps et leur esprit qui n'en finissent pas de

---

1. La Rochefoucauld F. de, *Maximes*, Garnier.

Fig. 2.3. Dessin d'une victime d'un événement traumatisant.

se souvenir et refusent de se retrouver dans le même lieu. Deux exemples rapportés :

Ma peur est venue à la suite d'un vol très mouvementé dans le Pacifique. J'ai cru pendant des heures que c'était ma dernière heure. J'en ai fumé des cigarettes du condamné ! J'en garde des souvenirs terribles. Depuis, j'organise mes vols en conséquence. Je me renseigne sur la météo, les orages. Une fois, j'ai même fait demi-tour sur l'autoroute car le temps se gâtait !

Peu avant l'atterrissage, on nous a annoncé que le train ne sortait pas. Nous avons tourné au-dessus de l'aéroport pendant un temps infini et, depuis, chaque fois que je prends l'avion, c'est l'horreur. Je suis para-

lysée sur mon siège. Mon corps se souvient. C'est un corps qui a peur.

Ces minutes « mortelles » ont laissé leur empreinte dans la mémoire. C'est comme si hier était aujourd'hui. C'est comme si aujourd'hui était hier. C'est la peur du recommencement. Le corps en avion vit dans un état d'alerte permanent.

La cause peut être un vol mouvementé, mais tout aussi bien un accident sévère de montagne ou de moto. Le sujet a l'impression d'être un « miraculé », ce qui peut le rendre « inquiet », « précautionneux ». Le philosophe Blaise Pascal, entraîné par des chevaux emballés, a versé brutalement dans la Seine. Depuis cette chute, hanté par la peur du vide, il ne pouvait dormir qu'avec une chaise à côté de son lit par peur de tomber la nuit. C'est du moins ce qu'on peut lire dans les chroniques de l'histoire !

Ce peut être aussi un souvenir douloureux lié à l'avion. *Ma mère est morte l'année dernière. J'ai pris l'avion pour aller à son enterrement et j'ai ressenti un profond malaise en vol. Depuis, je me sens très mal dès que je monte dans un avion.*

Quelle qu'en soit la cause, l'idée de la mort s'est accrochée à l'avion. Il faut précautionneusement l'en détacher. Ensuite viendra le temps de la réconciliation avec l'avion.

Appartenez-vous à une des espèces de « Spatiophobes » ?

L'espace est une source puissante d'émotions.
L'espace mis à notre disposition peut signifier, en effet,
soit la sécurité, soit la contrainte. Dans le premier cas,
il est le lieu d'un repli et d'une intimité. Dans le second,
il suggère l'étouffement et le besoin d'évasion.
Yves Pelicier[1]

Fig. 2.4. Dessin d'un « Spatiophobe ».

Les « Spatiophobes » ont confiance dans la technique et dans les pilotes. Leur problème est d'être enfermés, d'être confinés entre gens de tous poils, d'être tout là-haut au-dessus de l'océan, loin de la

---

1. Pelicier Y. (coll.), *Espace et psychopathologie*, Economica.

Terre. La peur de l'avion vient d'une phobie de l'espace : phobie des endroits clos (claustrophobie), phobie de la foule, de l'éloignement de chez soi (agoraphobie), phobie des hauteurs (« altiphobie »).

Mais, tout d'abord, qu'entend-on par phobie ? C'est un mécanisme qui se déclenche inconsciemment pour éviter une angoisse trop aiguë. Déplacer et localiser cette anxiété sur un objet extérieur permet de la sortir de soi et de décharger l'excitation. Peu importe l'objet, l'angoisse, comme par un geste magique va se fixer sur un animal ou une situation, libérant ainsi le reste de la vie du phobique de ce malaise sournois.

Point important : il n'y a aucune relation entre l'angoisse ressentie et un risque objectif de danger. Si un homme a la phobie des serpents, il risque une crise de panique à la vue d'un serpent, que celui-ci soit venimeux ou inoffensif. Pas question d'avaler une couleuvre ! Ce peut être la phobie des chevaux, des araignées ou des souris. *Toutes les phobies sont des alibis*, dit Henry Ey[1]. L'objet est un bouc émissaire.

La claustrophobie

C'est le même mécanisme, mais c'est la peur des lieux fermés. Le handicap est plus pénalisant. En France, le risque de se trouver nez à nez avec un serpent est minime. Le problème des espaces clos, c'est qu'on s'y frotte tous les jours.

Je ne peux pas monter dans un avion, mais je ne

---

1. Ey H., Bernard P., Brisset C., *Manuel de psychiatrie*, Masson et Cie.

prends pas non plus le métro, ni le RER, ni le TGV, ni les ascenseurs. Je ne supporte aucune situation d'enfermement.

Je n'ai pas supporté de voir la porte de l'avion se fermer. J'ai appelé l'hôtesse pour qu'on ouvre la porte. J'étouffais. Je paniquais... C'était l'horreur... L'avion a dû faire demi-tour.

A tous ceux qui souffrent à l'idée d'être dans un lieu clos, on peut dire que la porte de l'avion comme la porte du chalet en haute montagne est fermée pour protéger du froid (-50 °C en altitude) et que l'air est renouvelé en permanence. On peut aussi leur rappeler que les hôtesses ou les stewards sont présents pour prendre soin d'eux en cas de malaise.

L'agoraphobie

C'est l'angoisse devant la perte des repères habituels, la peur de s'éloigner des endroits familiers. L'espace d'un « ailleurs », parce qu'il est autre, devient menaçant, hostile. *J'ai toujours du mal à partir. Je n'aime pas les aéroports. En vol, je suis paniqué.* Et pourtant l'avion est un cocon toujours relié à la Terre. Il peut traverser dix pays, les contrôleurs se relaient pour veiller sur lui avec bienveillance.

« L'altiphobie »

Ce n'est pas le vertige, mais c'est la peur de la hauteur. Les « altiphobes » se sentent bien jusqu'à une certaine altitude qui délimite, par une frontière invisible mais bien réelle dans la tête, leur monde. Au-delà, les objets perdent leurs contours familiers et l'environnement bascule dans l'insécurité. Le sujet est désemparé et cherche à se cramponner à sa vision habituelle. *Dès que je revois les maisons, les arbres, cela va, la peur s'estompe. C'est la même chose en bateau. J'ai besoin de voir les côtes.* Les « altiphobes » peuvent être rassurés, un vol en avion n'est pas un voyage dans l'espace. L'altitude de croisière d'un avion n'est que de 10 kilomètres ! A peine plus haut que certaines montagnes ! Notre bonne vieille Terre n'est pas bien loin.

Vous reconnaissez-vous dans la description de l'Anxieux ?

La crainte du danger est mille et mille fois plus terrible que le danger au moment où vous devez l'affronter ; et l'anxiété nous est beaucoup plus pénible à supporter que le mal qui nous cause cette anxiété.
Daniel Defoe[1]

D'une façon générale, les Anxieux se font plus de souci que les autres et ont tendance à toujours envisager le pire. Sur le plan professionnel, ce sont des collaborateurs précieux car ils ne laissent rien au hasard. Mais, en avion, leur imagination leur joue de bien mauvais tours. *Quand je prends l'avion, j'imagine l'explosion, le crash. Je me demande ce que vont devenir ma femme et mon petit enfant.* Du coup, ils sont constam-

---

1. Defoe D., *Vie et Aventures de Robinson Crusoé*, GF-Flammarion.

Fig. 2.5. Dessin d'un Anxieux.

ment sur leurs gardes. *Je veille, je décrypte la moindre mimique de l'hôtesse. J'écoute tous les bruits.* De plus, cette peur peut perturber la vie de l'Anxieux bien avant le jour de l'envol. *Je suis anxieux plusieurs jours avant le départ. Je ne dors plus.*

La peur de l'avion peut venir brutalement : *ma peur s'est déclarée après la naissance de mon enfant* ; elle peut aussi grossir sans raison apparente : *plus je prends l'avion, plus j'ai peur.* Elle peut fluctuer en fonction de l'état de fatigue du sujet. Détendu, reposé physiquement, le candidat au voyage s'envole beaucoup plus facilement. En revanche, un coup de stress avant le vol n'arrange pas les choses.

Que faire pour aider l'Anxieux ? Certes, la peur en avion ne s'envolera pas d'un coup de baguette magique. Il va lui falloir apprendre à mieux gérer son stress et revoir l'organisation de son mode de vie. Pour ceux qui ont besoin de conseils ou d'assistance, il existe aujourd'hui de nombreux centres médicaux et psychologiques pour soigner l'anxiété[1].

Etes-vous un de ceux qui ont peur d'avoir peur ?

Ce qu'on ne peut pas oublier, c'est la peur d'avoir peur.
C'est le dégoût de devenir dégoûtant... Et aussi la terreur
d'être dominé comme un enfant, de se faire manipuler.
La hantise de devenir autre que ce qu'on est, de penser
différemment et même de ne plus penser du tout.
Et puis, le cauchemar d'avoir à subir, d'être agi sans pouvoir
réagir... Bref, le spectre du végétal.
François Jacob[2]

Cette famille regroupe les « Spasmophiles », les « Paniqueurs », tous ceux qui ont vécu une crise d'angoisse et qui sont hantés par ce souvenir terrifiant. *Et s'il m'arrivait une attaque de panique en vol ? J'ai pris l'hélicoptère, mais là je me disais : « Je peux toujours demander au pilote de se poser. » Par contre que faire tout seul là-haut ? J'ai cru devenir fou.* On peut rassurer tous ces inquiets en les informant qu'à bord

---

1. Adresses en fin de livre.
2. Jacob F., *La Statue intérieure*, Odile Jacob.

Fig. 2.6. Dessin d'un Sujet à la panique.

de l'avion un personnel compétent et formé prend en charge le passager qui a un malaise. L'avion peut même être dérouté si l'état de santé de cette personne l'exige.

Peut-être vous reconnaissez-vous dans un de ces portraits de famille. Peut-être avez-vous l'impression d'avoir des traits communs à chacune des espèces : Terrien, Décideur, Victime d'un traumatisme, « Spatiophobe », Anxieux, Sujet à la panique. Soyez rassuré ! Quelle que soit la cause de votre peur en avion, il existe une solution pour résoudre votre problème.

Nous vous invitons à tourner la page. Nous espérons que la lecture de ce livre, par un mot, une image, fera surgir un doute qui va rompre la rigidité de votre certitude irrationnelle : l'avion est un poids de trois cents tonnes qui peut tomber comme une pierre, et lui substituer une représentation plus réaliste : l'avion a un profil aérodynamique et deux ailes. C'est un merveilleux oiseau mécanique conçu et construit pour voler.

3

Petit traité sur le stress

Pour introduire l'étude du stress, nous vous proposons deux récits d'expériences vécues.

Voici ce que nous raconte Alexandre : *Quand je me suis retourné et que j'ai vu un pan de la montagne qui se détachait, toute cette masse blanche se craqueler et foncer sur nous avec un bruit épouvantable, j'ai senti mes jambes flageoler, j'ai failli vaciller. Mon cœur s'est mis à galoper. Je n'entendais plus que lui. Je pensais qu'il allait éclater. Et sans que j'en aie eu conscience, je me suis retrouvé face à la pente. Mes jambes ont descendu schuss. Un parcours sans faute. En moins d'une minute, j'étais en bas. Sain et sauf ! Jamais je ne me serais cru capable d'une telle performance ! Qu'est-ce qui m'est arrivé ?*

L'explication est simple. La vision de l'avalanche a donné l'alarme à ce skieur, qui a réagi aussitôt. Le stress a décuplé ses forces et lui a permis de sortir de ce mauvais pas.

Et maintenant écoutons Pierre : *Quand j'ai vu le signal « attachez vos ceintures » et que j'ai ressenti les premières turbulences, je me suis dit : « Jamais l'avion ne résistera. » J'avais peur et, tout d'un coup, j'ai eu l'impression d'être submergé par cette peur. J'avais l'impression d'avoir la tête vide, d'avoir mon cœur qui s'emballait, de ne plus pouvoir retrouver ma respiration. J'étouffais. Je pensais avoir une crise cardiaque. J'avais le squelette qui tremblait. Qu'est-ce qui m'est arrivé ?*

A première vue, les réactions de ce passager et leurs conséquences peuvent apparaître différentes de

celles du premier sujet. En réalité, c'est le même mécanisme qui s'est déroulé. L'angoisse d'un crash a aussi
enclenché le signal d'alarme et le corps a été préparé
à fournir une grande dépense d'énergie. Mais, cette
fois, le danger n'était pas réel et les efforts prévus ne
se sont pas concrétisés. Le passager est resté crispé sur
son siège. Voilà le hic ! Un des effets de cet excès de
tension, quand on reste immobile, est de provoquer
tout un cortège de manifestations neurovégétatives.
Ces symptômes peuvent sembler fort inquiétants si on
n'interprète pas ces sensations physiques comme des
effets secondaires du stress.

Le stress, c'est quoi ?

Derrière la façade de la vie des cités modernes,
il y a toujours le même vieux singe nu.
Desmond Morris[1]

Pour comprendre le principe de base du mécanisme
du stress[2], replaçons-nous sur l'arrière-plan de nos
origines. L'homme, dans l'échelle des êtres vivants,
constitue une espèce à part, fière de posséder le cerveau le plus performant et le plus ingénieux. Cela ne

---

1. Morris D., *Le Singe nu*, Grasset, Livre de Poche.
2. Le mot *stress* vient de l'anglais et signifie à l'origine une forte tension pesant sur un objet physique. Ce terme est employé notamment
dans le domaine des matériaux. Hans Selye, chercheur en biologie, fait
un parallèle pour les êtres vivants confrontés à un environnement
contraignant et obligés de s'adapter. Hans Selye est considéré comme
le père de la recherche sur le stress. Parmi ses ouvrages, on peut citer
Le Stress de la vie, chez Gallimard.

Fig. 3.1. L'harmonie avec l'environnement.

Fig. 3.2. Réaction à l'agression : fuite...

Fig. 3.3. ... ou attaque.

doit pas lui faire oublier qu'il a gardé une nature animale. Il partage en particulier avec les animaux les moyens de survivre dans un environnement hostile. Tous les êtres vivants sont confrontés aux forces de la nature et à l'agressivité animale ou humaine. Dans l'un ou l'autre cas, pour s'en sortir, ils ont le choix entre attaquer ou prendre la fuite. Sous l'effet du stress, en quelques instants, l'homme, comme l'animal, devient un paquet de muscles prêt pour l'action.

Ce mécanisme qui décuple nos forces est sous la dépendance du système nerveux autonome (SNA). Comme le terme « autonome » l'indique, le SNA n'est pas directement contrôlé par la volonté. En cas de danger, notre nature animale reprend le dessus. C'est « l'instinct » (et non notre « raison ») qui déclenche la mobilisation générale de l'organisme.

Comment réagit notre organisme à un signal hostile ?

En 1936, Hans Selye constate que toute agression (attaque, bruit, brûlure, etc.) provoquée sur un rat entraîne systématiquement le même modèle de réponse. C'est pourquoi il lui donne le nom de « syndrome général d'adaptation ». Il remarque aussi que ce qui est vrai pour le rat l'est aussi pour tous les autres animaux, l'animal humain y compris ! La mécanique du stress se décompose en trois mouvements : 1. réaction d'alarme ; **2.** phase de résistance ; **3.** phase d'épuisement, si le milieu extérieur reste agressif.

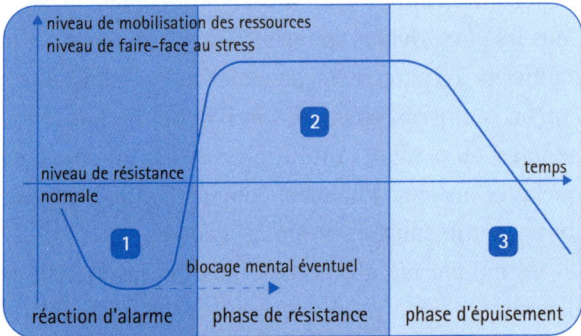

Fig. 3.4. Syndrome général d'adaptation de Selye.

Phase 1 : la réaction d'alarme

Décortiquons ensemble les mécanismes physiologiques à l'œuvre lors de cette mobilisation générale de l'organisme.

1. Le système sympathique[1] (une des deux composantes du SNA) donne l'alerte et déclenche la sécrétion des hormones du stress dont la plus connue est l'adrénaline. Celle-ci a pour mission de faire libérer massivement le glucose (= sucre = source d'énergie) des organes où il est stocké.

2. Ensuite, il s'agit d'acheminer les glucides rapidement vers les lieux opérationnels, principalement vers les muscles, par le courant sanguin, d'où l'accéléra-

---

1. Le système sympathique a pour mission de préparer le corps à une action violente. Durant la phase d'alarme, c'est lui normalement qui tient les rênes et bloque certains processus.

tion de la circulation sanguine et l'augmentation de la pression artérielle.

Les muscles, machines uniques en leur genre, vont transformer l'énergie chimique en travail mécanique. Pour vous donner une petite idée de la transformation que subit l'organisme : au repos, les muscles reçoivent environ 20 % du débit sanguin ; sous stress, 80 % du débit leur sont consacrés !

3. L'activité respiratoire est amplifiée pour apporter de l'oxygène à nos défenseurs (les muscles) et rejeter le gaz carbonique vers l'extérieur. Le souffle devient plus rapide et plus profond.

4. Pour économiser l'énergie, toutes les fonctions non directement opérationnelles sont freinées. Les mouvements de l'estomac et la sécrétion des sucs gastriques sont stoppés. La production de salive est interrompue.

5. La chaleur produite par le travail des muscles est évacuée vers l'extérieur. La sudation rafraîchit le corps. L'évaporation d'un litre de sueur permet d'évacuer 2 400 kJ !

6. Les pupilles se dilatent pour assurer une bonne vision de loin.

7. Enfin, la coagulation du sang est accélérée pour ralentir l'hémorragie en cas de blessure.

Comme par magie, la fatigue est oubliée et l'organisme dopé est capable de performances insoupçonnables.

Mais il y a plus encore, chez certaines espèces animales apparaissent des phénomènes de gonflement. Les oiseaux peuvent dilater des poches d'air spéciales.

Les animaux à pelage hérissent leurs poils. L'animal apparaît ainsi plus gros et plus redoutable.

Fig. 3.5. Chat stressé !

Ces descriptions mettent en évidence une réaction de défense à une agression physique.

— *Et si l'organisme ainsi dopé ne s'active pas ?*

— C'est bien là le hic. S'il n'y a pas d'effort musculaire, l'énergie n'est pas consommée. Cette hyperexcitation à « l'arrêt » va provoquer des sensations fort déplaisantes, voire inquiétantes : impression que le cœur s'emballe, sensation d'étouffement, fourmillements au bout des doigts, sueurs froides, boule dans la gorge, estomac noué. De plus, le système nerveux peut jouer un mouvement de balancier déréglé entre les systèmes sympathique et parasympathique. A la sécheresse de la bouche peut succéder une salivation excessive. La crispation des intestins ou de la vessie peut se relâcher brusquement. A une brusque pâleur peut succéder une rougeur excessive.

Phase 2 : la résistance

L'effort est coûteux en énergie et, une fois les glucides épuisés, la deuxième composante du SNA, le système parasympathique[1], prend le relais et tente de prolonger l'action de défense de l'organisme. Une nouvelle hormone est sécrétée, le cortisol, qui favorise la transformation des graisses en sucre. Nous verrons plus loin que le cortisol a aussi la propriété de marquer profondément la mémoire. Le but est d'éviter à l'avenir la souffrance provoquée par un traumatisme similaire, d'où les conduites d'évitement.

Dans les cas favorables, le conflit avec l'environnement est résolu et c'est le retour à l'équilibre. Si, par contre, l'agression persiste, on observe alors les limites de la résistance et l'apparition d'un nouvel état.

Phase 3 : l'épuisement

A l'arrivée, j'étais liquéfié, rapporte un passager après un vol de sept heures. Une fois les réserves (sucre,

---

1. Le système parasympathique s'occupe de restaurer les réserves énergétiques du corps et de libérer certains mécanismes physiologiques. Il ne devrait intervenir que dans un deuxième temps, lors de la phase de résistance.

graisses) consommées, l'organisme est à bout de muni-
tions. A cela, il faut ajouter les pertes en eau et en sels
minéraux causées par la sudation. L'organisme s'épuise
vite dans un environnement stressant (ou vécu comme
tel !).

Autre difficulté, le problème de l'élimination des
déchets. Le glucose, après avoir préparé l'organisme à
un effort surhumain, se change en acide lactique, le
triste héraut de la fatigue. L'épreuve surmontée, nous
nous sentons courbaturés, épuisés, « lessivés ».

Tel est le modèle du stress physiologique que Selye
a qualifié de « syndrome général d'adaptation », car la
réponse est toujours la même, quel que soit le stimulus et quel que soit l'être vivant. Seuls comptent l'effet de surprise et l'intensité de l'agression.

Mais cette découverte n'explique pas tout. Pourquoi, parmi un groupe d'individus vivant une même
situation, certains sont stressés et d'autres pas ? Le
stress ne peut pas être décrit seulement par ses aspects
biologiques. La notion de stress psychologique est
très importante. L'évaluation de la situation et les
capacités d'adaptation sont à la base de la conception
actuelle du stress. A chacun son stress ! dit Selye.

Quel est le ressort du mécanisme du stress ?

Ce n'est pas la situation objective qui déclenche
notre stress, mais notre évaluation du risque. Celle-ci

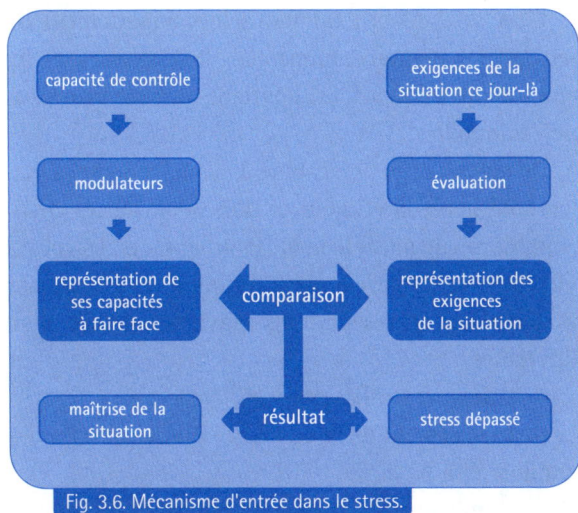

Fig. 3.6. Mécanisme d'entrée dans le stress.

découle de la comparaison entre notre représentation (subjective) du contexte et notre représentation (subjective) des moyens d'y faire face. Si les signaux proviennent d'une source connue, notre cerveau fournit la réponse au problème et notre anxiété diminue automatiquement. Dans le cas contraire, la situation reste alarmante et provoque un sentiment d'insécurité, voire d'angoisse. De toute évidence, cette évaluation passe par les chemins complexes de notre histoire personnelle et reste subjective.

Prenons l'exemple d'un vol. Les pilotes, les hôtesses et les passagers sont dans le même avion. Et pourtant ils ne partagent pas le même stress.

Côté cockpit, l'ambiance est sereine. Rien d'étonnant, me direz-vous, les pilotes ont le manche en main et contrôlent la situation.

C'est vrai. Mais examinons le comportement du personnel navigant commercial. Les hôtesses et les stewards ne pilotent pas. Pourtant, ils sont eux aussi bien tranquilles.

De même, dans une cabine d'avion, certains passagers sont nerveux et inquiets alors que d'autres voyageurs dorment paisiblement. Pour certains, le vol est un cauchemar, pour d'autres, c'est un rêve. Ils ont dans la tête deux représentations d'avion complètement différentes.

— *Comment expliquer ces différences ?*

— Tout dépend de la confiance que vous accordez au pilote et à l'avion.

— *Comment s'alimente cette confiance ?*

— Deux cas de figure. Ou vous ne vous êtes jamais posé de question et voler vous semble intuitivement naturel, ou il vous faut acquérir cette confiance par l'étude et l'apprentissage. Rassurez-vous. Il s'agit ici de notions simples et concrètes.

Ce manque de connaissances basiques constitue une première source de stress. La compréhension scientifique des principes du vol apporte sans aucun doute une amélioration. Mais ce nouveau savoir ne suffit pas toujours à régler le problème de la peur en avion. Celle-ci peut en effet être la conséquence d'un excès de stress qui n'a pas grand-chose à voir avec l'avion.

Nous avons, jusqu'à présent, simplifié l'approche du stress en nous concentrant sur la réaction à un danger réel ou imaginé. Mais nous sommes aussi la proie de toute une gamme de stresseurs, fort nombreux et fort agressifs de nos jours. Il convient de mieux les connaître pour mieux les maîtriser.

Quels sont les facteurs de stress ?

Pour faciliter leur présentation, nous avons regroupé les facteurs de stress en sept catégories que nous allons passer en revue.

Les stresseurs physiologiques

Il ne faut pas oublier la nature biologique de l'homme. Les stimuli extérieurs trop intenses agressent nos sens par leur intensité et provoquent une réaction de stress : le phare éblouissant, le choc thermique, le bruit qui griffe votre oreille, le piment qui enflamme votre bouche.

Les besoins non satisfaits de notre corps sont aussi facteurs de stress : la faim, la soif et, surtout, le manque de sommeil. Attention à la fatigue avant de prendre l'avion.

Les situations à risques

Il existe des événements patents qui provoquent un stress élevé chez tout un chacun (catastrophes naturelles, attentats, agressions, etc.). Leurs points communs : la brutalité de l'événement, l'hostilité de l'environnement et, à la clef, le risque de blessures ou de mort. Ici, on parle plutôt de peur ou d'effroi, car le danger est bien réel.

Il y a les situations inattendues pour lesquelles notre

expérience passée n'offre pas de ligne de conduite. Le stress découle de l'absence de réponse, de l'incertitude, d'un résultat non conforme à vos attentes.

Le manque de contrôle peut aussi influencer la réaction au stress. *En montant dans l'avion, ce qu'on me demande, c'est de boucler ma ceinture et de remettre ma vie entre les mains d'un pilote dont je n'ai même pas vu la tête,* nous dit, plein d'amertume, un Décideur. *Je souffre de ne rien pouvoir faire.*

La possibilité d'anticiper les événements abaisse nettement le niveau de stress, d'où l'importance de la préparation, de l'apprentissage et de l'entraînement pour les pilotes, de l'information pour les passagers.

Les terreurs imaginaires

Chez l'homme, bien plus que chez tous les autres animaux, le mécanisme du stress peut se déclencher sans la présence de stresseurs extérieurs. L'individu s'invente toute une série de péripéties dans un drame dont, bien évidemment, il est le malheureux héros. *La réalité ? Elle marche à la fiction. C'est la fiction qui crée la réalité,* dit Apollinaire.

Si vous êtes un Anxieux, vous avez peut-être le souvenir douloureux d'un vol où vous êtes resté assis sur votre siège, recroquevillé, sur le qui-vive, alors que le vol se déroulait normalement. Vous auriez pu profiter du voyage. Eh bien non ! Le danger n'était pas présent, mais la crainte qu'il ne survienne était là, tapie dans votre cerveau. L'anxiété se nourrit de tout et de rien : une mimique de l'hôtesse, un drôle de bruit, une légère turbulence. Ce « presque rien » devient le début d'un film catastrophe qui prend le pas sur la réalité, déclenche l'activation du système nerveux et provoque quelquefois une attaque de panique.

L'anxiété peut se développer plusieurs jours avant le vol (difficulté d'endormissement, de concentration, etc.) et s'accentuer au fil des jours. *Chaque fois que je dois prendre l'avion, je téléphone à mon notaire pour savoir si mon testament est bien en ordre.* Ce qui est caractéristique de l'anxiété, c'est l'amplification péjorative. On se tricote dans sa tête un avenir gros de menaces.

Les stresseurs nichés dans la mémoire

Ils se rencontrent lorsqu'un événement traumatisant n'arrive pas à franchir la frontière du passé et s'agglutine à la perception de la situation présente, créant l'illusion d'un recommencement.

On peut illustrer ce mécanisme en examinant un comportement animal. Un stimulus visuel, comme la simple vue d'une seringue, peut provoquer chez un chat qui a subi une injection un véritable stress. La douleur de la piqûre est associée au stimulus visuel qu'est la seringue. Chaque fois que le chat verra cet instrument, il s'enfuira (réaction d'évitement) ou se hérissera de colère (réaction d'agressivité).

C'est la même chose chez les humains. L'origine de la peur en avion peut être reliée au souvenir d'un vol particulièrement perturbé où vous avez cru que votre dernière heure avait sonné. Ces minutes furent impossibles à vivre. Elles sont impossibles à oublier.

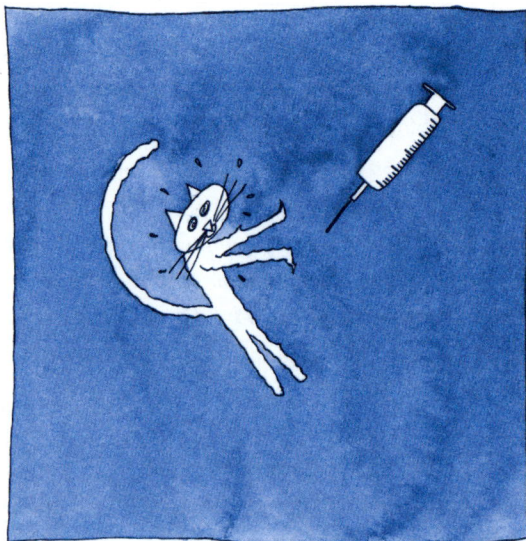

Fig. 3.7. Un mauvais souvenir dans la tête d'un chat !

La perception d'un seul élément qui rappelle la scène tragique, une couleur, un bruit, une odeur, peut déclencher la sonnette d'alarme et la mise en action du mécanisme de stress. En effet, tous les éléments rattachés au souvenir « avion » sont stockés dans le cerveau sous forme d'enregistrements inactivés. Si un de ces éléments est réactivé, il recrée les sensations et les émotions associées. Si vous étiez en train de boire une tasse de café, l'odeur ou le goût du café peut jouer à la vilaine petite madeleine en faisant resurgir le temps que vous croyiez « perdu ». Rien à voir avec un risque objectif. Le traumatisme devient très handicapant.

C'est ainsi qu'un otage, libéré à la suite d'un assaut donné par les forces de l'ordre, se jette au sol dès qu'il entend le bruit d'un klaxon d'automobile. Le souvenir du stimulus passé (tir de mitraillettes) resurgit et prend la place de l'information présente (bruit anodin de klaxon). C'est « comme si » l'assaut se reproduisait. La trace traumatique (passé) s'accroche à la perception et se substitue à la réalité (présent).

Les changements de vie

L'annonce d'une mauvaise nouvelle déclenche une réaction de stress. L'annonce de la mort d'un être cher provoque un choc émotionnel. Des conflits affectifs, un divorce sont sources de tension. De tout cela, vous êtes conscient.

Ce qui est moins évident et pourtant tout aussi vrai, c'est que tout événement entraînant un changement élève le niveau de stress, même si celui-ci est volontaire et souhaité (par exemple, un mariage). Ci-après, un exemple d'indicateur de stress construit à partir d'un échantillon de la population américaine à qui il a été demandé de quantifier sur une échelle graduée de 0 à 100 le stress induit par certains événements de la vie. A prendre avec des pincettes car il s'agit de moyenne et que le même événement n'a pas le même impact sur deux personnes différentes.

Des sollicitations excessives de l'environnement provoquent une surcharge de stress. C'est ce que nous venons de voir. Le paradoxe est qu'on peut être aussi stressé par une absence de stress ! En effet, la monotonie et la routine provoquent une tension pénible. *Dans*

Echelle d'ajustement social (d'après Holmes et Rahe, 1967)

rang	valeur		Événement
1	100	✝	Décès du conjoint
2	73	💔	Divorce
3	65	💔	Séparation conjugale
4	63		Emprisonnement
5	63	✝	Décès d'un parent proche
6	53	✚	Maladie ou accident personnel grave
7	50	♥	Mariage
8	47		Perte d'emploi
9	45	♥	Reprise de la vie commune
10	45		Mise à la retraite
11	44	✚	Changement grave dans la santé d'un proche
12	40		Grossesse
13	39		Difficultés sexuelles
14	39		Arrivée d'un autre membre dans la famille
15	39		Changement professionnel important (fusion, faillite)
16	38	$	Changement financier important (en positif ou en négatif)
17	37	✝	Mort d'un ami intime
18	36		Réorientation professionnelle
19	35		Modification du nombre de discussions avec le conjoint
20	31		Hypothèque (ou achat d'une maison ou d'une société)
21	30		Saisie d'un bien hypothéqué ou soumis à un emprunt

rang	valeur		Événement
22	29		Changement notable de responsabilité professionnelle
23	29		Départ du foyer d'un enfant
24	29		Difficulté avec sa belle-famille
25	28		Réussite personnelle exceptionnelle
26	26		Conjoint prenant ou perdant un emploi
27	26		Début ou fin d'un cycle de scolarité
28	25		Changement majeur de l'environnement
29	24		Changement d'habitudes personnelles
30	23		Difficulté avec son patron
31	20		Changement d'horaires ou de conditions de travail
32	20		Changement de domicile
33	20		Changement d'établissement scolaire
34	19		Changement de loisirs
35	19		Modification des activités religieuses
36	18		Changement d'habitudes sociales
37	17		Achat à crédit (voiture, télévision,...)
38	16		Changement de rythme de sommeil
39	15		Modification du nombre des réunions familiales
40	15		Changement notable d'habitudes alimentaires
41	12		Vacances
42	12		Noël

*ma pensée, ce temps reste comme un grand désert gris
où le soleil ne se montrait jamais,* nous dit Michelet[1].

Les microstresseurs de la vie quotidienne

Les événements mineurs, contrariétés et frustrations
de la vie de tous les jours, petits conflits familiaux et
professionnels sont de véritables piranhas de l'énergie.
Les tracasseries administratives sont au premier rang de
ces agressions. Chacun a son cahier de doléances. On
pense alors à Alexis de Tocqueville qui annonçait la
dépendance future de l'homme enserré dans « un réseau
de petites règles compliquées, minutieuses et uniformes »
et soumis à ce nouveau pouvoir qui « force rarement
d'agir mais qui s'oppose sans cesse à ce qu'on agisse »[2].

Le stress de l'horloge

Au temps cyclique et naturel, notre civilisation
industrielle occidentale a substitué un temps artificiel
et contraignant.

Pris dans cet engrenage, le temps vécu a du mal à
s'accorder avec ce rythme arbitraire et imposé. Temps
qui passe trop vite : agendas surchargés, soucis de
productivité, contraintes horaires. Temps qui ne passe
pas : attente, embouteillage, contretemps, ennui, etc.
Temps perturbé : décalage horaire, manque de sommeil
ou horaires irréguliers. Nos rythmes biologiques ne sont

---

1. Michelet, *Journal*, « Ma jeunesse », Gallimard.
2. Tous les persécutés de la démesure et du progressisme liront avec
profit une critique sociologique de notre société : *Grandeur et Dépendance (sociologie des macro-systèmes techniques)* d'Alain Gras, PUF,
« Sociologie d'aujourd'hui ».

plus respectés. La pression du temps est devenue une source de stress importante.

L'addition des stresseurs

On comprend facilement qu'un danger grave et imminent, réel ou même perçu comme tel, déclenche un stress aigu qui peut nous faire basculer brutalement au-delà de notre seuil de tolérance. Mais pour gérer le stress il faut aussi tenir compte d'un facteur important : le stress est un compteur, il additionne tout.

> Stresseurs physiologiques
> + situations à risques
> + terreurs imaginaires
> + souvenirs traumatisants
> + événements de vie
> + microstresseurs quotidiens
> + pression de l'horloge
> ———————————————
> **= stress dans l'avion**

C'est cette somme que vous emportez en voyage. Ce qui explique que, certains jours, vous vous envoliez plus difficilement que d'autres.

Si, en montant dans l'avion, vous êtes proche de votre niveau maximum de stress, une petite perturbation peut prendre des proportions gigantesques. C'est ce qui est arrivé à un chef d'entreprise.

— *Je ne comprends pas. Je prenais l'avion régulièrement sans problème. Et, ce jour-là, une fois assis dans mon fauteuil, je me suis senti mal, très mal. J'ai été pris de panique. Je n'ai pas pu supporter et j'ai demandé à descendre de l'avion.*

— Comment s'est passé votre départ ce jour-là ?

— *Difficilement. Beaucoup de travail durant la semaine. Un problème personnel à régler le matin. J'étais en retard à l'aéroport et j'ai eu des difficultés à trouver une place de parking. J'ai couru pour être à l'heure. En arrivant au comptoir d'enregistrement, j'ai appris que l'avion avait du retard, alors que j'avais une correspondance à Londres. Je suis monté dans l'avion très énervé.*

— Ce retard a été la goutte de stress de trop. Votre système d'activation nerveuse est passé dans le rouge provoquant une hyperexcitation avec toute sa cohorte de complications.

Quels sont les effets de l'excès de stress ?

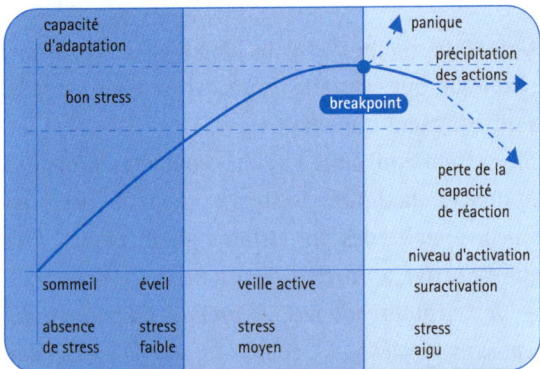

Fig. 3.8. Relation entre le niveau de stress et la performance.

Quelques commentaires sur cette courbe :

L'absence de stimulation a tendance à provoquer la baisse de notre vigilance. Résultat : la performance est médiocre.

Le stress par contre nous stimule. La courbe de la performance s'accroît régulièrement avec le niveau de stress. C'est le bon stress.

Mais au-delà d'un seuil propre à chacun[1], le système s'emballe et rien ne va plus. Ce qui se produit alors est facile à comprendre. La performance s'écroule dramatiquement. Le fonctionnement intellectuel est perturbé, voire annihilé. J'étais incapable de penser. *La conscience fascinée par l'événement est incapable de prendre la moindre distance à son égard*, note Ey[2]. On n'est plus capable de réfléchir. L'analyse de la situation, quand elle est encore possible, est superficielle, imprécise, source d'erreurs.

Sur le plan de la relation avec les autres, ce n'est pas mieux. Cannon[3] a été un des premiers à faire un parallèle entre les réactions animales provoquées par un stress aigu et les changements de comportement des humains dans le même type de situation :

> *Fight* (attaque) > manifestations d'agressivité : *Je suis odieux dans l'avion*, dit un passager.

> *Flight* (fuite) > évitement : *Je m'arrange pour ne plus*

---

1. Le point de rupture que les Américains appellent *break-point* existe chez chaque individu, mais à un niveau différent.
2. Henri Ey est un psychiatre qui a beaucoup travaillé sur les troubles du champ de la conscience.
3. Cannon W., *The Wisdom of the Body*, Norton, New York, 1932.

voyager. J'envoie un collaborateur à ma place. Je ne prends plus l'avion, dit un chef d'entreprise.

ou > retrait, repli sur soi : *C'est inutile de me parler dans l'avion. Je n'entends rien.* C'est ainsi que réagit la directrice d'une agence de communication, pourtant à l'aise habituellement dans les relations avec les autres.

En fonction de son caractère, on adopte l'un ou l'autre de ces comportements basiques.

Les perceptions sont déformées. C'est comme si on prenait une lorgnette par le mauvais bout. En terme scientifique on parle de « distorsion cognitive », c'est-à-dire d'écart entre la représentation de la réalité et la représentation imaginée.

Prenons à nouveau l'exemple du signal « attachez vos ceintures » qui s'allume en phase de croisière, renforcé par la demande du commandant de bord à l'équipage commercial de regagner ses sièges. Dans le cerveau d'un passager anxieux, des images de catastrophes et de périls graves surgissent et déclenchent la réaction de stress. La décharge d'adrénaline modifie le fonctionnement de son organisme. L'absence de possibilités d'actions provoque plus d'anxiété, plus de stress.

Et c'est parti ! L'homme pensant, éduqué, cultivé, sent la maîtrise de lui-même lui échapper. Ecoutons le récit d'un de ces sujets qui a été pris dans cette tempête : *C'est alors que tout a chaviré autour de moi. J'ai été pris dans une spirale infernale qui a conduit à la crise de panique. Je n'étais plus qu'une pauvre créature perdue dans la tourmente. J'entendais un tambour*

à la place de mon cœur. J'ai été pris de tremblements.
Je ne pensais plus. Le trou noir. Figé dans l'instant,
attendant que l'avenir fonce vers moi, gros de menaces,
j'étais envahi par l'angoisse, incapable de prendre en
compte des informations rassurantes. Il ne m'est plus
resté, comme un bateau pris dans un ouragan, comme
un surfeur roulé par les vagues, qu'à attendre que la
tempête physiologique déclenchée se calme[1]*. Une fois*
l'avion à terre, je suis sorti épuisé de l'avion. J'ai annulé
mon vol de retour et j'ai pris le train pour rentrer ! Il
est temps de faire quelque chose pour m'aider à sortir
de cette spirale infernale.

Et voici notre réponse : *Il existe des moyens de*
réduire votre stress et de contenir votre anxiété. Appli-
qués à l'avion, ils seront les outils qui vous dévoile-
ront la réalité du monde aéronautique et vous aideront
à vivre des vols plus sereins.

● **Le stress n'est ni bon ni mauvais en soi.** Il y a le bon
stress qui nous aide à nous sortir de mauvais pas en
décuplant nos capacités. On parle de mauvais stress
quand le mécanisme se déclenche inutilement ou
s'emballe. Le mécanisme du stress est rustique. Il faut
apprendre à le contrôler.

---

1. Une crise d'angoisse dure quelques minutes à une heure. Ensuite
vient l'épuisement.

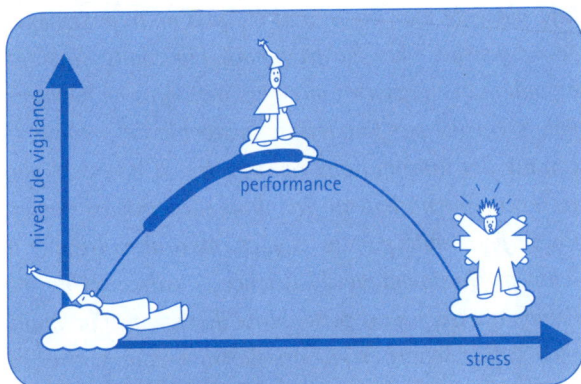

Fig. 3.9. Les couleurs du stress.

Comment gérer le stress aérien et vaincre l'anxiété ?

Quelle que soit la « famille » de passagers stressés dans laquelle vous vous reconnaissez, Terrien, Décideur, Anxieux, Victime d'un traumatisme, « Spatiophobe » ou Sujet ayant vécu une attaque de panique, il y a un antidote à votre mal de l'air. L'idée de partir d'un coup d'aile ne doit plus envahir votre quotidien, ni vous empêcher de tomber dans les bras de Morphée, ni vous amener à déchirer votre billet. C'est arrivé !

Il y a toujours des solutions possibles, mais il est important de souligner que leur mise en œuvre ne se fera pas en claquant des doigts et nécessitera toujours une adaptation aux besoins spécifiques à chacun d'entre vous. Tout changement demande un effort. Il faut donc être motivé ou obligé de voyager par avion pour entreprendre cette démarche. Une vraie question se pose.

Avez-vous une raison nécessaire et suffisante pour voyager par avion ?

La solution la plus simple pour ne pas être stressé est évidemment de supprimer le facteur qui en est la cause. Vous n'aimez pas voyager en avion. Vous avez une solution de rechange. Ne vous compliquez pas la vie et utilisez cet autre moyen de locomotion.

Si vous préférez cultiver votre jardin et que vous n'avez pas de raison impérative de quitter votre village, vivez tranquillement sur la terre de vos aïeux.

Mais ce n'est pas toujours le cas. Il existe toute une série de raisons qui peuvent rendre le voyage par avion difficile à contourner. Examinons ensemble quelques handicaps comblés par l'avion.

Je vais chaque semaine en Angleterre : Toulouse-Calais-Birmingham, voiture-bateau-train, quatorze heures aller, quatorze heures retour. C'est pénible et usant. L'avion serait un gain de temps et, aujourd'hui, le vieux dicton « le temps, c'est de l'argent » prend toute sa valeur. *Si je prenais l'avion, je triplerais mon chiffre d'affaires.* Le marché commercial est maintenant mondial. Comment aller au Japon ou aux Etats-Unis autrement qu'en avion ? Et cela ne date pas d'hier. Hermès aux sandales ailées, le dieu du commerce, n'est-il pas aussi le dieu des voyages ? *Si vous ne résolvez pas mon problème de peur en avion, je serai licencié.* La peur en avion n'est pas toujours prise au sérieux dans le contexte professionnel. Difficile d'en parler. (Ô le ricanement de son directeur qui, lui, dort béatement dès que l'avion a décollé !)

Vous employez mille astuces pour camoufler votre angoisse. Vous éludez les déplacements jusqu'au jour où vous vous trouvez mis au pied de la passerelle de l'avion.

> **Voyager par avion pour raisons professionnelles devient une nécessité.**

Considérons maintenant des besoins d'une tout autre nature tels qu'ils sont exprimés par quelques personnes : *Mon mari veut émigrer au Canada. J'ai des petits-enfants à Paris. Je n'ai jamais pris l'avion car j'ai trop peur. Je ne partirai que si j'ai pu résoudre ce problème.* Ainsi s'exprime Annie. Ecoutons maintenant Paul : *Je vais me marier avec une jeune Mauricienne, à l'île Maurice. En bateau, cela fait un mois de voyage.* Charles nous parle du cadeau empoisonné qu'il vient de recevoir. *Ma femme vient de m'offrir, pour notre anniversaire de mariage, un billet d'avion pour Venise. J'ai horreur de l'avion ! Mais comment refuser ?*

> **Voyager en avion pour raisons familiales est aussi une bonne raison,** à condition que ce soit une démarche personnelle. On ne force pas l'envie de voyager. On l'éveille.

Monsieur X., quant à lui, exprime ainsi son problème : *J'ai de l'argent. J'ai du temps. J'ai envie, très envie, de voyager et de partir visiter la planète. Mais la peur en avion me cloue au sol. Mon souhait le plus cher, c'est de voir enfin « en vrai » une image de rêve.* Il est certain qu'avec l'avion le dépaysement est d'autant plus fort qu'il vous arrive d'un coup.

> **L'invitation au voyage, la passion de la découverte sont de bonnes raisons.**

Nous terminerons par le témoignage d'une délicieuse grand-mère : *Je ne veux pas vivre hors du temps. Je veux vivre le temps de mes petits-enfants.* Il est vrai que le temps d'aujourd'hui est le temps de la conquête de l'espace. Il est vrai que les communications sont à l'échelle de la planète. Difficile de rester dans le coup quand on vit confiné dans l'Hexagone.

> **Retrouver le temps de son temps est aussi une bonne raison.**

Que vous soyez gêné dans votre vie professionnelle, dans votre vie familiale ou dans vos loisirs, vous avez une bonne raison de prendre l'avion et de surmonter vos peurs. C'est l'essentiel. La motivation est là. Nous pouvons maintenant passer en revue les différentes stratégies de changement.

Quelle stratégie choisir ?

A chaque famille, ses outils thérapeutiques.

Les Terriens

Vous vous êtes reconnu dans cette espèce. Voler est pour vous contre nature. En revanche, vous prenez sans problème tous les autres moyens de transport terrestres : auto, train, autocar, moto. Vous avez besoin de garder le contact avec le sol. Vous voyagez aussi sans problème par bateau ; la poussée d'Archimède[1] a fait ses preuves, dites-vous. La voie de la « guérison » passe par l'initiation au monde de l'air (p. 104).

Les Décideurs

Vous vous sentez appartenir à cette race d'êtres actifs, dynamiques, sur lesquels reposent de lourdes responsabilités professionnelles. Habitués à tenir les rênes de l'action, vous ne supportez pas le manque de contrôle en vol. Le lâcher-terre se fera plus facilement quand vous aurez acquis la confiance dans le professionnalisme des pilotes et des différents intervenants dans le système aéronautique (p. 104).

S'en tenir là n'est pas toujours suffisant. Certains Décideurs ne se posaient pas de question et prenaient l'avion facilement. Et puis, un beau jour, la situation s'est dégradée. C'est peut-être votre cas. Vous élaborez maintenant des stratégies pour éviter de prendre l'avion. Vous avez même « craqué » une fois avant ou pendant un vol. Ce n'est pas l'avion qui est en cause mais une charge de stress trop élevée. Plus une minute à vous, plus un moment pour vous détendre. Votre organisme se venge comme il peut. Comment réagir pour réduire le stress pernicieux et devenir « un bon stressé[2] » (p. 106) ?

J'en viens maintenant au problème de la coupure

---

1. Le principe de flottabilité est expliqué au chapitre 4.
2. Albert E., *Comment devenir un bon stressé*, Odile Jacob.

du vol. Passer d'une phase de travail forcené (votre lot quotidien) à une phase de passivité (la durée du vol) est difficile. Pour un hyperactif, il est utile d'occuper son esprit ou ses mains à l'aéroport et en vol. Que faire ? Voyez p. 109.

Les Anxieux

Il existe plusieurs types d'Anxieux. Pour tous, une meilleure connaissance du monde aéronautique ne peut être que bénéfique (p. 104).

Notez ensuite ci-dessous la description succincte de certains comportements. Ces indices vous serviront de point de départ pour trouver des remèdes adaptés à votre cas.

Si vous êtes comme Alain, c'est l'attente qui vous pèse. *Si je suis occupé, cela va mieux. Mais en avion que faire ?* Utilisez des stratégies de diversion (p. 109).

Mais si, comme Sophie, vous n'arrivez pas à détourner le cours de vos idées noires, si vous vous sentez englué dans votre anxiété, suivez une thérapie cognitivo-comportementale (p. 124).

Si vous êtes comme Jacques, vous êtes un perfectionniste dans votre travail. Vous souffrez d'un excès de stress professionnel. Quelques conseils à glaner pour éviter le surmenage, p. 106.

Si vous êtes comme Eliane, vous vivez dans un état de tension permanent. Vous somatisez facilement. Une technique de relaxation peut vous aider (p 118).

Si vous êtes comme Louis ou Claire, vous avez perdu l'appétit de vivre. Vos journées se sont vidées de leurs occupations habituelles. Vous êtes un jeune « retraité » ou vous êtes une mère au foyer et vos enfants ont quitté le nid familial pour voler de leurs propres ailes. Vous souffrez, dans l'un ou l'autre cas, d'un manque de stress. La morosité tue l'imagination. Vous avez besoin de retrouver un rythme d'activités soutenu. Planifiez l'emploi du temps de vos journées. Prenez de nouvelles habitudes. L'appétit viendra en mangeant (p. 114).

Si vous êtes comme Xavier, vous avez pris l'avion des dizaines de fois sans aucun problème et même avec plaisir. Vous avez même pensé à être pilote de chasse. Et puis là, progressivement, la peur vous envahit à chaque fois qu'une mission à l'étranger est programmée. Il y a la peur de l'avion, mais ce n'est pas tout. Votre malaise est plus général. Vous commencez à vous poser des questions sur votre devenir. *J'étais bon élève. J'ai suivi naturellement la voie scientifique, comme mon père. Je réussis assez bien dans mon travail, mais cela me pèse de plus en plus.* Un travail analytique peut vous aider à vous découvrir (p. 127).

Comme dit J.-B. Pontalis en parlant d'un de ses patients, *maintenant, ce né désenchanté peut s'enchanter d'un rien : un reflet du ciel dans l'eau de l'étang, un chien qui lui fait fête, et surtout, surtout, les jambes élancées ou la naissance des seins d'une femme croisée dans la rue*[1]. Voler redeviendra un plaisir.

---

1. Pontalis J.-B., *Fenêtres*, Gallimard.

Les Victimes d'un événement traumatisant

Vous avez été victime d'un accident d'avion. Il est arrivé un accident à l'avion dans lequel se trouvait un de vos proches. Vous avez traversé un orage violent et vous avez cru que la foudre allait faire exploser votre avion. Depuis, la plus légère turbulence est ressentie comme une menace de récidive. Il y a lieu de désamorcer un processus qui peut devenir handicapant (p. 117).

Les « Spatiophobes »

Vous vous apparentez à cette espèce qui a toujours besoin de se réserver une porte de sortie. Vous ne supportez pas d'être enfermé. Vous ne prenez plus, ou très difficilement, les ascenseurs, le TGV, le RER, etc.

Vous ne supportez ni la foule ni les embouteillages. Vous ne pouvez plus circuler sur les boulevards périphériques ni passer sur un pont. Petit à petit, à des degrés divers, vous avez abandonné jusqu'à l'idée de certaines activités.

Pour éviter que votre vie ne rétrécisse comme une peau de chagrin, faites-vous aider par un spécialiste des troubles phobiques (p. 124).

Les Sujets qui ont vécu une attaque de panique

La caractéristique commune à ces sujets, c'est le souvenir obsédant d'une crise douloureuse et angoissante. Quelques expressions verbalisées après coup rendent compte de l'effroi ressenti, du sentiment de mort imminente : *J'ai eu le sentiment que j'allais mourir...* Du coup, ils restent cloués au sol de peur d'avoir peur. Si vous partagez cette anxiété, sachez qu'il existe des programmes thérapeutiques qui font appel aux thérapies comportementales et aux traitements médicamenteux pour guérir les troubles paniques (p. 124).

> **Ces différentes possibilités d'aide** à utiliser une par une, ou à combiner entre elles, ne vous mèneront pas sur la Lune, mais vous aideront sûrement à vous envoler. Il existe d'autres thérapies bien sûr. Si vous êtes curieux, vous pouvez vous reporter à la fin de ce chapitre où nous avons ajouté un appendice groupant quelques informations complémentaires sur l'approche orientale.

L'initiation au monde de l'air

En regardant les pilotes souriants et détendus monter dans leur avion, on se dit qu'ils sont sans doute possesseurs d'un secret. On a envie de leur crier : Que savez-vous que je ne sache pas ? D'abord être conscient que leur savoir ne leur tombe pas du ciel. Rien de mystérieux.

— *Peut-être faut-il apprendre à piloter ?*

— Pourquoi pas. Mais sachez que, dans un avion de ligne, vous ne serez pas dans les mêmes conditions. Ce qu'il vous faut, avant de prendre le ciel, c'est apprendre les lois du monde aéronautique pour trouver vos repères et comprendre les mécanismes du vol. C'est le propos du petit traité aéronautique que vous découvrirez au chapitre suivant. A lire et à relire.

Après la théorie, la pratique. Vous pouvez suivre un cours pour passager. Il existe des stages d'initiation aéronautique[1] où vous apprendrez à démystifier les bruits ou les turbulences et à vous familiariser avec vos sensations dans l'avion.

— *Justement, dans l'avion, je suis toujours aux aguets. Au moindre bruit, je panique.*

— Au cours d'un vol effectué dans un simulateur professionnel, vous ressentirez les mêmes effets que si vous décolliez vers Hong Kong ou Singapour en fonction des conditions climatiques. Le simulateur permet aussi de reproduire toutes les pannes. A chaque problème, sa solution. Vous pourrez ainsi toucher du doigt la fiabilité du système aéronautique, même en situation dégradée. Votre esprit comme votre corps en prendront acte.

> **Pour les Terriens,** le résultat est généralement positif. Cette expérience corrective leur fait pousser des ailes et ils peuvent après s'envoler sans effort.

> **Pour les Décideurs,** cet apprentissage est riche d'enseignements. Comprendre les événements qui rythment le vol permet de réduire l'imaginaire, de passer du non-sens au sens. Les Décideurs prennent aussi

1. Programme « Apprivoiser l'avion », organisé par Air France. Centre antistress aéronautique, 1, avenue du Maréchal-Devaux, Paray-Vieille-Poste, cedex. Tél. : 01 41 75 25 05 ; fax : 01 41 75 18 44.

conscience que les pilotes sont de « vrais » professionnels à qui ils peuvent déléguer leur confiance.

> **Pour les Anxieux,** cette initiation aéronautique
modifie leur vision. Ils en ressortent libérés d'un certain
nombre de croyances irrationnelles.

L'hygiène de vie

Quiconque connaît l'art de ménager sa vie
N'a point à redouter les tigres en voyage.
Lao-tseu

La peur en avion peut être le révélateur d'une
surcharge de stress. Elle est souvent accompagnée
d'autres signaux d'alarme. Ce n'est pas l'avion qui est
en cause mais le mode de vie, autrement dit le surmenage ou la « maladie des managers[1] ». Les méthodes de
« désensibilisation » ne donneront de résultat que si
elles s'accompagnent d'autres changements de comportement qui réduiront le niveau général de tension.

Signaux d'alarme

• *Psychologiquement :* plus d'anxiété, moins d'intérêt,
sautes d'humeur.

• *Physiologiquement :* maux de tête, problèmes diges-
tifs, mal de dos, gorge nouée, troubles du sommeil,
fatigue matinale.

• *Intellectuellement :* difficultés de concentration,
erreurs, oublis.

• *Professionnellement :* baisse de motivation, hyperac-
tivité, précipitation.

• *Socialement :* irritabilité, agressivité, repli sur soi.

---

1. Formule de P. Kielholz.

Facteur numéro un à l'origine du grippage de votre belle mécanique : le stress professionnel. Pour les bourreaux de travail qui n'ont plus une minute à eux, l'ego, qui ne supporte plus d'être traité en esclave, risque de se révolter. Trop, c'est trop. Et l'organisme tire la sonnette d'alarme. Il va répondre par la fatigue, par la maladie ou par un comportement aberrant. Les voyages en avion, bien supportés jusque-là, deviennent brutalement des cauchemars sans que le voyageur ait connu d'incident.

L'exemple type est celui du chef d'entreprise qui porte le poids des risques financiers encourus par son entreprise. Mais c'est aussi le cas de tous ceux qui sont appelés à prendre des décisions en situation d'incertitudes (marchés financiers, compétitions commerciales, conflits de priorité). Dans le contexte actuel, il faut s'accrocher pour obtenir des résultats. Il est donc difficile d'échapper au stress de la prise de décision.

Autres facteurs de stress : la pression de l'horloge et les emplois du temps déraisonnables. Il va falloir alléger votre agenda. Cela veut dire hiérarchiser les priorités. Cela veut dire accepter de déléguer davantage. Cela veut dire apprendre à dire « non ». Cela veut dire diminuer le nombre des interruptions et ne plus accepter la loterie des appels téléphoniques. Cela veut dire prendre le temps de souffler. Le pas le plus difficile à franchir est de savoir, à un moment donné de la journée, faire une pause, ne fût-ce que de quelques minutes. *J'ai compris que j'avais besoin de prendre le temps d'être seul pour réfléchir. C'est planifié sur mon agenda. Cela me permet de prendre du recul le reste de la journée.* Ne plus confondre efficacité et volume de travail.

Si Net, PC, téléphone portable, font partie de votre paysage quotidien, attention aux débordements. Nous vivons dans un monde saturé de réseaux et de sources d'informations illimités. Trouvez le bon compromis. Pensez à ce qui a de l'intérêt et à ce qui n'en a pas.

Planifiez dans la semaine quelques bulles ludiques. Vous retrouverez tout naturellement votre équilibre. *J'ai repris le jogging. C'est probablement grâce à cela que je revole maintenant sans appréhension.*

En bref, écoutez les sages préceptes d'Hippocrate : *Pour l'excès de travail, les remèdes sont : encouragement, chaleur du soleil, chant, lieu salutaire* (que vous pourrez atteindre par avion !).

Sans compter qu'une marche le long de la mer, des heures apparemment vides seront peut-être à l'origine d'une idée nouvelle.

Activités conseillées... ou déconseillées !
- faire un peu d'exercice physique pour éliminer les toxines (marcher plus, monter ou descendre les escaliers à pied...) ;
- faire un peu de sport (natation, bicyclette, marche à pied, tennis, golf, etc.) ;
- limiter les excitants (alcool, tabac, café) ;
- privilégier le sommeil régulier ;

- pratiquer l'art de la sieste[1] ;
- voir vos amis, leur téléphoner ;
- éviter la télévision « passive » ;
- avoir un violon d'Ingres ;
- jouer avec vos enfants ou vos amis ;
- lire n'importe quoi et n'importe où. C'est un droit, affirme Daniel Pennac[2] ;
- voir une exposition.

Les stratégies de diversion durant le vol

Vous trouverez ci-après différentes techniques pour couper les ailes aux scénarios catastrophes sortis de votre imagination. Vous pouvez vous en inspirer et retenir celles qui vous paraissent les mieux adaptées à votre comportement.

Le soutien social

Parler procure un certain soulagement. La personne qui s'exprime souffre moins que celle qui se tait. Mais encore faut-il pouvoir le faire. *Je suis tellement malheureux et terrorisé que je me roule en boule sur moi-même, muet, sourd.* Dans ce cas, c'est votre main qui parlera en s'agrippant au bras de votre voisin. Le toucher est porteur d'une intelligence primitive qui reconnaît immédiatement l'autre comme bon pour lui, provoquant un état apaisant et sécurisant. *Je me suis blottie sous son aile protectrice.*

---

1. La durée d'une sieste se situe autour de vingt minutes. Au-delà, vous risquez de tomber dans un sommeil profond et d'avoir du mal à retrouver le fil de vos activités. Le moment idéal se situe après le déjeuner.
2. Pennac D., *Comme un roman*, Gallimard.

Si votre voisin s'endort béatement alors que vous êtes angoissé, n'hésitez pas à exprimer votre appréhension au personnel navigant. Il faut savoir tirer par la manche l'hôtesse ou le steward. Le besoin d'être soutenu dans la situation de détresse que peut représenter, à un certain stade, la peur en avion, est immense. Hôtesses et stewards sont là pour votre confort physique mais surtout psychologique. N'ayez aucun scrupule. Vous ne les dérangerez pas. C'est leur travail. *C'est ce que j'ai fait sur mon dernier vol et le steward s'est transformé en vrai saint-bernard.*

Il peut se produire le cas inverse. C'est à vous qu'on demande de l'aide. *Lors de mon dernier vol, je n'étais pas rassuré. Mais ma voisine était bien plus mal que moi. Elle n'avait pas bougé depuis le décollage. Elle n'avait pas touché à son plateau. Chaque fois que l'avion faisait un léger mouvement, elle s'agrippait au fauteuil. J'ai voulu faire bonne figure. Je me suis occupé d'elle et, à mi-descente, je me suis aperçu que, pour une fois, je n'avais pas eu peur.* Rassurer est rassurant. Le stress est contagieux. La confiance est aussi communicative. Cela marche dans les deux sens.

Les activités de diversion

On trouve toujours de l'épouvante en soi, il suffit de chercher assez profond. Heureusement on peut agir.
André Malraux

Une des solutions pour lutter contre le stress (en particulier pour les hyperactifs) est de déjouer le piège de l'anxiété en tentant une diversion. Occupez votre esprit ou vos doigts. Concentrez-vous sur une tâche concrète. Comme l'attention ne peut se fixer que sur un objet à la fois, l'objectif est de la concentrer sur une activité facile. Tous les trucs sont bons du moment que cela empêche la peur d'enfler.

D'accord. Mais que peut-on faire en avion ? Voici quelques exemples qui nous viennent du retour d'expérience de nos anciens stagiaires. Ils ont été testés pour vous !

Dérivatifs

• L'écoute d'un livre

Inutile d'essayer de vous plonger dans la lecture d'un livre quand vous êtes très stressé. Vous ne rentrerez pas dedans. Vous vous heurterez à une surface imperméable et glacée. Il faut que quelqu'un vous aide à soulever la dalle des mots. Si la lecture est pour vous un moyen d'évasion, tentez l'écoute d'un livre enregistré. Achetez un baladeur pour cassettes ou CD. La voix chaude et feutrée d'un comédien peut remplir le volume de votre cerveau. Tout le temps que dure l'écoute d'un livre de Pagnol (si vous aimez Pagnol !), vous partagez les odeurs de la garrigue et les affres de la chasse aux bartavelles, oubliant vos craintes.

• La musique

Choisissez votre morceau favori, celui qui vous apporte évasion et apaisement. Il suffit de quelques mesures pour que vous reviennent en mémoire des souvenirs agréables. Les mères chantent des berceuses à leur bébé pour les calmer et les assoupir. Ecoutez la musique

nostalgique de vieux westerns. Ecoutez Mozart, Bee-
thoven, Schubert, Kitaro, etc. L'émotion ressentie dimi-
nuera votre tension. Ecoutez des chants grégoriens. Le
rythme régulier des voix régulera votre respiration et
vous apaisera.

• **L'écriture**

Ecrire peut également vous soustraire à un environnement perçu comme menaçant. Même si vous n'avez
pas la bosse de la littérature, devenez le greffier chargé
d'enregistrer vos sensations. Trouvez le mot juste. Au
lieu de « mon cœur s'emballe », qualifiez le rythme de
votre cœur. Au lieu de « l'avion fait des bruits inquiétants », décrivez le type de bruits et cherchez à l'associer à la phase du vol.

La plupart des otages d'Irak (1990) ont écrit durant
leur captivité. Ils ont constaté que le travail de « mise
en mots » les aidait à prendre un peu de distance par
rapport à ce qu'ils vivaient. Cela a été aussi le cas
du reporter Jean-Jacques Le Garrec[1], otage à Jolo aux
Philippines (2000). Remplir une page est une façon de
vider son esprit d'une partie de son angoisse.

• **La copie**

Plus simple ; installez-vous avec tout ce qui vous est
nécessaire sur la tablette et recopiez votre carnet
d'adresses. Le temps passera un peu plus vite et, à
l'arrivée, vous serez étonné du travail accompli.

• **Les petits jeux hypnotiques**

L'invasion électronique peut rendre service pour passer
le temps. Très efficace pour les amateurs.

---

1. Le Garrec J.-J., *Evasions, 74 jours à Jolo*, XO éditions.

• Le dessin

Gribouillez un croquis. Laissez la main glisser sur le papier. Coloriez avec votre enfant.

• Les travaux manuels

La tapisserie canalise l'attention vers l'aiguille. Rappelez-vous que c'est ce qui a sauvé Pénélope de son angoisse, dans l'attente d'un hypothétique retour d'Ulysse.

• La préparation de votre circuit touristique

Plongez-vous dans vos guides et préparez votre première étape.

• Les jeux de société

Si vous avez un compagnon, les jeux (cartes, morpion, dames, Othello, etc.) peuvent vous distraire.

• Les jeux d'esprit

Les petits problèmes de logique ou de mathématiques vous tirent vers le monde rationnel. Rappelez-vous le savant Cosinus[1] qui, dans le cas de stress sévère, recommandait l'extraction à 0,0000001 près de la racine cubique d'un nombre de 127 chiffres !

• Les mots fléchés ou les mots croisés

Pour les amateurs. Emportez un dictionnaire de poche pour plonger le nez dans le monde rationnel des mots. Bien souvent, vous trouverez une page « jeux » dans la revue de bord.

• Les achats (à l'aéroport et à la boutique de bord)

Acheter est un plaisir (très féminin, mais ce n'est pas un monopole !) qui réduit le stress. Vous gagnez un

---

1. Christophe, *L'Idée fixe du savant Cosinus*, Armand Colin.

moment de répit. Et tant pis si votre porte-monnaie fait grise mine !

• **Le chewing-gum**

Des activités sans signification et sans importance ont un effet calmant. Un exemple : mâcher du chewing-gum réduit la tension[1].

Vous pouvez aussi offrir vos services aux hôtesses et aux stewards ! Un chanteur célèbre demande toujours à l'équipage de participer à la préparation des cassolettes dans le galley. C'est sa façon de lutter contre la peur ! Pour un médecin, le voyage sans peur a été celui où il a été sollicité pour soigner un malade dans l'avion. Occupé à prendre soin du passager souffrant, il n'a pas eu le loisir de laisser son imagination « gamberger ».

✚ Avoir « la vie devant soi[2] »

Ce paragraphe s'adresse à ceux qui souffrent du mal inverse des Décideurs. Les uns souffrent par excès de stress ; les autres par manque de stimulation. La grisaille du quotidien ! L'éloignement des enfants ou la retraite peuvent provoquer cette sensation de vide, engendrer l'ennui et faire glisser insidieusement vers la dépression. La peur en avion peut faire partie de cette pathologie.

Si tel est votre cas, commencez par balayer de votre langage des expressions telles que « à quoi bon ! »

---

1. Préventif pour le mal aux oreilles en descente.
2. Ajar E., *La Vie devant soi*, Mercure de France.

ou le mot « retraite ». Cultivez la curiosité. Tournez-vous vers l'avenir. Ayez en tête : chaque jour, une nouvelle journée commence.

— *Concrètement, que faire ?*

— Il s'agit de recadrer votre temps journalier en vous donnant des obligations qui vous tirent vers l'extérieur. C'est plus facile si celles-ci s'inscrivent dans un vaste dessein. Chaque année, imaginez-vous commencer une année sabbatique. C'est le moment de bâtir un projet car vous avez douze mois devant vous pour le mettre en œuvre. Goûtez la vie.

Projets d'actions (liste non exhaustive !)
- apprendre la calligraphie chinoise ;
- suivre des cours de cuisine ;
- écrire un livre de recettes familiales ;
- créer un jardin potager ;
- participer à une association humanitaire ;
- apprendre le jeu de go ;
- vous perfectionner dans le jeu d'échecs ;
- vous intéresser à l'astrophysique ;
- changer la décoration de votre maison et adopter le style minimaliste ;
- apprendre une langue étrangère ;
- pour ne pas vous sentir vieillir, intéressez-vous à tout ce qui est vieux, très vieux (archéologie, antiquités, etc.), ou au contraire à tout ce qui est « dans le vent » (high-tech, Internet...) ;
- et, bien sûr, voyager !

Il convient d'être sensible à vos goûts et aux opportunités de votre environnement. Ensuite, il faut passer du rêve à l'action. Le projet se distingue nettement de la simple aspiration. Il requiert un objectif précis et l'élaboration d'un programme qui débouche sur l'action. En bref, aimer l'ouvrage.

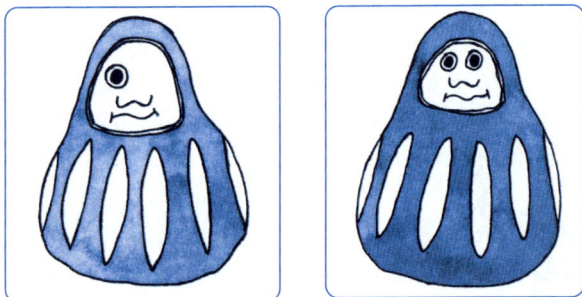

Fig. 3.10. Daruma.

Daruma

Lorsqu'un Japonais lance un projet, il achète une poupée Daruma dont un œil seulement est dessiné. On ne peint le deuxième œil que lorsque le projet est devenu réalité.

Pour réussir votre projet

- soyez concret ;
- choisissez des complices qui soutiennent votre élan ;
- suivez une formation ;
- parlez de votre projet autour de vous ;
- fixez-vous un horaire régulier et des échéances.

L'envie de s'envoler prendra place tout naturellement quand le voyage sera nécessaire à la réalisation d'un de vos projets. Initié à la langue chinoise, vous aurez envie d'éblouir vos amis en marchandant au marché des antiquaires de Pékin un laque ancien. Quand vous aurez appris à développer vos photographies, vous aurez envie de prendre des photos aux quatre coins du monde.

Effacer les « bleus à l'âme[1] »

Ce qui est à fermer
Il faut d'abord l'ouvrir.
Lao-tseu

Une assistance psychologique devrait être offerte à toutes les victimes d'un crash ou d'une catastrophe pour éviter les troubles post-traumatiques. On ne sort pas indemne de la confrontation avec un danger mortel ou vécu comme tel. Et, une fois le danger écarté, le souvenir de cette confrontation avec la mort risque de perdurer. *J'ai besoin de laver ma mémoire.*

Des thérapies brèves « à chaud » (mises en œuvre immédiatement après l'événement) sont bien connues des milieux militaires[2]. Il s'agit de « désamorcer » un processus pervers. Les blessures de « l'âme » ne peuvent se refermer tant qu'elles n'ont pas été rouvertes et nettoyées. *Le traumatisme sera un « corps étranger interne » qui aura le pouvoir de reparaître intact aussi bien à l'occasion du sommeil que de la vie éveillée[3].*

---

1. Sagan F., *Des bleus à l'âme*, Flammarion.
2. Crocq L., *Les Traumatismes psychiques de guerre*, Odile Jacob.
3. Lebigot F., *La Clinique des névroses dans son rapport à l'événement*, tome 1, n° 1, *Revue francophone du stress et du trauma*, novembre 2000.

En fait, traumatisme physique et traumatisme psychologique sont très proches. *Le traumatisme psychologique se rapproche beaucoup plus du coup reçu sur le corps que de la maladie,* dit Claude Barrois[1]. Réparer et consoler. Faire en sorte que le vol traumatisant devienne une péripétie de l'existence. Cette thérapie brève peut être suivie d'un stage aéronautique qui réconcilie la personne avec l'avion.

Les « techniques de relaxation »

Dans l'avion, votre cœur s'emballe. Mais il n'y a pas que le vol qui vous mette sous tension. Vous êtes souvent hypertendu, respiration bloquée, estomac noué, muscles contractés. Vous ressentez fortement les émotions. Un entraînement régulier ne vous fait pas peur. Vous pouvez apprendre à mieux faire face au stress par l'acquisition d'une technique de relaxation. Il existe différentes méthodes. Elles sont pour la plupart inspirées d'expériences millénaires qui nous viennent d'Orient. Certaines ont été adaptées à la culture occidentale[2]. Le principe de base de ces techniques repose sur l'acquisition d'un pouvoir de contrôle sur vos réactions émotionnelles. Point impor-

---

1. Barrois C., *Les Névroses traumatiques*, Dunod.

2. Les pères fondateurs en Occident :

- En Allemagne, J.H. Schultz, auteur de l'ouvrage *Le Training autogène,* PUF.

- Aux Etats-Unis, E. Jacobson, *Progressive relaxation*, University of Chicago Press.

- En France, Jarreau et Klotz, « Méthode de relaxation analytique », in *La Relaxation, aspects théoriques et pratiques*, Expansion scientifique française.

tant : il s'agit de « modifications volontaires ». Ces changements sont intentionnels et maîtrisés. Ils peuvent conduire à un état de stabilisation de l'énergie cérébrale et donc à une sorte de fonctionnement relaxé du cortex cérébral[1].

La détente des muscles

La première difficulté est d'apprendre à détendre son corps. Ce n'est pas facile de commander à ses muscles et de donner un ordre de détente. C'est pourquoi, en général, on commence par faire une contraction volontaire (de la main, par exemple, en serrant le poing), puis par cesser cette tension et laisser progressivement la main se détendre. C'est par ce jeu de contraction-détente qu'on apprend ainsi à décontracter chaque partie du corps (bras, tête, jambes, etc.), pour arriver ensuite à une décontraction générale.

Un nouveau souffle

Il n'existe pas de véritable détente sans un travail sur la respiration. Respirer paraît être la chose la plus naturelle du monde. Nous n'y faisons pas attention. Et pourtant nous ne savons pas respirer. Nous respirons mal, très mal. Lorsque nous sommes stressés, nous respirons par le haut des poumons. Le souffle est alors court, saccadé. D'où l'impression d'étouffer. Tandis que respirer par le ventre enrichit le sang, nourrit nos cellules et produit un effet apaisant. *Un des spectacles*

---

1. Lambert J.-F., « Corrélats électro-encéphalographiques des états de conscience volontairement modifiés », in *Les Relaxations thérapeutiques aujourd'hui*, tome 2, L'Harmattan/LFRT.

les plus étonnants que j'aie vus, ce fut le ventre de mon gourou yogi. Il attrapait son souffle de façon haute, lente, et comme drainée. Il l'engageait en lui par la poitrine, le ventre, et le tassait presque entre ses jambes. Sur le moment, j'étais hypnotisé par son ventre apparu soudainement gonflé et qui ne se réduisait que lentement. Cette observation d'Henri Michaux rejoint les descriptions de ceux qui ont accompli des voyages en Asie et qui ont eu le privilège de rencontrer un yogi. *Le rythme de la respiration s'obtient par une harmonisation de ces trois phases : inspiration, conservation de l'air, expiration. Chacune doit être d'une durée égale,* a retenu Mircea Eliade de ses voyages en Orient. Le ralentissement de la respiration et la réduction de son amplitude favorisent la production de rythmes alpha, indice de la mise en détente de notre cerveau (état de somnolence, fig. 3.12).

L'image de calme

Pendant le temps de la relaxation, vous fermez les yeux et vous vous imaginez dans un lieu où vous vous sentez bien. Gardez bien en mémoire ce paysage.

éveil - onde bêta 13-20 HZ

somnolence - onde alpha 8-12 Hz

stade 1 - onde thêta 4-7 hz

stade 2 – fuseau de sommeil et complexes K

sommeil profond – delta 1–3 Hz

sommeil paradoxal

encéphalogramme

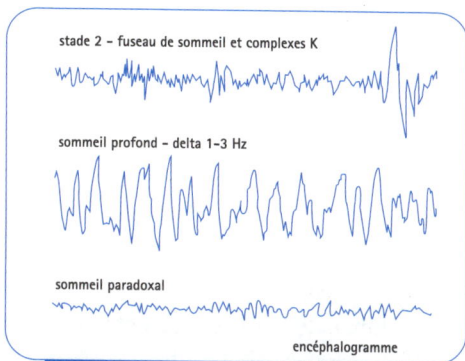

Fig. 3.11. Différents rythmes de notre activité cérébrale.

Continuum Comportemental	EEG	État de vigilance	Efficacité
Émotion vive (peur, rage, anxiété)	Désynchronisé, amplitude faible à modérée, fréquences rapides de basse amplitude	Éveil extrême, attention dispersée diffuse (confusion mentale)	Médiocre (perte de contrôle, effroi, comportement désorganisé)
Alerte attentive	Partiellement synchronisé prédominance d'ondes rapides de basse amplitude	Attention sélective susceptible de variations concentration, anticipation	Bonne (réactions efficaces, sélectives, rapides) ; comportement adapté aux réponses en série
Relaxation	Synchronisé : rythme alpha optimal	Attention flottante non concentrée favorise les associations libres	Bonne pour les réactions de routine et la pensée créative
Somnolence	Alpha réduit, ondes lentes intermittentes de basse amplitude	Éveil imparfait état limite, imagerie mentale rêverie	Médiocre, comportement non coordonné, labile, perte du sens de la durée
Sommeil léger	Bouffées de pointes et ondes lentes plus amples, disparition de l'alpha	Conscience notablement diminuée, état de rêve	Nulle
Sommeil profond	Ondes amples et très lentes synchronisées	Disparition totale de la vigilance, perte du souvenir des stimulations ou des rêves	Nulle

Fig. 3.12. Différents états de vigilance (d'après Defayolle et coll., 1971).

Vous y trouverez refuge chaque fois que vous en aurez besoin.

Pour parvenir à un meilleur contrôle, il faut plusieurs séances (10 à 12 au moins) sous la conduite d'un spécialiste (médecin ou psychologue) et une pratique régulière. Cet apprentissage paraît un peu fastidieux au départ. Si vous franchissez le cap des cinq à six séances, c'est gagné. Après quelques semaines, le mécanisme global de mise en détente sera « quasi-réflexe » et vous en ressentirez les bienfaits en tant que passager, mais aussi dans la vie quotidienne. C'est un excellent moyen de recharger ses batteries.

— *Est-ce qu'il existe des cassettes de relaxation ?*

— Si vous achetez des cassettes, elles risquent fort de faire tiroir restant. Difficile en effet d'apprendre seul. Par contre, très souvent, votre thérapeute enregistre votre séance.

Ce qu'on peut faire seul, c'est apprendre à mieux se reposer et essayer de retrouver cette position à bord de l'avion.

Petite pause relaxante
- **Installez-vous dans un endroit calme** où vous savez que vous ne serez pas dérangé (pas de téléphone, par exemple).
- **N'ayez pas de vêtements serrés.** Les Arabes, les Orientaux, portent des vêtements souples et amples. Défaites la boucle de votre ceinture et le nœud de votre cravate, enlevez vos chaussures et vos boucles d'oreilles.
- **Prenez place dans un fauteuil confortable.** Choi-

sissez une posture aussi relâchée que possible. Pensez au chat qui dort.

Vous pouvez accompagner cette mise en détente d'une musique douce à votre goût : chants grégoriens, musique orientale ou bruits naturels tels que cascade, chants d'oiseaux ou cris de baleine. Vous pouvez poser à côté de vous une fleur très parfumée.

• **Prenez soin que toutes les parties de votre corps « se reposent » sur un point d'appui.** Le dos sur le dossier du siège. Trouvez les bons soutiens pour les bras. Posez les mains à plat sur les cuisses.

Laissez vos épaules retomber naturellement.

Décroisez vos jambes, posez vos pieds bien à plat sur le sol, parallèles.

Fermez les yeux. Fermez la bouche.

• **Maintenant pensez à votre respiration. Respirez par le nez.** Essayez de « sentir » le mouvement de votre respiration, sans changer de rythme.

- Inspirez. L'air entre dans votre corps. Votre poitrine et votre ventre se gonflent légèrement.

- Gardez l'air quelques instants.

- Expirez lentement toujours par le nez. L'air sort de votre corps. La poitrine et le ventre se décontractent légèrement. La phase d'expiration doit durer aussi longtemps que la phase d'inspiration. Expirez à fond. Attachez-vous à sentir le rythme de votre respiration comme une vague qui vient et qui va sur une plage. Respirez doucement comme lorsqu'on hume un parfum subtil.

• Pensez à une image qui évoque pour vous la sérénité : un paysage paisible dans lequel vous vous sentez bien.

• Après le temps que vous vous êtes fixé (fin du programme musical, par exemple), effectuez un réveil en douceur. Respirez à fond, les yeux fermés. Etirez-vous une ou deux fois sans forcer, les yeux toujours fermés. Ouvrez alors doucement les yeux.

La sophrologie

La sophrologie a été créée par un psychiatre colombien, Alfonso Caycedo[1], en 1960. Elle est basée sur la théorie des états (et niveaux) de conscience et s'inscrit dans la lignée des approches thérapeutiques telles que l'hypnose et la relaxation. Le principe de base est simple[2] : il s'agit de mettre le patient, au moyen d'une pratique respiratoire appropriée, dans un état de relaxation (dit état de « conscience sophronique »). Le sujet abaisse son niveau de vigilance et devient plus sensible à la suggestion. Le sophrologue va utiliser ce temps pour « tranquilliser, redonner de la sérénité et de la confiance. Cet apprentissage de base pourra être suivi d'une préparation progressive à une épreuve spécifique – ici prendre l'avion ».

Les thérapies comportementales et cognitives

Vous souffrez de **claustrophobie**. Dans l'avion vous ne supportez pas de voir la porte se fermer. Vous vous sentez piégé. Vous avez aussi la phobie de certains espaces clos (ascenseur, métro, pont, tunnel...).

1. Caycedo A., *L'Aventure de la sophrologie*, Retz.
2. Donnars A., Declerck M., « Qu'est-ce que la sophrologie ? », *Neuropsy*, octobre 1993.

Vous souffrez d'**agoraphobie**. Petit à petit votre vie se rétrécit autour de votre maison. Vous éprouvez de la difficulté à sortir seule. *Mon mari, c'est ma béquille.*

Les thérapies « cognitivo-comportementales » peuvent être un traitement adapté aux « **Spatiophobes** » et donnent des résultats rapides. Elles procèdent d'un programme personnalisé et contractuel entre le thérapeute et le patient.

Pour comprendre leurs principes, voici un bref rappel de notre fonctionnement psychique. La réduction de l'anxiété face aux contraintes de l'environnement passe par l'habituation. On apprend ce qu'il faut faire ou ne pas faire pour recevoir une réponse positive de l'environnement. Notre réaction émotionnelle diminue progressivement. Pour les phobiques, c'est le phénomène inverse : la confrontation aux stimuli redoutés accroît l'intensité du stress. Les phobiques deviennent plus sensibles. Ils vont chercher à éviter la confrontation, ce qui « autoentretient » leur phobie. Les thérapies cognitivo-comportementales ont pour objectif de renverser la vapeur et de désensibiliser le patient.

Trois principes :

• Changer la représentation de l'objet phobique (ici, l'avion) et recadrer la situation (ici, voler). *Ce ne sont pas les choses qui nous inquiètent, c'est l'opinion que nous nous en faisons,* disait déjà Epictète. C'est « votre » représentation de l'avion qui vous fait peur et qu'il faut changer. Cela impose d'abord d'identifier les causes de votre anxiété et les stimuli qui déclenchent une réaction d'alarme.

• Accepter progressivement la situation qu'il s'agit d'affronter – le voyage aérien –, d'abord en imagination, puis dans la vie réelle. Les séances successives sont consacrées à approcher, étape par étape, du but souhaité. Vous aurez des exercices à faire et des mises en situation progressives.

• Acquérir un meilleur contrôle émotionnel par l'apprentissage d'une technique de relaxation qui va permettre de réduire les réponses neuro-végétatives.

C'est un peu la même démarche pour ceux qui ont subi **une attaque de panique.** Vous faites partie de ceux-là. Vous avez souffert d'un profond malaise physique et psychique. Vous avez peur que cela ne recommence. *Dans l'avion, que faire si cette panique me prend à la gorge ? Je risque de devenir fou. Et en plus sous le regard des autres.* Vous apprendrez une technique qui vous permettra de contrôler votre respiration et d'éviter l'hyperexcitation émotionnelle. En général, après quelques séances, à condition de réviser chez soi (grâce à une cassette enregistrée des exercices effectués en séance), vous arriverez à prévenir le trouble panique. Pour ceux qui doutent, vous pourrez faire l'expérience de votre nouveau savoir-faire en gérant (en présence de votre thérapeute !) une amorce d'attaque de panique provoquée volontairement au cours d'une séance. Ensuite et très progressivement, le thérapeute vous aidera à affronter les situations anxiogènes, d'abord en imagination, puis dans la vie. Cela fera partie d'un programme mis au point pour vous en fonction de la hiérarchie des situations redoutées. On rejoint le cas général du traitement des troubles phobiques évoqués précédemment.

Objectif : prendre l'avion
évaluation du niveau d'anxiété en fonction de l'avion (voir voler un avion, aller à l'aéroport, monter dans l'avion, voir la porte se fermer...)
apprentissage à la gestion de la crise de panique
acquisition d'une technique de relaxation
exposition en imagination à la situation "Je vais prendre l'avion", puis "Je suis dans l'avion"
modification du déroulement de la pensée (pour lutter contre les idées négatives et introduire des images rassurantes)
exposition graduée à la situation redoutée (simulation, accompagnement par le thérapeute, recommandation auprès du personnel de bord, repérage de "ses" signaux de sécurité...)

Fig. 3.13. Tableau simplifié de stratégie comportementale.

Les thérapies cognitivo-comportementales sont généralement efficaces et améliorent nettement le comportement des sujets qui souffrent de claustrophobie, d'agoraphobie ou de troubles paniques. Là, pas d'activité de diversion en vol ; votre thérapeute vous demandera, sans doute, de vous concentrer et d'appliquer vos techniques de contrôle.

Les thérapies psychanalytiques

Pour certains, le départ est déjà une épreuve. « Partir, c'est mourir un peu. » A plus forte raison en avion. « Partir en voyage », plus spécifiquement « partir au ciel » sont de vieilles expressions pour évoquer le départ vers l'autre monde. Tomber, c'est aller dans la tombe. Dans certaines civilisations, c'est l'oiseau qui est le symbole de l'âme du défunt. Quelques-uns peuvent voir dans l'envolée un départ sans retour, surtout quand leur enfance a été perturbée par une séparation brutale ou mal vécue.

La cause des problèmes d'aujourd'hui est refoulée dans l'inconscient. Ce qui oblige le thérapeute, qui veut corriger le présent, à s'occuper du passé. La tentation est de faire vite et de s'en tenir à l'actualité, mais, pour certains sujets, ce n'est qu'après un long détour que le souvenir de certaines scènes oubliées rend possible la compréhension des difficultés actuelles.

Le sujet est invité à reprendre son histoire et à exprimer tout ce qu'il pense et tout ce qu'il éprouve sans contrôle. Par association, il arrive à remonter à de vieux souvenirs toujours vivaces. Le fait de mettre en mot des émotions leur fait perdre leur virulence ; elles se volatilisent. L'indicible peut enfin être dit grâce à la présence du psychanalyste. *C'est ensemble que nous pourrons aller de l'avant, même en partant de si bas, que le patient ne peut pas le faire seul au point où il en est,* écrit Bruno Bettelheim[1].

L'orientation vers une thérapie de type psychanalytique dépend de l'âge, du besoin d'être mieux dans sa peau et de l'acceptation que la « cure » ne soit pas toujours une partie de plaisir.

— *Et par rapport à la peur en avion ?*

---

1. Bettelheim B., *La Forteresse vide*, Gallimard.

— La psychanalyse ne traite pas directement le problème « ne pas pouvoir prendre l'avion ». L'objectif est de développer votre capacité d'aimer, de travailler et de vous ouvrir des possibilités nouvelles. L'avion en fait partie et l'envie de vous envoler viendra tout naturellement un beau matin. Vous serez tout surpris alors en montant dans l'avion d'être passé de l'angoisse au plaisir.

— *Il y a des rêves où l'on vole, plane, tombe. Que signifient ces rêves ?*

— Pour en comprendre le sens, nous vous proposons un petit détour par les sous-sols de votre personnalité. A prendre avec des pincettes ! Rappelez-vous d'abord certains souvenirs d'enfance. Quel est l'enfant qui n'a pas joué avec son père ou un oncle à sauter en l'air et être rattrapé dans les bras ? Jeu où se mêlent frissons de plaisir et de peur. Plus tard, le désir de s'élever au-dessus du sol ou aspirer à être un oiseau peut se mêler de connotations sexuelles et provoquer la culpabilité. Sur d'antiques gravures, on peut voir des phallus ailés. Les rêves de chute sont une des formes symboliques de l'angoisse de la mort et du châtiment. Quitter la terre, c'est aussi quitter la mère, la sécurité.

Tout cet inconscient collectif peut vous avoir marqué. La verbalisation facilitée par l'écoute du thérapeute permet de vous libérer de votre anxiété et de vous préparer à affronter de nouvelles découvertes. Vous reprendrez confiance en vous, dans les autres et finalement dans l'avion. Intérieurement crispé, longtemps captif, vous ferez l'apprentissage de la liberté. La victoire, c'est l'envol.

Les médicaments

Prendre ou ne pas prendre de **médicaments contre l'anxiété**[1] ?

Deux cas de figure :

• Si vous ne prenez pas habituellement de « tranquillisants » et surtout si vous appartenez à la famille des Terriens ou des Décideurs, soyez circonspect.

— *J'ai pris un calmant. Double dose. J'étais encore plus excité qu'avant. Par contre, à l'arrivée, je me suis écroulé.*

— Vous éprouvez le besoin de surveiller, de guetter les moindres bruits dans l'avion. Vous avez lutté contre l'effet du médicament qui abaisse votre vigilance. C'est effectivement épuisant. Vous n'êtes pas tout seul. C'est en tout cas ce que confirment les résultats d'une enquête[2]. A la question : « Prenez-vous des médicaments pour faciliter votre vol ? », près de 70 % des personnes interrogées ont répondu positivement. *Je voulais trouver un truc qui m'endorme tout le vol.* Mais le succès n'est pas garanti. 75 % des sujets nous ont dit, en effet, n'avoir ressenti aucun effet positif durant le vol. Toujours aussi crispés. Et une fois arrivés à destination, ils se sont écroulés de fatigue.

Si vous n'éprouvez pas de difficultés particulières dans la vie de tous les jours, l'utilisation de médicaments pour traiter la peur en avion n'apparaît pas évidente. Essayez plutôt les techniques présentées

---

1. Albert E., Chneiweiss L., *L'Anxiété*, Odile Jacob.
2. Dentan M.-C., Enquête : 250 personnes ayant suivi le stage « Apprivoisez l'avion », Air France, 1995.

dans ce chapitre et qui devraient vous permettre de vous envoler plus facilement.

Vous pouvez aussi déguster une coupe de champagne. Rien de tel que de regarder un vol au travers d'une bulle de champagne pour le colorer en rose. A pratiquer avec modération, car l'altitude accentue les effets de l'alcool.

• Par contre, bien évidemment, les médicaments sont indiqués pour soigner les troubles anxieux et les troubles dépressifs : les tranquillisants (constitués principalement par les benzodiazépines), les antidépresseurs et les bêtabloquants. Si vous suivez un traitement, demandez à votre médecin de l'adapter en fonction des conditions de votre voyage.

Dans tous les cas, l'automédication est déconseillée. Certaines molécules sont particulièrement actives et leur utilisation intempestive peut avoir des effets pervers. Les médicaments utilisés par un de vos proches ne sont pas forcément ceux qui vous conviennent.

Les pilules contre le mal de l'air

Les causes du mal de l'air sont nombreuses. La plus fréquente résulte de l'affolement de l'organe vestibulaire de l'oreille interne soumis à des sollicitations inhabituelles et que le cerveau juge contradictoires. Ce phénomène est lié aux variations d'accélération. C'est pour cette raison que turbulences et virages accentuent le phénomène. Mais l'anxiété contribue aussi au mal de l'air en augmentant la sensibilité aux distorsions sensorielles.

Pour prévenir le mal de l'air, il existe des médicaments vendus couramment en pharmacie pour le mal des transports. Pour choisir le traitement le mieux adapté à votre cas, demandez conseil à votre médecin ou prenez contact avec un service médical aéronautique[1].

En fait, les avions volant plus haut aujourd'hui échappent généralement aux turbulences. Le mal de l'air est beaucoup moins fréquent. L'accoutumance à ces sensations est aussi une aide.

Nous espérons vous avoir convaincu que modifier votre représentation de l'avion et dissiper votre anxiété du vol est possible. L'entretien avec un spécialiste du stress aéronautique vous aidera à y voir plus clair et à trouver, dans cette palette de techniques, la stratégie qui vous convient. Nous n'avons pas été exhaustifs.

Le lâcher-terre se fera tout naturellement quand vous n'aurez plus le boulet de votre stress à traîner.

Quand j'entends un bruit surprenant dans l'avion, je ne dis plus : « Il y a danger », mais : « Ce bruit m'inquiète. » Cette nuance est fondamentale, car cela veut dire que la peur vient de moi et qu'il n'y a pas lieu de la prendre au sérieux. Pour me rassurer tout à fait, je pose la question à l'hôtesse qui passe... Je suis rassuré.

Un tour d'horizon non exhaustif sur les techniques orientales

Notre propos est d'ouvrir quelques fenêtres vers

---

1. Adresse en fin de livre.

d'autres conceptions de la gestion du stress. On observe un intérêt croissant à l'égard des pratiques médicales émanant de cultures différentes. Les principes de la médecine orientale semblent occuper aujourd'hui une place privilégiée. Le problème est qu'il est difficile d'en parler brièvement, car la médecine orientale s'inscrit dans des traditions philosophiques millénaires. L'organisation interne de l'homme dépend de ses relations avec son environnement et plus largement avec le cosmos. Le mot clef, c'est « harmonie ». En bref, pour conserver la santé et trouver la paix intérieure, il faut marcher sur la voie de la sagesse.

Quelques mots cependant sur certaines techniques qui ont pour objectif un mieux-vivre mais qui ne traitent pas directement la peur en avion.

• **Le yoga**[1]

Il s'agit d'une méthode subtile pour acquérir de la maîtrise sur le corps et l'esprit. C'est une technique d'ascèse et de contemplation qui n'est pas à la portée de tous. Néanmoins, il existe plusieurs yogas dont certains sont plus accessibles à nos mentalités.

La forme la plus diffusée en Occident est le hatha-yoga qui comprend des postures (« asana ») et des exercices respiratoires (« pranayama »). Chaque posture comprend une phase dynamique (constitution de la posture) et une phase statique (consistant à conserver cette attitude un certain temps).

Pour tenter d'expliquer le sens de ces postures, un yogi,

---

1. Fédération nationale des enseignants de yoga : 3, rue Aubriot 75004 Paris. Tél. : 01 42 78 03 05.

Shunryû Suzuki, parlait en ces termes : *Lorsque vous vous asseyez en lotus, le pied gauche repose sur la cuisse droite. Lorsque nous croisons nos jambes de cette manière, nous avons bien une jambe droite et une jambe gauche, mais elles ne font maintenant qu'un. Cette position exprime l'unité de la dualité : ni deux, ni un. C'est l'enseignement le plus important : ni deux, ni un. Notre corps et notre esprit ne sont ni deux, ni un. Notre corps et notre esprit font en même temps deux et un.* La capacité relaxante et euphorisante n'est mise en doute par aucun de ses pratiquants à condition de s'investir suffisamment. On peut citer un exemple concret : sous l'effet du stress, le « plexus solaire » se bloque, provoquant une respiration difficile, des maux d'estomac, etc. Par des exercices qui rétablissent la circulation du souffle, on redonne au diaphragme son mouvement de va-et-vient, produisant une détente de tout l'organisme.

• **Le taï-chi-chuan**

Le plus souple en ce monde
Prime sur le plus rigide.
Lao-tseu

C'est une gymnastique du corps et de l'esprit qui puise aux sources du taoïsme chinois. La base de cette philosophie n'est pas de ne pas agir, mais d'agir sans violence. On peut comparer cette pratique à la dynamique de l'eau qui contourne les obstacles et épouse les formes des berges. L'eau est un élément doux mais qui peut venir à bout des rochers.

Les mouvements du taï-chi-chuan sont lents, proches de la danse, et se pratiquent souvent dans un jardin à l'air libre. Ils sont des milliers en Chine à commencer leur journée en exécutant un enchaînement de mouvements aux noms poétiques. C'est un excellent régulateur du corps et de l'esprit.

• Le qi-gong

Si vous traversez au petit matin les jardins publics en Chine, vous pouvez voir des femmes et des hommes s'adonner à une étrange danse. C'est l'heure de la séance de qi-gong. « Qi » signifie en chinois le souffle (l'énergie) qui existe dans l'homme comme dans la nature. Le qi-gong est une discipline physique et mentale qui permet de se mettre en harmonie avec l'environnement. Le principe de base repose sur l'appartenance de l'homme à la Trinité, Ciel, Terre, Homme, et la nécessité de suivre le mouvement de la nature. Un des moyens est de réguler la circulation de l'air dans tout le corps. Il implique donc le mouvement et comme l'indique un vieux proverbe chinois « l'eau courante ne peut pas croupir ». Ainsi un bon souffle permet une bonne circulation du sang et un bon fonctionnement des organes.

Le souffle est animé par l'esprit, d'où l'importance du lien entre l'esprit et le corps. Concrètement, le qi-gong comporte des postures stables (exercices immobiles[1]) et une série de mouvements ordonnés (exercices mobiles). La respiration est adaptée suivant les besoins. Si l'apprentissage est long, la récompense d'une pra-

---

1. Entretien avec Shao Kun Zhu, professeur du Conservatoire de Shanghai, membre de l'Association pour la Recherche scientifique de qi-gong à Shanghai (1997).

tique régulière est un mieux-être certain. Après un exercice de qi-gong, on se sent reposé, plus léger, et on peut donc s'envoler plus facilement ! A long terme, cette pratique vous emmène, paraît-il, sur la voie de la sérénité.

• **Le do-in**

« Do » signifie en japonais la voie et « in » l'énergie. Le do-in a pour but la libre circulation des énergies dans le corps et se pratique par soi-même sur soi-même. La technique est fondée sur des massages doux, des pressions exercées avec le pouce, des frictions avec la paume et des tapotements, avec le poing, en certains points du corps, le long des méridiens d'énergie. Les exercices sont rythmés avec une respiration contrôlée. Les petits écoliers japonais apprennent très tôt cette pratique.

Toutes ces pratiques ont leurs adeptes qui reconnaissent leur efficacité dans la gestion du stress.

Dans tous les cas, il est important de choisir un thérapeute expérimenté et de faire attention aux écoles diverses qui utilisent des techniques d'apprentissage sans validation. Attention donc aux « piqueurs d'aiguille » et aux masseurs d'occasion.

Il faut aussi, comme disent les maîtres de ces arts, se rappeler que les techniques ne sont que des techniques et que toute méthode n'est qu'une voie et non un but en soi. *Nous pouvons montrer la lune du doigt, mais le doigt n'est pas la lune.* Ainsi parle Lao-tseu.

Petit traité d'aéronautique

Ce chapitre traite du monde aéronautique. Essentiellement pratique, il est destiné à vous aider à conquérir la troisième dimension et à changer de perspective. Vous constaterez que le monde de l'air obéit à des lois et que l'avion vole selon des principes qui sont plus simples qu'il ne semble. *Merveille n'est pas mystère*, dit Stevin[1]. La destruction de certaines idées répandues sera l'un des effets de cette présentation. La science a toujours besoin de poubelles !

Où, pourquoi et comment vole un avion ?

Pour Galilée, c'est le livre de la nature qui nous dévoile les secrets de l'univers. Au début du XVIe siècle, Léonard de Vinci avait déjà amassé un volumineux carnet plein d'observations sur le vol des oiseaux et préfiguré le prochain vol des hommes. A ceux qui doutaient de la possibilité de faire voler un « plus-lourd-que-l'air », il rétorquait : *L'oiseau peut même porter à travers l'air, dans ses serres, un poids correspondant à son propre poids. Ainsi, on voit le faucon porter un canard, et l'aigle un lièvre ; fait qui démontre fort bien où la surabondance de forces se dépense, car il ne leur en faut que très peu pour se soutenir et s'équilibrer sur leurs ailes ; un léger mouvement d'ailes*

---

1. Simon Stevin, mathématicien et physicien flamand, s'est toujours préoccupé de l'aspect pratique de ses recherches (1548-1620).

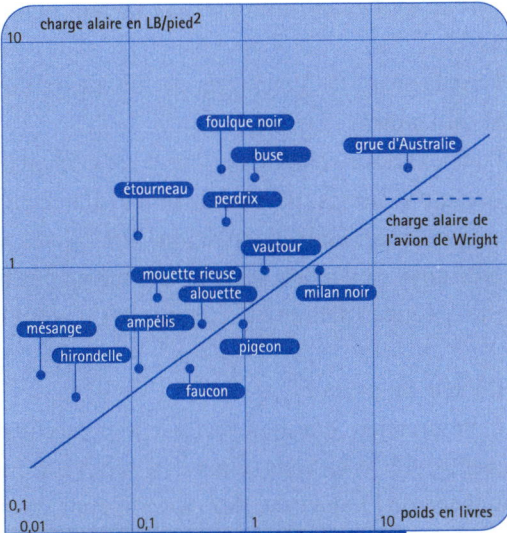

Fig. 4.1. Charge alaire (relative à l'aile) des oiseaux.

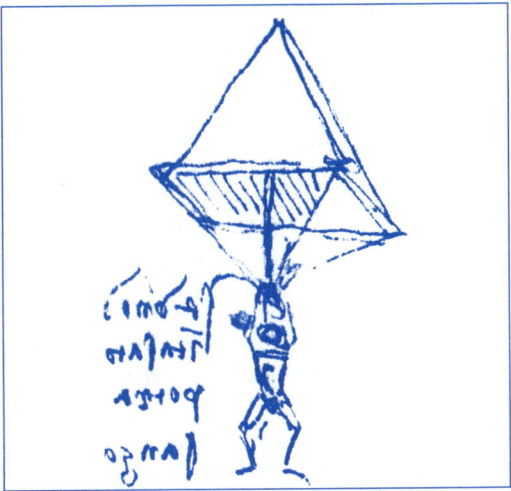

Fig. 4.2. Parachute par Léonard de Vinci.

y suffirait, et d'autant plus lent que l'oiseau sera plus grand[1].

Pour Léonard de Vinci, cela ne fait aucun doute : voler est naturel.

Pour Charles Renard, c'est tout aussi évident[2].

Quelques siècles plus tard, après une centaine d'années d'expérience aéronautique, les pilotes vous le confirment : un avion vole, et vole même très bien. Il reste à vous expliquer où, comment et pourquoi.

Où vole un avion ?

Cette première question révèle une préoccupation fréquente. En s'élevant dans les airs, on prend conscience de l'immensité des espaces. Pour certains, ce sentiment fait naître l'anxiété. J'ai peur de voler car là-haut, c'est le vide.

C'est le moment de tordre le cou à une idée reçue : l'avion ne vole pas dans le vide. La nature a horreur du vide. *Pensez que n'y ayant point de vide en la Nature... et néanmoins y ayant plusieurs pores en tous les corps que nous apercevons autour de nous, il est nécessaire que ces pores soient remplis de quelque matière fort subtile et fort fluide, qui s'étende sans interruption depuis les Astres jusque à nous,* disait Descartes[3]. L'avion vole dans un élément invisible mais bien réel : l'air.

---

1. Vinci L. de, « Du vol », *Carnets*, Gallimard.
2. Recherches sur la puissance requise pour voler par Charles Renard (1847-1905), in Théodore von Karman, *Aérodynamique*, Interavia, Genève.
3. Descartes R., *Principes*, Bibliothèque de la Pléiade, Gallimard.

Qu'est-ce que l'air ?

L'air est un fluide. Pour définir les fluides, il faut quelques notions de physique élémentaire. Celle-ci distingue, pour la matière, trois états : solide, liquide, gazeux. Les gaz (donc l'air) et les liquides sont rangés dans la catégorie « fluide ». A ce titre, ils partagent des propriétés communes, ce qui nous permettra ultérieurement d'user d'analogies fort démonstratives entre l'air et l'eau.

— *Et alors ? me direz-vous.*

— Quel que soit l'état sous lequel se présente la matière, elle conserve une caractéristique : elle est formée de petits éléments (molécules ou particules). Ces petits éléments sont séparés par des distances plus ou moins grandes et animés de mouvements.

Ainsi l'air est composé comme les liquides et les solides d'une masse de molécules. Dans 1 cm^3 d'air on dénombre plusieurs milliards de milliards de ces molécules ! Une ménagerie d'électrons. Un ballet de particules. Prenons un exemple : l'eau (liquide) peut se métamorphoser en glace (solide) ou en vapeur (gaz) qui revêt alors le manteau de l'invisibilité.

— *C'est bien là le problème. L'air ne se voit pas.*

— Et pourtant les molécules sont bien là, mais elles échappent à notre œil. Nous prenons l'eau pour un fait acquis, parce que nous voyons l'océan et sentons le gonflement de la vague. Et pourtant cette même

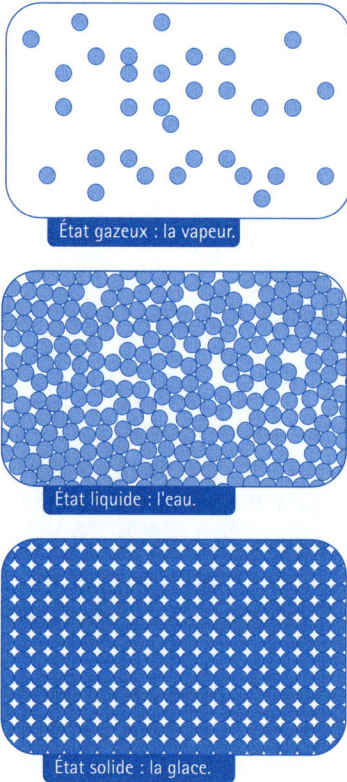

État gazeux : la vapeur.

État liquide : l'eau.

État solide : la glace.

Fig. 4.3. Représentation de la matière dans tous ses états :
solide, liquide, gazeux.

eau s'évapore sous le soleil et disparaît de notre vue
alors que les molécules H_2O sont toujours présentes
dans l'air. Celles-ci ne redeviennent visibles que quand
elles se condensent en un petit nuage blanc.

Ce qui fait la différence, c'est que ces molécules
sont séparées par des distances plus ou moins grandes

suivant les états de la matière et animées de mouvements plus ou moins rapides. Le solide est fait de molécules qui sont agglutinées les unes aux autres, d'où son caractère compact. Air et eau n'ont pas de forme propre. Dans un liquide, les molécules sont détachées et glissent les unes sur les autres ; dans l'air, les molécules de gaz ont horreur de la promiscuité et se tiennent à distance. Mais on ne voit rien de ce ballet aérien.

Vous pouvez toutefois avoir la preuve de l'existence de l'air au travers de ses manifestations qui nous sont quotidiennes : le vent qui fait avancer les bateaux ou tourner les éoliennes, les risées qu'on voit parcourir les étangs, les mouvements des feuilles, l'air que vous sentez sur votre visage lorsque vous faites du vélo ou tout simplement le souffle qui vous permet d'éteindre une bougie. Voici quelques preuves tangibles de l'existence de ce fluide qui nous entoure. Gardons bien à l'esprit que la propriété qui distingue un fluide d'un solide, nous dit Paul Sandori[1], c'est de ne pouvoir garder de forme propre.

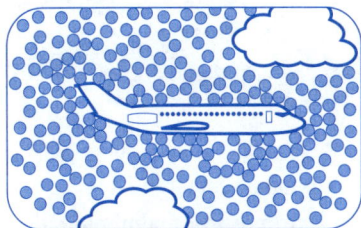

Fig. 4.4. Avion dans une masse d'air.

---

1. Paul Sandori est professeur de physique à l'université de Toronto.

Mon problème, c'est de quitter la Terre. J'ai peur de voler car on est perdu là-haut. C'est le moment de vous débarrasser d'une autre idée reçue. Un envol en avion, ce n'est pas un départ pour la Lune. Vous ne serez ni dans le vide, ni dans l'inconnu. L'avion vole dans la masse d'air qui fait partie de notre planète. Quand on pense à la Terre, on se représente une motte bosselée de roches séparées par des océans. On oublie souvent que la terre est entourée d'une « bulle d'air » qui la sépare du reste de l'espace. L'avion vole dans la couche basse de l'atmosphère nommée troposphère. Il reste dans la banlieue de la Terre. Quand vous êtes en avion, vous êtes à peine plus éloigné de la Terre que si vous étiez au sommet d'une haute montagne.

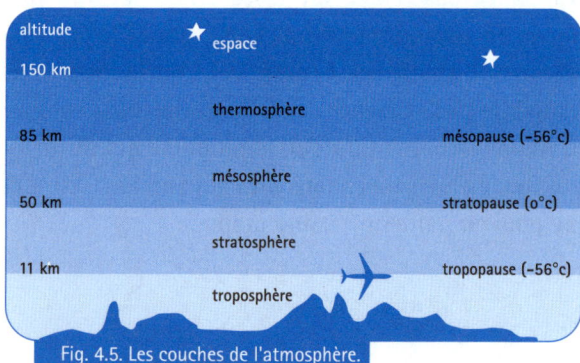

Fig. 4.5. Les couches de l'atmosphère.

Pourquoi un avion vole-t-il ?

Nous vous proposons maintenant de répondre à cette deuxième interrogation : le monde de l'air peut être peuplé de corps en mouvement sans avoir recours aux miracles. Cela répond à des principes élémentaires de la mécanique des fluides.

Prenons d'abord l'exemple simple des plus-légers-que-l'air. Pour faciliter la compréhension, faisons l'analogie avec l'eau, puisque l'air est un fluide. *Nous vivons au fond d'un océan d'air*, disait Torricelli, élève de Galilée.

Si un corps est moins dense que l'eau, il va s'élever et flotter, selon le principe bien connu d'Archimède.

Démonstration du principe d'Archimède

Le principe de flottabilité ou principe d'Archimède peut se résumer en ces termes : « Un corps immergé dans l'eau bénéficie d'une poussée vers le haut avec une force égale au poids du volume déplacé par le corps. Si la masse volumique du corps est égale à celle de l'eau, il va rester entre deux eaux ; si elle est plus grande, il va couler ; si le corps est moins dense que l'eau, il va s'élever. »[1]

La même logique prévaut dans l'air. Pour s'envoler, une solution consiste donc à être plus léger que l'air. Le premier moteur ascensionnel, c'est la chaleur. L'air chaud est moins dense que l'air froid. Contenant moins de molécules au cm³, il est donc plus léger. Lorsque vous plongez une bulle d'air chaud dans de l'air plus froid, celle-ci se met à monter. C'est sur ce principe que volent ballons et montgolfières.

La légende raconte que c'est à l'observation du

---

1. Sandori P., *Petite Logique des forces*, « Points », Seuil.

soulèvement de la jupe de madame de Montgolfier, exposée à la chaleur d'une cheminée, qu'est due l'idée et le nom de la montgolfière ! Le 21 novembre 1783, Pilâtre de Rozier et le marquis d'Arlandes ont accompli le premier vol libre en montgolfière. Le vol dura vingt minutes et les aéronautes atteignirent une altitude de 1 000 mètres ! Par la suite, les ballons furent

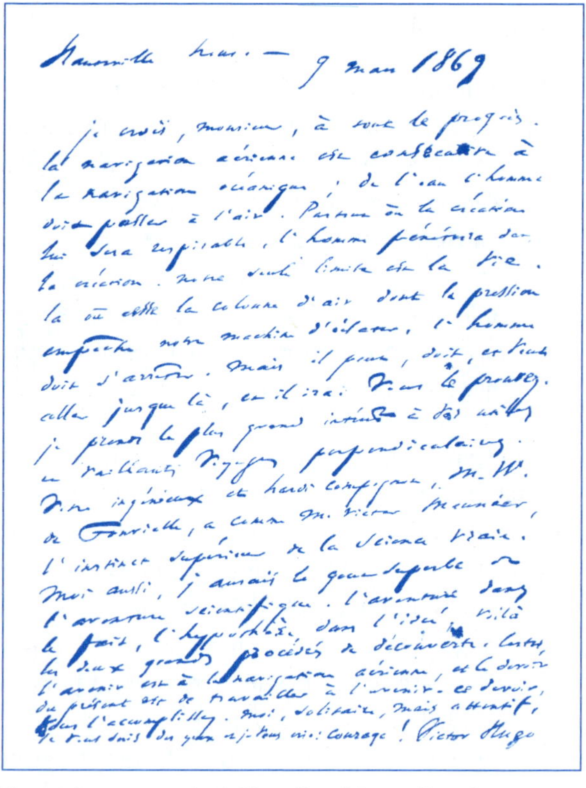

Fig. 4.6. Lettre manuscrite de Victor Hugo à Gaston Tissandier, astronaute.

équipés d'une hélice et d'une gouverne et se transfor-
mèrent en dirigeables. L'air chaud fut dans ces dirigeables remplacé par des gaz moins denses que l'air,
comme l'hélium ou l'hydrogène.

Victor Hugo se passionna pour les voyages aériens,
comme en témoigne cette lettre inédite à l'astronaute
Gaston Tissandier.

Hauteville House,
9 mars 1869

*Je crois, Monsieur, à tout le progrès. La navigation
aérienne est consécutive à la navigation océanique ; de
l'eau l'homme doit passer à l'air. Partout où la création
lui sera respirable, l'homme pénétrera dans la création.
Notre seule limite est la vie. Là où cesse la colonne d'air
dont la pression empêche notre machine d'éclater,
l'homme doit s'arrêter. Mais il peut, doit et veut aller
jusque-là, et il ira. Vous le prouvez.*
*Je prends le plus grand intérêt à vos utiles et vaillants
voyages perpendiculaires. Votre ingénieux et hardi
compagnon, M. W. de Fonvielle, a, comme M. Victor
Meunier, l'instinct supérieur de la science vraie. Moi
aussi, j'aurai le goût superbe de l'aventure scientifique.
L'aventure dans le fait, l'hypothèse dans l'idée, voilà les
deux grands procédés de la découverte. Certes, l'avenir
est à la navigation aérienne, et le devoir du présent est
de travailler à l'avenir. Ce devoir vous l'accomplissez.
Moi, solitaire mais attentif, je vous suis des yeux et je
vous dis : courage.*

Le principe de l'envol des plus-légers-que-l'air est donc facile à comprendre. Mais qu'en est-il des plus-lourds-que-l'air ? Comment un avion, « cette grosse masse de fer », chargé de passagers et de bagages, peut-il voler ? Toujours grâce aux principes élémentaires de la mécanique des fluides. Rien de magique.

Imaginez un véhicule terrestre (train ou voiture). C'est un solide isolé. Du fluide (de l'air) s'écoule autour de lui. Pour le faire avancer et vaincre la résistance de l'air, il faut une certaine puissance. C'est ce qu'on appelle la propulsion.

C'est un peu la même chose pour un engin volant sauf qu'il aura aussi besoin de vaincre la pesanteur pour s'élever et se maintenir dans les airs. L'idée d'une force qui aspire l'avion vers le haut n'est pas intuitive. Et pourtant, la vitesse de l'écoulement de l'air sur les ailes crée une force, la portance, qui en s'opposant à son poids sert à le soutenir. Afin de vous en convaincre, nous vous suggérons deux expériences très simples.

L'expérience de la main à la portière d'une voiture[1]

● Vous êtes assis dans une voiture à l'arrêt. Vous sortez votre main par la fenêtre, elle retombe naturellement. Et vous vous dites : « C'est normal. »

● Vous roulez dans votre voiture (en tant que passager !) sur une route de campagne ; ouvrez votre fenêtre

---

1. Expérience présentée dans le manuel du pilote de vol à voile, collection SFACT, Cepadues-Editions, Toulouse.

et étendez la main à l'extérieur. Vous sentez un courant d'air sur la main.

Premier geste : placez votre main de profil, le pouce vers le haut. Vous sentez la circulation de l'air autour de votre main et une force qui tire votre bras vers l'arrière.

Deuxième geste : mettez la main à plat, la paume vers le sol, l'avant légèrement relevé. Vous ressentez toujours une force qui vous tire le bras vers l'arrière. Mais vous ressentez aussi une action de l'air qui tend à le soulever. On a bien démontré l'existence d'une force qui tire un « plus-lourd-que-l'air » vers le haut si on se place dans certaines conditions. C'est la portance.

Pour voler, c'est maintenant une affaire de rapport de forces. Il faut que la portance soit supérieure à la force qui tire votre main vers le bas. Votre bras n'a rien d'un profil aérodynamique et pourtant il se soulève. Les surfaces des ailes, par contre, ont un profil calculé pour créer une portance beaucoup plus importante.

L'expérience de la feuille de papier

Prenez une feuille de papier et tenez-la par les deux extrémités. Elle se plie vers le bas sous l'effet de la pesanteur. Soufflez maintenant sur la partie supérieure de la feuille.

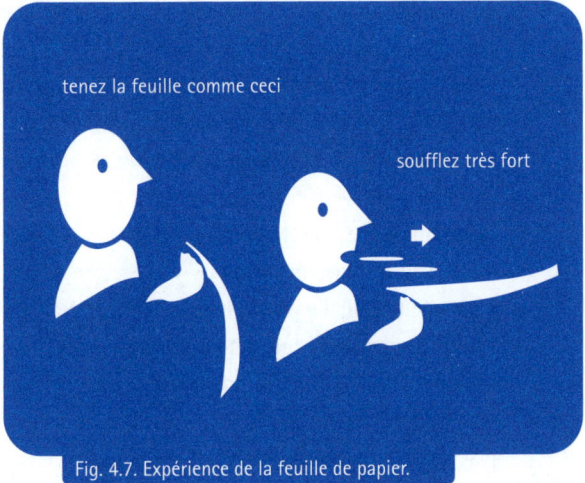

tenez la feuille comme ceci

soufflez très fort

Fig. 4.7. Expérience de la feuille de papier.

Qu'observez-vous ? La feuille se soulève.
Notez bien. Vous avez soufflé au-dessus de la feuille.
La feuille se soulève comme si elle était aspirée vers le
haut.

Ainsi l'écoulement de l'air sur une surface crée
des forces qui compensent l'attraction de la Terre.
Comment est-ce possible ? C'est là qu'intervient
Daniel Bernoulli[1], physicien de son état et grand
bienfaiteur de l'aéronautique. De façon très simpli-
fiée, son théorème nous dit que l'air qui est accéléré
se détend et crée une dépression ; inversement, l'air
qui est ralenti se comprime et crée une surpression.
Maintenant, considérez un profil d'aile se déplaçant
dans une masse d'air.

_____

1. Daniel Bernoulli (1700-1782) fut un des fondateurs de l'hydrody-
namique.

Comme le montre ce schéma (fig. 4.8), arrivées en A les particules doivent contourner le profil. Certaines passeront par-dessus, le long de l'extrados, les autres par-dessous, le long de l'intrados. La nature a prévu qu'elles se retrouvent une fois l'aile franchie afin de conserver un débit massique constant. Les deux particules voisines qui se quittent en A doivent donc arriver en B au même moment.

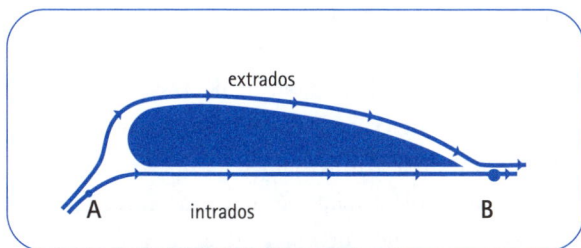

Fig. 4.8. Profil d'aile : extrados-intrados.

Mais le profil de l'aile n'étant pas symétrique, le trajet parcouru sur le dessus est plus long que celui parcouru au-dessous. Les particules prenant le chemin du haut doivent donc accélérer pour rattraper celles passées par le bas. L'accélération de l'air sur l'extrados crée une dépression (basse pression).

Imaginez cette dépression agissant comme une ventouse qui aspire l'avion, s'opposant ainsi à l'action du poids. Parallèlement, sous l'intrados (au-dessous de l'aile), le phénomène inverse se produit. La diminution de la vitesse produit une surpression (pression plus grande) qui a tendance à soulever l'aile.

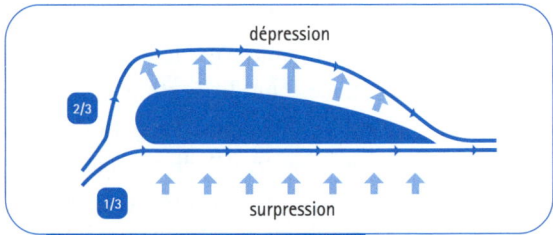

Fig. 4.9. Dépression et surpression.

La force créée par la dépression de l'extrados s'additionne à celle créée par la surpression de l'intrados et forme ce qu'on appelle **la portance**[1].

Sachez que le phénomène de dépression représente à lui seul les deux tiers de la portance, le troisième tiers venant de la surpression.

C'est une loi physique et non une force magique qui permet à l'avion de voler !

— *Mais si les réacteurs s'arrêtent, est-ce que l'avion tombe ?*

— Non, bien sûr, puisque pour expliquer la portance, nous n'avons pas eu besoin d'évoquer les moteurs : l'avion est d'abord un planeur. Les ailes de l'avion l'aspirent et le portent naturellement. Les moteurs entretiennent le mouvement en contrant la résistance de l'air, appelée traînée aérodynamique.

En cas de panne moteur, il suffit de mettre l'avion en légère descente (environ 3°) pour maintenir la vitesse de sustentation. L'avion continue à être sus-

---

1. La portance peut être écrite sous la forme d'une équation :
$1/2 \; p.S.V^2.Cz$;
p = masse volumique de l'air ; S = surface des ailes ; V = vitesse de l'avion ; Cz = coefficient de portance de l'aile.

tenté et plane très progressivement vers le sol. On peut faire l'analogie avec une bicyclette en haut d'une côte. La célèbre glissade de la Caravelle entre Paris et Dijon en est la démonstration[1]. Mais ce n'est pas une performance spécifique à la Caravelle. C'est le propre de tous les avions.

Comment vole un avion ?

Le principe du vol étant éclairci, examinons comment se déplacer dans l'air sans être livré aux vents. Piloter un avion, c'est en effet le conduire d'un aéroport à un autre. On a inventé des surfaces mobiles capables de dévier l'écoulement de l'air. Elles sont placées aux extrémités des surfaces portantes. On leur a donné le nom de « gouvernes » en pensant au gouvernail des navires, car elles permettent de contrôler la trajectoire de l'avion dans l'espace. Elles sont au nombre de trois :

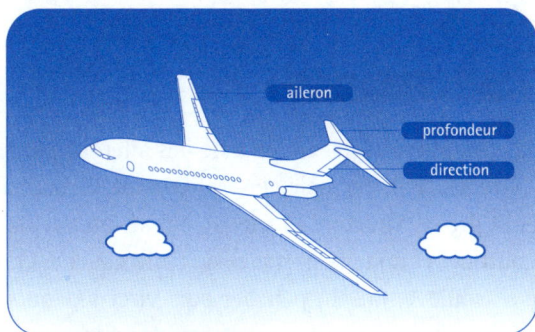

Fig. 4.10. Les gouvernes.

1. Le 15 avril 1959, la Caravelle *Lorraine* a relié Paris-Dijon en vol plané : 265 km en 46 minutes.

1. La gouverne de profondeur. Celle-ci est utilisée pour monter ou descendre. Lorsque le pilote pousse sur le manche, il fait pivoter la surface mobile, l'arrière vers le bas, augmentant la portance de cette gouverne : l'arrière de l'avion tend à monter, et le nez de l'avion à descendre. L'avion s'engage sur une trajectoire descendante. Lorsque le pilote tire sur le manche, l'inverse se produit : la gouverne de profondeur se soulève, diminuant la portance du plan arrière. La queue de l'avion s'abaisse et l'avion monte.

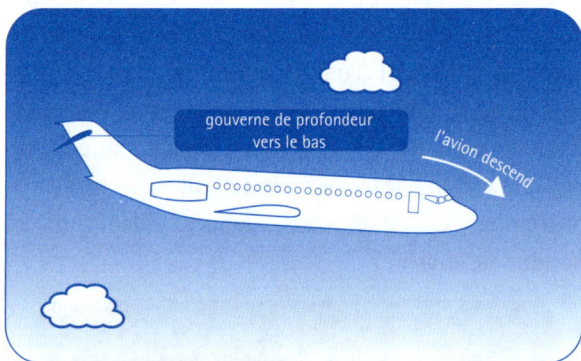

gouverne de profondeur
vers le bas

l'avion descend

Fig. 4.11. L'avion descend.

2. Les ailerons. La commande des ailerons permet les virages. Par exemple, en actionnant le manche vers la droite, l'aileron gauche se baisse, augmentant la courbure et donc la portance de l'aile gauche. Cette aile se soulève, faisant pencher puis virer l'avion sur le côté droit.

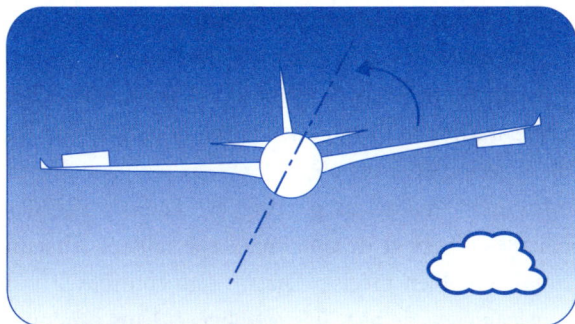

Fig. 4.12. L'avion vire.

3. La gouverne de direction. Celle-ci permet de contrôler l'avion dans le plan horizontal.

Les becs et les volets sont utilisés pour faire varier la portance de l'aile. Ceux-ci sont sortis au décollage et à l'atterrissage pour augmenter la portance à faible vitesse. Ils sont rentrés lorsque l'avion vole à sa vitesse de croisière.

Enfin les aérofreins (ou *spoilers*), qui sont des surfaces situées sur les ailes, augmentent la traînée, permettent de réduire rapidement la portance et donc la vitesse de l'avion, d'améliorer le freinage lors de l'atterrissage, ou encore de descendre rapidement si nécessaire. Car, aussi paradoxal que cela puisse paraître, un avion vole parfois trop bien ! Lors de leur utilisation, des vibrations sont perceptibles. Si vous sentez l'avion vibrer, c'est certainement dû à l'utilisation des aérofreins. Le pilote bénéficie aussi de toute une série d'instruments de pilotage et de navigation qui seront détaillés ultérieurement lors de la présentation du tableau de bord.

Nous vous proposons maintenant un rapide tour de piste des différentes phases d'un vol[1].

Tout commence bien avant le vol. Il y a, d'un côté, la préparation de l'avion, de l'autre, la préparation du vol. Si vous jetez un coup d'œil sur les pistes, vous verrez que l'avion au parking est entouré par des véhicules divers et de nombreux spécialistes. Chacun a une tâche bien précise. Chacun sera contrôlé. Il y a les mécaniciens de piste, les pétroliers et leurs camions-citernes, les équipes qui chargent et déchargent la nourriture et les boissons, les techniciens du fret qui surveillent le chargement des palettes ou... des chevaux de course.

De son côté, l'équipage prépare son vol en collaboration avec les agents d'opération. Les pilotes étu-

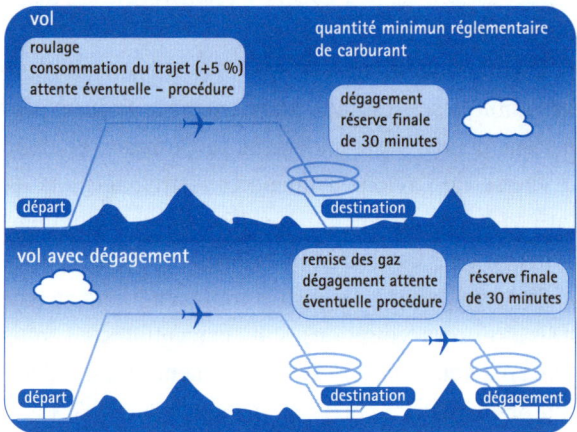

Fig. 4.13. Emport de carburant.

_____

1. L'exemple d'un vol, Paris-Montréal, est présenté en détail dans les chapitres 5 et 6.

dient un dossier de vol très complet (dossier météoro-logique, routes aériennes et altitudes de croisière, charges de l'avion, etc.) et calculent la quantité de carburant nécessaire, plus les réserves. L'avion doit pouvoir attendre au-dessus d'un aéroport ou être dérouté vers un autre aéroport, en cas de problèmes météo par exemple. Avez-vous une idée du nombre de tonnes de kérosène que peut emmener un avion ? Vous donnez votre langue au chat. Voici un exemple. Pour un vol Paris-Montréal, c'est de l'ordre d'une centaine de tonnes de kérosène !

Puis les pilotes se dirigent vers l'avion et procèdent à une visite prévol selon une procédure définie. Pas d'oubli ni d'impasse possible. Après l'autorisation de départ du contrôle (*clearance*) viennent la mise en route, le roulage vers la piste, et enfin le décollage.

— *Au décollage, je suis terrorisée, tassée sur mon fauteuil, agrippée aux accoudoirs ou... au bras de mon voisin !*

— Vous n'êtes pas la seule. Le décollage ne dure que quelques minutes mais beaucoup de passagers sont très anxieux. Si seulement vous étiez dans le cockpit votre niveau de stress descendrait vite. Vous verriez un équipage concentré. C'est effectivement une phase qui requiert la vigilance des pilotes mais qui est minutieusement préparée, d'abord mentalement, puis par un briefing, pour une coordination parfaite. Vous entendriez ensuite le pilote annoncer à haute voix : « V1 » (vitesse de décision). A partir de là, plus question d'interrompre le décollage. C'est l'annonce, quelques instants après, de « VR » (vitesse de rotation). Le commandant tire légèrement sur le manche, l'avion s'envole.

Ecoutez Saint-Exupéry[1]. *Le pilote sent l'avion seconde par seconde, à mesure qu'il gagne de la vitesse, se charger de pouvoir. Il sent se préparer dans ces quinze tonnes de matière, cette maturité qui permet le vol. Le pilote ferme les mains sur les commandes et, peu à peu, dans ses paumes creuses, il reçoit ce pouvoir comme un don. Les organes de métal des commandes, à mesure que ce don lui est accordé, se font les messagers de sa puissance. Quand elle est mûre, d'un mouvement plus souple que celui de cueillir, le pilote sépare l'avion d'avec la terre, et l'établit dans les airs.* Vous voyez, c'est simple.

— *Et si une panne se produit au décollage ?*

— La panne moteur au décollage, même si elle est rarissime, est toujours envisagée. Lors de chaque décollage, en fonction des conditions du jour (longueur de piste, masse au décollage, vent, température, pression atmosphérique...), l'équipage calcule ce que l'on appelle « la vitesse de décision » ou « V1 ». Si la panne moteur survient avant cette vitesse « V1 », le commandant de bord interrompt le décollage en étant certain de pouvoir arrêter l'avion avant le bout de la piste. C'est la procédure d'arrêt-décollage.

Si la panne se produit après « V1 », le décollage se

1. Saint-Exupéry A. de, *Terre des hommes*, Gallimard.

poursuit, car l'équipage est alors sûr que l'avion, même avec un moteur en moins, pourra franchir tous les obstacles éventuels avec une marge réglementaire afin d'envisager ensuite un retour en toute sécurité (fig. 4.14).

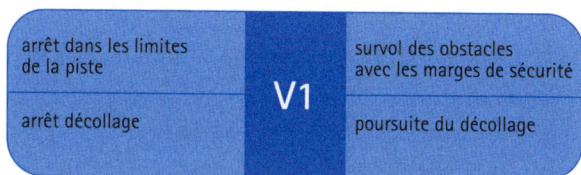

arrêt dans les limites de la piste	V1	survol des obstacles avec les marges de sécurité
arrêt décollage		poursuite du décollage

En simplifiant un peu, on peut dire qu'à chaque décollage tout se passe comme s'il y avait un moteur en réserve. En effet, la puissance des moteurs est telle que, même diminuée de moitié, elle permettrait l'envol. Vous ressentez une sensation forte au décollage. Vous vous sentez plaqué au fond de votre siège. C'est

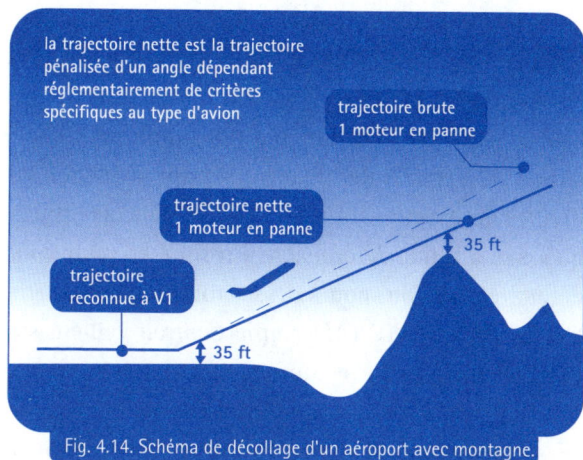

Fig. 4.14. Schéma de décollage d'un aéroport avec montagne.

normal. Que pouvez-vous faire ? Essayez de vous caler dans votre fauteuil et d'accompagner le mouvement de l'avion. D'ailleurs, l'équipage ne tardera pas à réduire le régime des moteurs après le décollage, car la pleine poussée n'est plus nécessaire. Changement de régime donc, mais n'en déduisez pas qu'il y a une panne moteur. C'est au contraire la preuve que tout va bien.

— *Et si tous les réacteurs s'arrêtaient ?*

— La panne de tous les moteurs au décollage est, répétons-le, hautement improbable (n'oublions pas qu'en aéronautique un événement est dit improbable s'il a moins d'une chance sur un milliard de se produire, 10^{-9}). Et même dans ce cas, un atterrissage d'urgence dans l'axe d'envol reste envisageable.

Quelques secondes après le décollage, le bruit que vous entendez signale la rentrée du train. Tout va bien. Quelques instants plus tard, vous sentez les moteurs « faiblir ». Vous avez l'impression que l'avion pique du nez. Non. Il s'agit simplement d'une baisse de régime des réacteurs pour ménager les oreilles des riverains. L'avion s'élève doucement jusqu'à son altitude de croisière. Profitez-en pour vous détendre. L'avion poursuit sa route paisiblement. L'équipage et l'ATC (*Air Traffic Control*) veillent sur votre sécurité et votre confort.

— *Et si un réacteur tombe en panne ?*

— L'avion poursuivra sa route ou se déroutera,

mais il volera et atterrira sur l'aéroport accessible le plus proche.

— *Et si tous les réacteurs tombent en panne ?*

— Répétons-le, cette panne est excessivement rare. Malgré tout, elle reste prévue et une procédure lui est associée. Le dernier incident de ce type est arrivé, il y a quelques années, lors de la traversée d'un nuage volcanique dont les poussières ont étouffé les moteurs. L'avion s'est comporté comme un grand planeur et est descendu très doucement. Il est sorti du nuage volcanique. Les pilotes ont alors rallumé les moteurs.

N'oublions pas qu'un avion est d'abord un planeur. Un avion de ligne peut planer environ 22 fois sa hauteur, donc pour un appareil se trouvant en croisière à 10 000 mètres, l'équipage dispose d'une vingtaine de minutes. Or il faut environ une minute pour redémarrer un moteur en vol. La tâche est donc aisée pour des équipages entraînés régulièrement au simulateur de vol à toutes ces situations critiques.

— *Et si un moteur prend feu ?*

— Cet incident est également prévu à tout moment du vol. Chaque réacteur est équipé de deux extincteurs commandés depuis le poste de pilotage. D'autre part, un robinet coupe-feu permet d'isoler tous les circuits (hydraulique, électrique, pneumatique et carburant) pour que le feu ne puisse pas se propager. Le plus souvent, la coupure du moteur, et donc de son alimentation en carburant, suffit à éteindre le feu, la flamme étant soufflée par la vitesse.

Rappelez-vous que les accidents en croisière sont excessivement rares. Là-haut, vous pouvez vous détendre et savourez votre verre de « Chasse-Spleen[1] » en toute quiétude.

Maintenant, l'avion arrive à proximité de l'aéroport. « Nous allons commencer notre descente. » Lorsque le pilote fait cette annonce, il est **en approche.** C'est la phase de vol qui précède l'atterrissage. Le pilote établit sa trajectoire en fonction de l'axe de la piste, du survol des obstacles (toujours avec une marge de sécurité).

L'atterrissage, c'est le moment où le pilote pose l'avion au sol. Il doit l'arrêter sur une distance compatible avec la longueur de la piste disponible. C'est pourquoi la prise de contact, de manière générale, doit s'effectuer le plus tôt possible sur la piste et à faible vitesse. D'où l'intérêt de se poser face au vent afin de diminuer la vitesse relative de l'avion par rapport au sol.

Sur un aérodrome, la manche à air, ou bonnet de meunier à rayures rouges et blanches, est là pour indiquer la direction du vent. Mais, bien sûr, le contrôleur et les instruments de bord fournissent en permanence aux pilotes des données bien plus précises ! Les pilotes disposent également d'indications complémentaires : température, point de rosée, pression, visibilité, nébulosité, etc.

Examinons maintenant un cas particulier. L'avion a

1. Château Chasse-Spleen, vin de Bordeaux, entre Margaux et Beychevelle.

Fig 4.15. La manche à air.

amorcé sa descente. Les roues sont déjà posées dans votre tête. Vous poussez un « ouf » de soulagement. Et, brusquement, rugissement d'enfer, vrombissement des moteurs, l'avion remonte. L'horreur ! Que s'est-il passé ?

L'équipage a effectué une remise des gaz parce qu'il a jugé que l'atterrissage ne donnait pas toutes les garanties de sécurité. Tout se passe alors comme si l'avion effectuait un nouveau décollage sans avoir touché terre[1]. La cause ? Peut-être le passage inattendu d'un troupeau de zébus ou de sangliers sur la piste, ou tout simplement un changement de direction du vent, ou l'encombrement de la piste encore occupée par un autre avion.

---

1. Les Anglo-Saxons emploient une expression imagée : *Touch and go.*

Si cela vous arrive, rappelez-vous que c'est une manœuvre banale pour les pilotes, répétée de nombreuses fois au simulateur. De plus, cette manœuvre est systématiquement envisagée dans le briefing qui précède chaque atterrissage.

— *Y a-t-il des aéroports dangereux ?*
— Le problème ne se pose pas en ces termes. Anticipation et organisation sont requises dans tous les atterrissages. Bien sûr, le niveau de cette préparation est fonction des aéroports. Certains sont coincés entre la mer et les montagnes ou encadrés par des immeubles. Les pilotes suivent alors un module « reconnaissance terrain » soit en simulateur, soit par audiovisuel. Si vous allez à Quito, soyez sûr que le pilote qui pose l'avion l'a déjà fait en simulateur ou lors d'un précédent vol. Il a bien en main et dans sa tête la trajectoire et les procédures. En voyant les maisons défiler et le sol se rapprocher, dites-vous qu'il suit soigneusement la piste aérienne tracée sur la carte « terrain » avant de rejoindre la piste terrestre.

Atterrissage, roulage, immobilisation au parking de l'avion. C'est la fin du vol.

Quel temps fait-il là-haut ?

Un ciel limpide est de bon augure. Le rêve serait un soleil qui se lève et qui se couche dans un ciel sans nuages. Mais le mauvais temps existe. Que cache un ciel couvert ? Des turbulences, des orages, de la grêle peut-être ?

Autant d'images menaçantes et de peurs en perspective, si vous ne savez pas que l'avion est construit pour affronter toutes ces perturbations sans y laisser de plumes, ni que le pilote est formé à la navigation « tout temps », ni que l'équipage est informé en permanence du temps qu'il fera sur sa route par le biais de satellites météo et de puissants ordinateurs actualisant constamment leurs prévisions.

Un « dossier météo » est remis aux équipages avant leur vol, comprenant une carte sur laquelle sont indiquées les zones éventuelles de turbulences. Nous parlons d'éventualité, car la prévision des vents et des nuages n'est pas une science exacte. On peut déterminer un comportement approximatif du système mais on ne peut pas prévoir à l'avance si la zone de turbulences durera cinq ou vingt minutes.

Comprendre les turbulences, les nuages, expliquer les désordres de l'atmosphère, prévoir la pluie et le beau temps sont le travail des météorologues. Beaucoup de progrès ont été faits dans ce domaine qui permettent aux pilotes de domestiquer les paysages aériens. Nous vous proposons de partager un peu de leur savoir. Mais commençons par évacuer une autre « idée reçue ».

Fig. 4.17. Carte météorologique aéronautique.

Sur cette carte sont figurés :

• les masses nuageuses ;

• les jets (courants de vents forts) ainsi que les zones de turbulences associées avec la description sommaire de la turbulence (faible, modérée ou sévère), ainsi que la tranche d'altitude dans laquelle elle risque d'être présente.

Les « trous d'air » n'existent pas ! L'idée d'un trou dans l'air est aussi incongrue que celle d'un trou dans l'eau. L'atmosphère n'est pas une tranche de gruyère. La turbulence peut déclencher une sensation de flottement et une impression de chute. Mais ce n'est qu'une illusion de nos sens confrontés pendant quelques fractions de seconde à des variations brutales d'accélération verticale. Le cerveau se fait piéger par ces sensations inhabituelles. C'est spectaculaire dans la cabine, mais inoffensif pour l'avion qui est conçu pour supporter toutes ces secousses.

Les turbulences sont pour de nombreux passagers un sujet de préoccupation. Essayons d'y voir plus clair sur ce qui change lorsqu'on quitte le sol. L'avion vole dans l'atmosphère qui est un fluide en mouvement. Ces mouvements peuvent être horizontaux ou verticaux.

Les mouvements horizontaux sont appelés vents. Selon Homère, Eole, le dieu des vents, vivait dans une caverne où il gardait les vents enfermés dans un sac. Il donna ce sac à Ulysse pour faire avancer plus vite son bateau. Mais lorsque les compagnons d'Ulysse, victimes de leur curiosité, ouvrirent le sac, les vents s'en échappèrent et se mirent à souffler dans tous les sens. En général, les poètes anciens représentent les vents comme des génies turbulents. Les scientifiques ont, peu à peu, mis en évidence des explications plus rationnelles. Ils ont aussi appris à mesurer le vent. Il est caractérisé par sa direction (donnée par le vent, la girouette ou la manche à air) et par sa vitesse, ou sa force[1].

La direction du vent est celle d'où il vient. Pour prendre un exemple, le mistral, vent du nord, souffle de la vallée du Rhône vers Marseille. La direction des vents varie en fonction de la latitude, des saisons et de l'altitude.

> **Dans l'hémisphère Nord, le vent souffle selon le schéma suivant :** au nord du 60° N, de légers vents d'est ; entre le 60° N et le 30° N, de forts vents d'ouest, ce qui explique que les vols transatlantiques vers l'ouest (Paris-Montréal-New York) soient plus longs que les vols retour ; au sud du 30° N, de légers vents d'est, les alizés bien connus des marins.

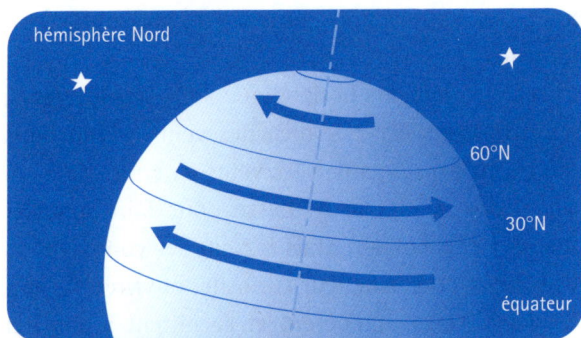

Fig. 4.17. Schéma du vent sur la Terre.

_____

1. La force du vent est graduée en douze niveaux : la force 0 correspond au calme plat ; au niveau 4, c'est un vent modéré ; au niveau 8, le vent souffle à 80 km/h ; à la force 12, c'est un vent d'ouragan !

A très haute altitude (près de la tropopause) peut apparaître un courant jet très rapide (plus de 200 km/h) et très long (quelques milliers de kilomètres). Si le vent souffle dans la même direction que l'avion, celui-ci placé au centre du jet ira beaucoup plus vite. Par contre, ces jets causent souvent des turbulences à leur périphérie. En effet, imaginez un torrent. Si l'écoulement est rapide et homogène au centre, ce n'est pas le cas le long des rives où les frottements font apparaître des tourbillons. Le passage d'un avion dans les bords d'un jet va créer bien des remous dans la cabine !

L'agitation de l'air peut aussi se traduire par l'apparition de courants verticaux, « ascendants » ou « descendants ». Deux causes principales sont à l'origine de ces perturbations : le relief, qui provoque les turbulences dynamiques, et la température, qui crée les turbulences thermiques. Examinons ces différentes turbulences plus en détail.

Fig. 4.18. courant jet (courant de vents forts)

Fig. 4.19. La turbulence de frottement.

Près du sol, on rencontre **la turbulence de frotte-ment**. Le « freinage » des flux d'air par des obstacles naturels ou artificiels provoque des tourbillons et des remous. Les collines, arbres, haies ou bâtiments se comportent comme les rochers au milieu d'une rivière. Ils perturbent et désorganisent l'écoulement du fluide. Lorsque les particules qui composent l'air se déplacent en bon ordre, à la même vitesse et dans la même

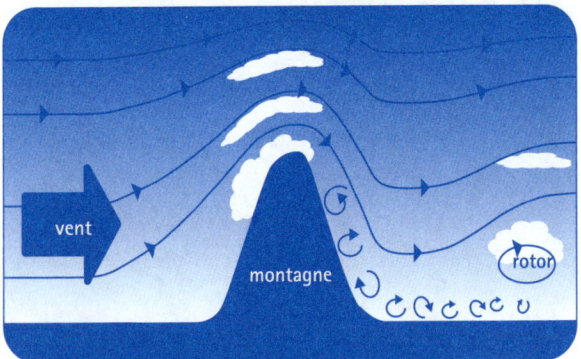

Fig. 4.20. Turbulence orographique (de relief).

direction, l'écoulement est laminaire. Par contre, lorsque les particules n'en font qu'à leur tête ou qu'on les bouscule, l'air devient turbulent.

Un phénomène similaire se produit en altitude, mais à une plus grande échelle. **La turbulence orographique** (ou de relief) est un effet du vent sur les montagnes. Le vent épouse les formes du relief. L'ampleur de ces mouvements varie suivant qu'il s'agit d'une montagne isolée (turbulence faible) ou d'une chaîne de montagnes (turbulence importante). En altitude, cette turbulence forme des vagues arrondies et s'apparente à la houle en mer. Elle se propage sur plusieurs dizaines de kilomètres. Vous entendez les variations du régime des moteurs pour maintenir la vitesse et l'altitude de l'avion. C'est le cas entre Buenos Aires et Santiago quand vous passez la cordillère des Andes, et plus généralement si vous survolez les montagnes quand il y a du vent. Plus vous vous rapprochez de la montagne, plus les turbulences sont marquées. Imaginez l'écoulement de l'eau passant sur un obstacle. Comme les vagues, les flux d'air qui rencontrent le relief sont projetés vers le haut et retombent en tourbillons. La face sous le vent est le siège de turbulences anarchiques. Lorsque l'avion descend, il risque de traverser un « rotor » (fig 4.20), un « clapot de l'air », qui provoque des turbulences très sèches. C'est souvent le cas à l'approche de certains aéroports placés au pied des montagnes, comme Milan, Turin ou Genève lorsqu'un fort vent du nord souffle sur les Alpes. Marseille,

Nice, Ajaccio ou Bastia peuvent connaître aussi la turbulence orographique.

La turbulence convective : Dans les basses couches de l'atmosphère, un autre type de mouvements est provoqué par les changements de température de l'air. Le principe de la convection est simple. Certains sols sont plus réceptifs que d'autres au rayonnement solaire. Le sable et les rochers absorbent facilement la chaleur et la transmettent à la masse d'air située au-dessus d'eux, qui se réchauffe, se dilate, devient plus légère et monte. Le chemin vers le haut est ouvert et il va s'établir un courant ascendant (très recherché par les pilotes de vol à voile !). Par contre, puisque des particules chaudes ont quitté le sol, il faut qu'elles soient remplacées (la nature a horreur du vide). De chaque côté, il va donc se créer des courants descendants alimentés par de l'air provenant de zones plus froides. Les forêts et les lacs gardent la fraîcheur, refroidissant ainsi l'air au-dessus d'eux. Celui-ci devient plus dense et descend.

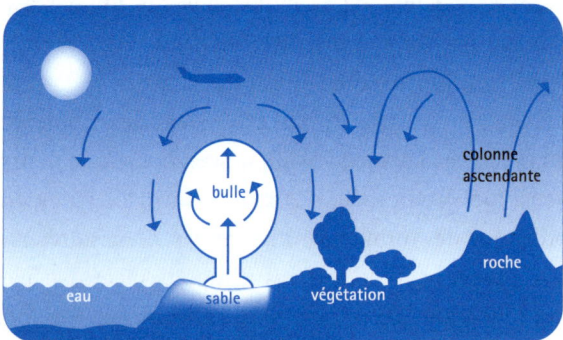

Fig. 4.21 turbulence convective

La turbulence de sillage est provoquée par les tourbillons qui prennent naissance derrière un avion. Celui-ci se comporte dans l'air comme un bateau qui laisse son sillage dans l'eau. C'est pourquoi il faut espacer les avions au décollage et à l'atterrissage. L'intensité de ces turbulences dépend de la masse de l'avion et de sa vitesse. Quoi qu'il en soit, ces secousses sont toujours brèves même si elles peuvent être très sèches.

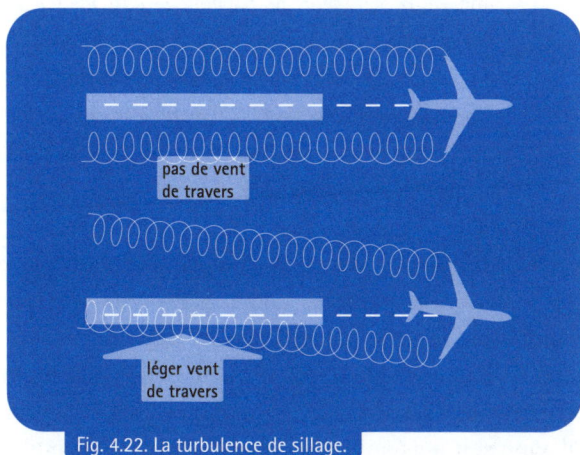
Fig. 4.22. La turbulence de sillage.

La turbulence en ciel clair est la plus surprenante. En effet, par quel mystère un courant d'air qui s'écoule gentiment et régulièrement au-dessus de 4 500 m devient-il brutalement turbulent ? Il n'y a pas de nuages convectifs à l'horizon. Alors ? Les connaissances actuelles ne permettent pas toujours de comprendre l'origine de cette perturbation ni d'en prévoir la force ou la localisation exacte. Les pilotes peuvent toutefois s'appuyer sur l'information radio communiquée par les équipages venant de traverser ce type de turbulence. En général, la turbulence en ciel clair est due au sillage d'un *jet stream*, un courant de vent fort, que l'avion croise sur sa route.

✚ L'effet papillon

Les météorologistes, pour montrer la dépendance de la dynamique des courants d'air aux conditions initiales, utilisent la métaphore du papillon. *Le battement d'une aile de papillon, aujourd'hui à Pékin, engendre dans l'air des remous qui peuvent se transformer en tempête le mois suivant à New York*[1]. Un petit élément insignifiant peut entraîner des processus turbulents que rien, aujourd'hui, ne peut prévoir.

La turbulence due aux nuages s'explique plus facilement. Les nuages, notamment ceux de type cumuliforme, sont par essence le siège de mouvements d'air instable. C'est d'ailleurs cette instabilité qui les a créés. Il est donc normal qu'en les traversant l'avion soit plus ou moins secoué. Ainsi, **les cumulus dits « de beau temps »**, malgré leur aspect de petits moutons blancs bien gentils, peuvent produire des turbulences assez sèches.

Pour comprendre les effets des turbulences sur vos sensations, rappelez-vous qu'un avion parcourt environ 250 mètres par seconde. Imaginez-vous au

---

1. Gleik T., *La Théorie du chaos, Vers une nouvelle science*, « Champs », Flammarion.

volant d'une voiture sur une route mal pavée. Si vous conduisez vite, vous êtes secoué. C'est la même chose pour un avion qui doit maintenir sa vitesse et sa trajectoire dans un fluide en mouvement.

Confronté à cette situation, vous ne pouvez pas faire grand-chose sinon boucler votre ceinture, vous caler dans votre siège, et vous répéter que la situation est certes inconfortable mais ne présente aucun danger. Imaginez-vous dans une voiture sur une route cahotante. Pensez que les routes du ciel peuvent être mal pavées ou que vous êtes sur la surface ondulée d'une piste dans la brousse. Dessinez dans votre tête l'image mentale d'un bateau sur une mer agitée. Pensez que ce que nous appelons « turbulence » est en quelque sorte le mouvement qui fait se gonfler, s'élever puis se retirer une vague de molécules d'air. Mais l'avion n'est pas un fétu de paille dans les bras de Dame Nature. Le prix à payer pour une trajectoire précise, c'est un peu d'inconfort.

— *Alors, si on ne risque rien, pourquoi allumer la consigne terrorisante « attachez vos ceintures » ?*
— Le commandant fait « attacher » les passagers pour qu'ils ne se blessent pas. Tout le monde n'a pas le pied aérien. Ce n'est pas facile de garder son équilibre dans un air agité.

Il nous reste à aborder ce qui inspire la peur la plus forte : les orages, toujours associés au même type de nuages, **les cumulo-nimbus**, du latin *cumulus* (amas) et *nimbus* (nuage). Leur développement

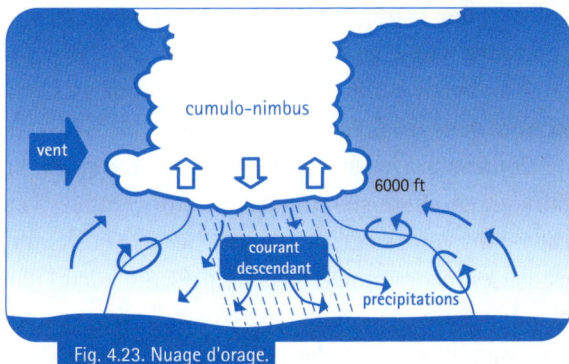

Fig. 4.23. Nuage d'orage.

vertical peut être très important. Il n'est pas rare de trouver des cumulo-nimbus de près de 10 km de haut (voire 15 km pour les orages de mousson). Ils sont reconnaissables à leur forme d'enclume. A l'intérieur de ces nuages, Jupiter se déchaîne. L'écoulement de l'air devient complexe et engendre des courants ascendants et descendants très violents.

— *Et si on traverse un nuage d'orage ?*
— Les pilotes évitent de traverser les cumulo-nimbus, quitte à se dérouter. Tous les avions sont aujourd'hui équipés de radars météorologiques dont le but est justement de détecter ces zones orageuses pour les contourner. Quoi qu'il en soit, si l'avion est amené à traverser un secteur partiellement orageux, sachez que le noyau des cellules actives (en rouge sur l'écran radar[1]) est systématiquement évité.

---

1. Le radar permet de détecter les gouttelettes d'eau et les particules de glace qui sont associées à la turbulence.

— Qu'en est-il si un orage éclate sur un aéroport ?
— Le pilote a de toute façon la possibilité de différer son décollage ou d'attendre en l'air que l'orage s'éloigne pour atterrir. Les conditions orageuses sont toujours prévues et des marges sont prises en conséquence (emport de carburant notamment). Un orage, par définition instable, circule et passe généralement en moins de vingt minutes.

Un certain nombre de phénomènes sont associés à l'orage et peuvent être impressionnants bien qu'inoffensifs : l'éclair, la foudre, la grêle. De même, le brouillard, le givre et les nuages peuvent être source de préoccupation pour les passagers. Examinons-les plus en détail.

La foudre et l'éclair

Les frottements des multiples gouttelettes d'eau entre elles créent de l'électricité statique qui se décharge sous forme d'éclairs produisant une lumière intense et brève. Vous pouvez avoir l'impression d'un coup de flash en cabine ! La foudre peut surprendre, mais il n'y a aucune inquiétude à avoir en avion. *J'ai été foudroyé dix fois dans ma carrière, et vous voyez cela ne m'a rien fait*, nous dit un pilote. L'avion, de même qu'une voiture, est une parfaite cage de Faraday[1]. Les charges électriques vont glisser le long de la carlingue sans la

---

1. Cage de Faraday : conducteur creux constituant un écran pour les actions électrostatiques.

traverser. Les circuits électriques de l'avion sont proté-
gés par des disjoncteurs, dont l'efficacité a été testée
lors de la certification. L'avion se moque de la foudre.

La grêle

La grêle est associée aux nuages d'orage. Entraînées
par de puissants courants ascendants dont les cumulo-
nimbus sont le siège, les gouttelettes d'eau présentes
à leur base vont jouer aux ascenseurs. Aspirées vers le
haut, elles gagnent de l'altitude et se transforment en
petites particules de glace. Celles-ci s'agglomèrent
entre elles et entraînées par leur poids retombent au
sol, sous forme de grêlons. Si l'avion est pris dans un
nuage de grêle, le choc des grêlons sur la tôle peut
provoquer un bruit impressionnant. Mais les grêlons
ont beau cogner le fuselage, l'appareil ne risque rien,
tout au plus quelques bosses sur sa « peau ». Celui-ci
a été conçu pour que sa structure résiste à ce genre
d'aléas. Les dégâts seront purement esthétiques.

— *Les ailes pourraient-elles casser ?*

— Non, bien sûr. Tel le roseau, elles plient mais ne
rompent pas. Aucune turbulence ne peut être assez
forte pour casser les ailes dont l'extrémité[1] est très
flexible. Cette souplesse leur permet de s'adapter aux
circonstances variables. Dites-vous que les ailes sont
en quelque sorte les amortisseurs de l'avion et qu'il
est tout à fait normal de les voir bouger en vol.

---

1. Les coefficients de sécurité appliqués par les constructeurs sont
énormes. Par exemple, l'extrémité de l'aile d'un A 340 peut bouger de
pratiquement 7 m !

L'écoulement de l'air est soumis à des influences extérieures aléatoires et donc pas forcément prévisibles, mais cependant toujours contrôlées par le pilote. Bien évidemment, vous aimeriez qu'on puisse vous établir le bulletin des turbulences avant le décollage. Le problème, c'est que les turbulences obéissent à des lois physiques mais ne se reproduisent jamais à l'identique.

Les nuages glissent. L'air tourbillonne. Dites-vous que le mouvement fait partie de la vie sur Terre comme dans le ciel, et que, quoi qu'il en soit, l'avion vous protège des intempéries.

Le brouillard

Le brouillard réduit la visibilité. Pendant longtemps, cette glu blanche clouait les avions au sol. Aujourd'hui, le brouillard ne perturbe pratiquement plus l'exploitation grâce aux techniques de décollage et d'atterrissage « tout temps »[1].

Le brouillard vous noie, vous masque complètement le monde. Mais, techniquement, l'approche est parfaitement possible sans référence visuelle extérieure. Cependant, le commandant de bord n'atterrit que s'il voit effectivement la piste devant lui avant une certaine hauteur appelée « hauteur de décision ». Sinon, il remettra les gaz et se déroutera vers son terrain de dégagement. Il faut savoir qu'avant chaque

---

1. Le groupe Air France a été parmi les premières compagnies européennes à pratiquer ce genre d'atterrissage.

départ, l'équipage prévoit l'emport de carburant néces-saire pour rejoindre ce terrain et qu'il s'assure en per-manence de son accessibilité.

Le givre

Le givre est un dépôt de glace. Il pèse lourd, s'accroche aux ailes et altère l'écoulement aérodynamique. Il vaut mieux s'en prémunir. Tous les avions de ligne sont équipés de dispositifs de dégivrage agissant sur les parties vitales de l'avion. De plus, avant tout décollage en conditions menaçantes, l'avion est dégivré au sol et protégé par des produits antigivrants.

Les nuages

J'aime les nuages... les nuages qui passent... là-bas... là-bas... les merveilleux nuages. Ainsi s'exprime Baude-laire, dans son poème « L'étranger [1] ». Ce n'est peut-être pas une opinion partagée par tous les passagers dont certains regardent les nuages avec circonspection. Nous allons tenter de vous les faire mieux connaître.

Qu'est-ce qu'un nuage ?

Un paquet de gouttelettes d'eau ou de cristaux de glace. Cela nous permet de rappeler que l'eau peut se présenter sous trois formes : gaz (vapeur), liquide (gouttes...), solide (cristaux, grêlons...). Un coup de chaud, un coup de froid, et c'est la métamorphose. Quand on se promène dans le ciel, on se rend compte que les nuages ont des formes très différentes et

---

1. In *Le Spleen de Paris*, *Œuvres complètes*, Bibliothèque de la Pléiade, Gallimard.

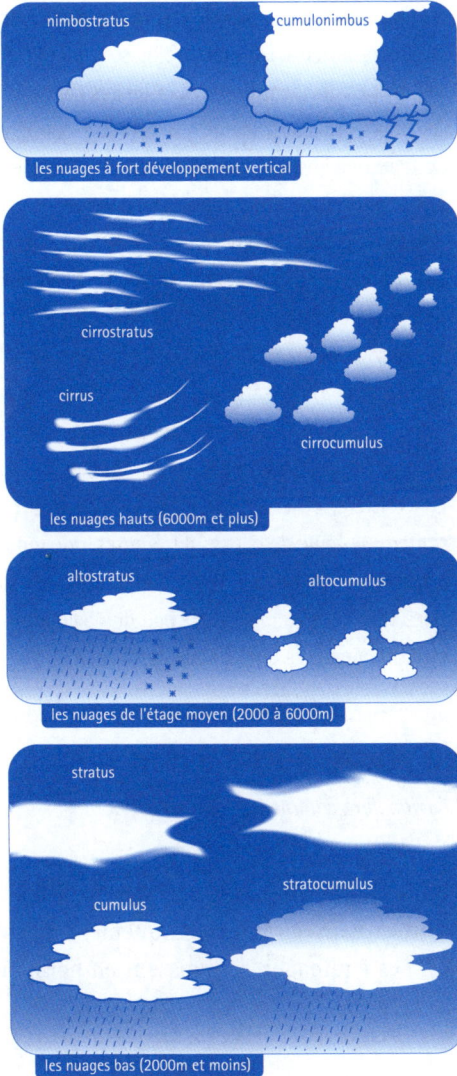

Fig. 4.24. Les grandes familles de nuages.

s'étagent à des niveaux divers. On peut en rencontrer plusieurs variétés. Les météorologistes qui ont étiqueté les nuages devaient être des latinistes convaincus, car leur nom renvoie souvent à une racine qui permet de se faire une idée sur leur forme et leur altitude.

Les scientifiques leur ont ensuite attribué des caractéristiques : capillatus (chevelu), calvus (chauve), congestus (amoncelé), mediocris (médiocre), humilis (de petite taille), etc.

Si vous traversez une couche de nuages, essayez de décrire ce coton grisâtre qui masque la Terre, qui s'effiloche, se compose et se recompose. Pensez aux milliers de gouttes qui s'assemblent pour former ces nuages. En croisière, observez les nuages. Ils peuvent représenter une foule de choses différentes, une montagne, un château, un animal. Leurs métamorphoses successives sont un spectacle dont peu de navigants se lassent, même après une longue carrière.

Quelle route suit l'avion ?

On croit l'avion libre comme l'air. Il n'en est rien.
Alain Gras[1]

L'avion vole sur une route aérienne invisible mais bien définie et balisée radioélectriquement au sol par des VOR[2]. Les équipages connaissent en permanence

---

1. Gras A., « Qu'est-ce qu'une route ? », *Les Cahiers de médiologie*, n° 2, 1996.
2. Ces balises radioélectriques appelées VOR *(very high frequency omnirange)*, d'une portée d'environ 200 km, envoient un signal. A bord,

leur position géographique et suivent en quelque sorte les « avion-routes », analogues à des autoroutes.

La route aérienne

Pour se rendre d'un point A à un point B, un avion ne suit pas une ligne droite mais emprunte une route aérienne. Cette route est constituée de segments reliant des balises radioélectriques implantées au sol

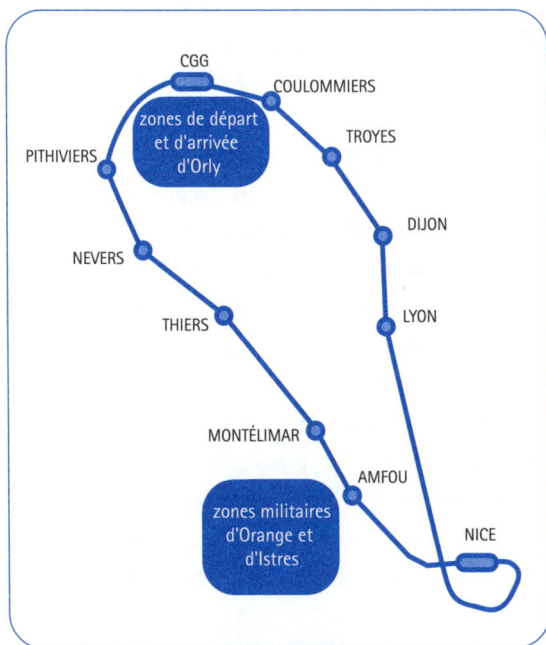

Fig. 4.25. Route aérienne Paris-Nice et retour.

un récepteur décode le signal et indique la direction de la balise. Souvent cette dernière est couplée à un système de mesure de distance appelé DME qui permet à l'avion de connaître sa distance par rapport à la balise.

ou des points définis par leurs coordonnées géographiques.

✚ Les cartes

L'équipage dispose de plusieurs cartes.

Pour le décollage et l'atterrissage, les pilotes consultent des cartes dites « d'approche », sur lesquelles figurent de nombreux renseignements concernant les aéroports : orientation des pistes, altitude du terrain, etc.

En croisière, les pilotes utilisent les cartes appelées « routiers » qui indiquent les routes à suivre et les altitudes de sécurité par rapport au relief.

Quand vous roulez en voiture, vous êtes soucieux de la direction à suivre et du nombre de kilomètres qui vous séparent de votre destination. Le pilote s'intéresse également à ces références horizontales, mais doit aussi prendre en compte la distance qui sépare son avion du sol. Cette hauteur doit être respectée avec rigueur. A chaque avion son niveau de vol[1].

Deux règles importantes : tout d'abord, les routes sont à sens unique. Un espace vertical de 2 000 pieds (600 m) sépare les routes de deux avions volant en sens inverse. Grâce à cette règle, deux avions ne peuvent pas se retrouver nez à nez au même niveau de croisière.

Cet espacement dépend du type de contrôle fourni dans l'espace survolé. Sous contrôle radar, l'espace-

---

1. Un niveau de vol ou *flight level* (FL) est une altitude exprimée en centaine de pieds (3 pieds = [+ ou -] 1 mètre).
FL 390 = 39 000 pieds ; FL 370 = 37 000 pieds etc.

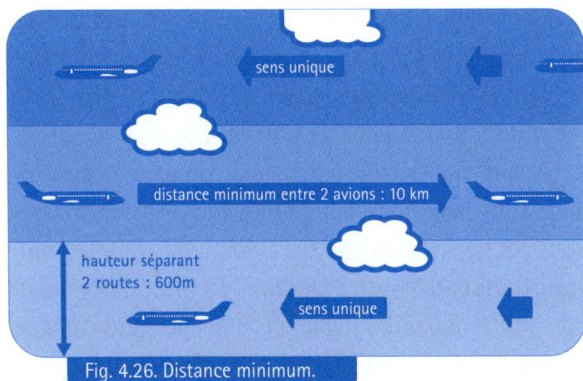

Fig. 4.26. Distance minimum.

ment longitudinal minimum est d'environ 10 km, alors que, s'ils sortent de la zone de couverture radar (en survol océanique), les espacements sont beaucoup plus importants, de l'ordre de 200 km. Un temps minimum sépare ainsi les avions volant à la même altitude et sur la même route pour éviter tout risque de collision.

Adapté à l'automobiliste, ce système conduirait à déposer son itinéraire avant le départ, à ne pas en changer sans en informer le PC routier, à rouler sur une voie à sens unique, à une certaine vitesse et à une très grande distance du véhicule précédent ! La sécurité routière y gagnerait sans aucun doute !

Mais ce n'est pas tout. Un troisième œil surveille en permanence le ciel : celui des contrôleurs aériens[1].

---

1. Le contrôleur « d'aérodrome » surveille l'alignement de l'avion pour le décollage et l'atterrissage et garantit que la piste est dégagée d'obstacle. Le contrôleur « en route » suit et régule les avions à l'intérieur de couloirs aériens. Le contrôleur « d'approche » prend le relais du contrôle « en route » pour amener l'avion à proximité de l'aéroport.

Encore d'autres partenaires de votre vol. Les centres de contrôle ont une vision d'ensemble du ciel et surveillent en permanence, grâce à leur radar, le mouvement de tous les avions, petits et gros.

Avant tout décollage, chaque équipage dépose un plan de vol qui doit être approuvé par les contrôleurs. Tous les déplacements d'un avion sont soumis à une autorisation, départ du parking, décollage, niveau de vol, route aérienne, début de descente, atterrissage. En vol, les avions sont suivis par différents centres de contrôle et les équipages sont toujours en liaison radio avec les contrôleurs du pays survolé.

Il y a des centres de contrôle pour surveiller les avions en croisière ; d'autres prennent le relais pour réguler l'approche des aéroports et guider l'appareil jusqu'à la piste, puis jusqu'au parking. Chaque aérodrome est équipé d'une tour de contrôle. L'avion est toujours « branché » et garde un « fil à la terre » par le biais des communications radio.

— *On est quelquefois obligé de tourner autour de l'aéroport avant d'atterrir. C'est angoissant.*

— Il peut y avoir une « surcharge » temporaire de trafic. En effet, une piste ne peut accueillir plus d'un atterrissage toutes les deux ou trois minutes. Certains avions sont mis en attente.

Aujourd'hui, la plupart des avions sont équipés d'un instrument anticollision de repérage appelé TCAS[1].

---

1. Dont on a déjà parlé au chapitre 1, fig. 1.10.

Chaque avion voit ainsi la position et la trajectoire de tous les autres avions de sa zone, ce qui permet une manœuvre d'évitement coordonnée. Ainsi, grâce au TCAS et à l'écoute radio, les pilotes gardent en permanence une vision claire du trafic environnant.

Comment sont construits les avions ?

L'industrie aéronautique est à juste titre fière de ses réalisations. L'objectif est double : être au plus haut niveau technologique et assurer une fiabilité maximum. Pour répondre à ce double impératif de qualité, elle applique des principes immuables :

1. Résistance, légèreté, robustesse. Rien n'est trop beau pour construire un avion. Les exigences techniques sont draconiennes[1]. Le métal utilisé pour le plus petit des boulons est choisi avec le plus grand soin. L'avion est une synthèse très sophistiquée des technologies de pointe.

2. Redondance. Tous les systèmes sont au moins doublés, le plus souvent triplés. La philosophie de la conception repose sur la poursuite du vol, malgré la défaillance d'un système (panne d'un réacteur, d'un circuit hydraulique ou électrique, d'une gouverne, etc.). Cette sécurisation technique *fail-safe* assure la sécurité du vol après la panne d'un sous-système.

---

1. La DGAC (direction générale de l'aviation civile) est au moins aussi sévère que l'était Dracon à Athènes !

De la même façon, l'équipage technique est composé au minimum de deux pilotes, sachant qu'un seul suffirait à la conduite de la machine. Un problème de santé en cours de vol est rarissime, car les pilotes sont très surveillés. En rotation, les pilotes ne partagent pas le même repas pour qu'en cas d'intoxication alimentaire, il en reste toujours un de vaillant.

3. Tests et certification. Chaque pièce est éprouvée dans un laboratoire d'essais. Avant d'être montée sur un avion, elle est vérifiée dans les moindres détails, puis reste l'examen final de la certification. Là encore, le principe de base repose sur la bonne garantie du fonctionnement des différents circuits. Après de nombreux essais, un calcul du temps moyen d'utilisation sans panne est calculé pour chaque pièce : c'est le MTBF *(mean time between failure)*. Le constructeur va, par le biais des consignes d'entretien, demander le remplacement de certains organes à dates précises. C'est la conception *safe life*, ou durée de vie garantie des composants. Ceux-ci seront changés avant qu'ils ne donnent des signes de fatigue.

Les problèmes d'aérodynamique, eux aussi, sont résolus au sol. La conception assistée par ordinateur garantit un niveau de fiabilité sans pareil. Tout est simulé : les charges et les forces qui s'exercent sur la structure, la consommation de carburant et la dynamique de l'air qui s'écoule le long du fuselage. Une aile mieux profilée assure une meilleure portance. Ensuite, comme il n'est pas toujours possible de réaliser les essais en vraie grandeur, on a recours à l'expérimentation en soufflerie. Le principe de la soufflerie est de construire une modélisation de la réalité à échelle réduite. L'avion testé est soumis à des flux d'air puissants et désordonnés. Il doit démontrer qu'il peut supporter les perturbations les plus extrêmes.

Nous vous proposons maintenant d'examiner d'autres éléments de l'avion.

Les réacteurs

Au début de ce chapitre, nous avons expliqué le rôle des ailes et le fonctionnement des gouvernes. C'est la base du pilotage. Nous vous présentons maintenant ce qui fait la différence entre un planeur et un avion : les moteurs. Tout d'abord, un bref rappel historique. Les premiers avions de ligne étaient équipés de moteurs à pistons, mécanique complexe donc plus sujette aux pannes. Par tout un jeu de transformations, le mouvement alternatif des pistons se muait en mouvement rotatif des hélices.

L'arrivée des réacteurs, dans les années soixante, fut une révolution. En effet, rien de plus simple que le principe de fonctionnement d'un réacteur. L'air aspiré à l'avant du moteur passe dans un compresseur avant d'être mélangé au carburant. La combustion de ce mélange permet l'alimentation d'une turbine qui entraîne le compresseur. Les gaz sont alors éjectés. C'est la différence de vitesse entre l'air qui entre et celui qui sort du réacteur qui crée la poussée, l'avion est dit « à réaction ».

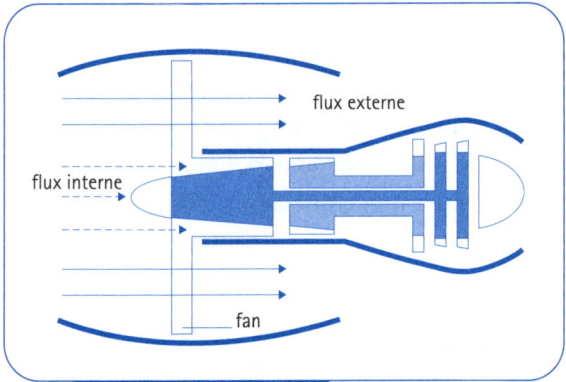

Fig. 4.27. Schéma de réacteur.

Même si vous n'avez pas tout compris, retenez qu'un réacteur offre un maximum de puissance pour un minimum de poids, une consommation de carburant réduite et une fiabilité maximale. Telles sont les qualités des réacteurs qui équipent les avions à réaction aujourd'hui.

— *Et si un réacteur tombe quand même en panne ?*

— C'est rarissime aujourd'hui, compte tenu des progrès faits par les motoristes. De toute façon, l'avion est conçu pour voler avec un ou plusieurs moteurs en moins. Les pilotes sont entraînés régulièrement à ce type de pannes qui, bien que sérieux, n'est pas critique. N'oubliez pas que ce sont d'abord les ailes qui font voler l'avion.

— *Et les oiseaux ?*

— Des tests de résistance sont effectués. Les concepteurs des nouveaux réacteurs doivent s'assurer qu'un oiseau aspiré accidentellement par un réacteur n'a qu'un impact réduit et que l'avion pourra se reposer sans problème. Pour vérifier la résistance des réacteurs, on utilise des canons à poulets ! Ces derniers permettent de propulser des volatiles (morts !) dans les réacteurs et les pare-brise pour s'assurer de leur résistance, en toutes circonstances.

Le fuselage

Poursuivons le tour de l'avion. Ici, le corps de l'avion, le fuselage avec lequel vous êtes familiarisé (cabine, poste de pilotage et soutes). A l'arrière du fuselage, la queue de l'avion et l'empennage orné généralement du logo de la compagnie. Sous le fuselage, les trains et leurs nombreux pneus assurent l'amortissement lors de la prise de contact avec la piste.

Le cockpit

Entrez dans le cockpit. Jetez un coup d'œil par-dessus l'épaule des pilotes. Vous constatez une application du principe de redondance : le commandant et le pilote ont chacun les mêmes écrans ou instruments devant eux. Cependant, les sources d'information et d'alimentation de ces instruments sont différentes. En cas de désaccord, un troisième système permet de lever le doute et d'identifier l'élément défectueux.

Observons plus en détail comment se présente le poste de pilotage. Le manche et le palonnier assurent la commande des gouvernes et donc le contrôle de la trajectoire de l'avion. Les pilotes peuvent déléguer cette fonction au pilote automatique mais celui-ci reste en permanence sous la surveillance d'un pilote qui, à tout moment, peut reprendre les commandes de vol.

Les instruments de base du pilotage sont groupés sur le tableau de bord. Considérons pour simplifier ceux d'un petit avion.

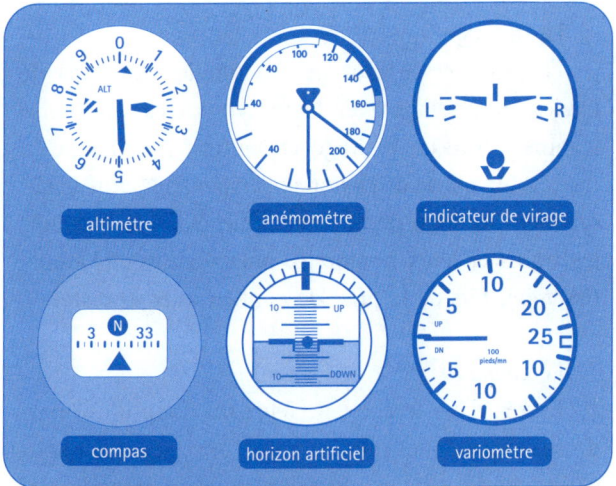

Fig. 4.28. Instruments de base.

- L'altimètre qui permet de mesurer la hauteur de l'avion par rapport au niveau de la mer (altitude), ou en croisière par rapport à une référence commune (1 013 hectopascals).
- L'anémomètre (appelé aussi badin) qui indique la vitesse de l'avion par rapport à l'air.
- L'indicateur de virage.
- Le compas qui est une boussole élaborée et qui permet de mesurer l'orientation de la trajectoire.
- L'horizon artificiel qui permet de maintenir une assiette et une inclinaison, même lorsqu'on ne voit plus l'horizon naturel dehors. C'est un instrument essentiel.
- Le variomètre qui indique la vitesse verticale de l'avion. Son indication est positive si l'avion monte et négative si l'avion descend.

On y trouve aussi les instruments de contrôle et de conduite des moteurs ainsi que les équipements de navigation et de communication radio.

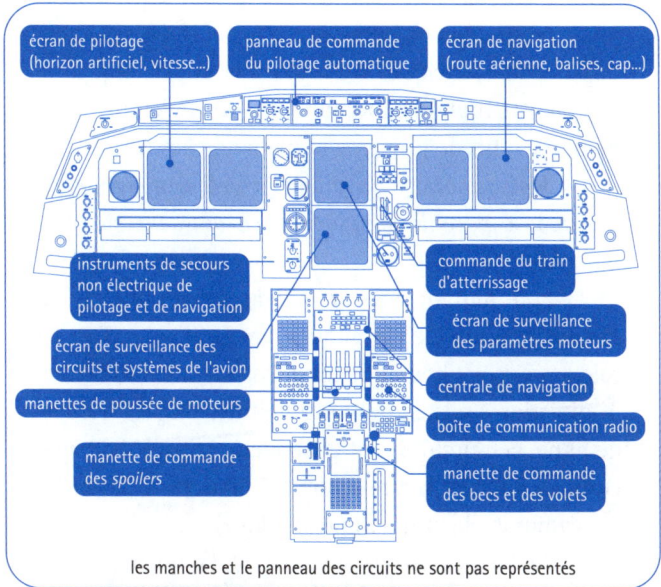

écran de pilotage
(horizon artificiel, vitesse...)

panneau de commande
du pilotage automatique

écran de navigation
(route aérienne, balises, cap...)

instruments de secours
non électrique de
pilotage et de navigation

commande du train
d'atterrissage

écran de surveillance des
circuits et systèmes de l'avion

écran de surveillance
des paramètres moteurs

manettes de poussée de moteurs

centrale de navigation

boîte de communication radio

manette de commande
des *spoilers*

manette de commande
des becs et des volets

les manches et le panneau des circuits ne sont pas représentés

Fig. 4.29. Schéma explicatif du cockpit de l'A 340.

Ce sont les mêmes principes de base dans les avions de ligne sauf que les aides au pilotage se sont considérablement développées et que la présentation des informations a bien évolué ! Le tableau de bord des avions « nouvelle génération » est d'une grande simplicité. Toutes les informations sont regroupées et condensées sur des écrans.

Prenons deux exemples :

Le FMS *(flight management system)* et le FND

(flight navigation display) donnent une représentation symbolique de la trajectoire suivie et à suivre.

L'ECAM (*electronic centralised aircraft monitoring*) permet d'avoir l'état mécanique de la machine. Le pilote peut suivre en permanence le pouls des systèmes mécanique, électrique, hydraulique et pneumatique.

Il existe toutefois toujours les « bons vieux instruments[1] », afin de prévenir la panne de ces écrans.

— *Mais comment le pilote peut-il commander à une masse pareille simplement en agissant sur son manche ?*

— Pour agir sur les commandes de vol (direction, aileron, *spoiler*, etc.) le pilote a besoin d'aide. C'est le rôle des circuits hydrauliques qui agissent comme avec la direction assistée de votre voiture. Sur les avions de ligne, ces circuits sont généralement triplés : 3 circuits, 3 pompes hydrauliques, 3 sources différentes (mécanique, électrique, pneumatique).

— *J'ai une question concernant l'automatisation dans les avions. Cela me fait un peu peur.*

— L'automatisation des cockpits n'est pas nouvelle. Les pilotes automatiques existent depuis bientôt cinquante ans ! René Amalberti[2] souligne que ce qui a évolué, ce sont les domaines d'action et la visibilité de l'automatisation. Tout d'abord, une petite précision de vocabulaire : les automates réalisent des tâches d'exécution. Les automatismes sont plus sophistiqués.

---

1. Présentés fig 4.28.
2. René Amalberti est chercheur à l'IMASSA-CERMA, spécialisé dans les études sur la gestion des tâches et l'automatisation.

Ils effectuent des séquences de tâches de niveau supérieur (pilotage et navigation essentiellement).

Si vous regardez un cockpit d'A 320, d'A 340, de B 747.400 ou de B 777, vous verrez sur le tableau de bord les écrans qui donnent aux pilotes des informations plus complètes et plus synthétiques. Ces nouveaux cockpits ont été baptisés *glass-cockpits* pour souligner la meilleure représentation du monde extérieur[1] (concept de transparence) et l'utilisation d'écrans de verre.

Tout saut technologique impose une phase d'adaptation. Mais maintenant, ces avions « nouvelle technologie » ont pris de la maturité et on s'accorde à reconnaître leurs avantages comme :

1. la fiabilité technique qui permet une meilleure régularité d'exploitation ;

2. les commandes électriques[2] qui rendent le pilotage plus précis et permettent d'économiser du fuel ;

3. les écrans FMS *(flight management system)* et des *map-display* associés qui aident l'équipage à gérer au mieux la trajectoire de l'avion.

L'automatisation des avions est en cours de généralisation. La quasi-totalité des avions commerciaux sera de type *glass-cockpit* dans quelques années. Le point à souligner est que tous ces automates ont été

---

1. Amalberti R., Courville B. de, *Automatisation des cockpits,* in *Briefings,* Dédale, IFSA.
2. Les avions de la nouvelle génération Airbus (A 320, A 330, A 340) sont équipés d'un système de commandes de vol électrique. Cependant, la gouverne de direction peut toujours être actionnée mécaniquement.

conçus comme une assistance pour l'équipage qui reste maître des décisions, celle de revenir à un pilotage manuel y comprise.

La pressurisation de l'avion

Lorsqu'on s'élève, on observe une variation de température et de pression. Toutes deux décroissent avec l'altitude. En montagne, par exemple, on constate qu'il fait plus froid et que l'air est moins dense. Il contient donc moins d'oxygène.

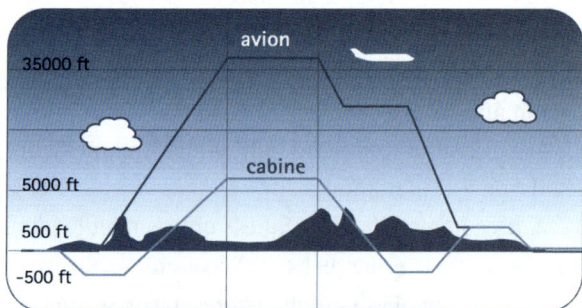

Fig. 4.30. Courbe de pressurisation de l'avion.

Ce manque d'oxygène reste supportable jusqu'à 3 000 ou 4 000 mètres, mais il serait intolérable à l'altitude normale de croisière d'un avion de ligne.

Un « microenvironnement » est donc recréé dans la cabine où l'on respire de l'air dont la densité est celle que l'on trouverait vers 1 500 à 2 000 mètres sur terre. La cabine va être « gonflée » artificiellement : de l'air sous pression est prélevé au niveau du compresseur de chaque réacteur pour être ensuite injecté dans l'avion. Cet « air de montagne » reconstitué se renouvelle environ toutes les deux minutes.

— *Et si le système de pressurisation tombe en panne ?*

— L'altitude de pression de la cabine risquerait de monter à l'altitude de l'avion (entre 8 000 et 10 000 mètres), ce qui serait très inconfortable ! L'équipage va donc faire descendre très rapidement l'avion vers une altitude convenable pour un organisme humain (2 000 ou 3 000 mètres). En attendant de retrouver cette altitude, les masques à oxygène vont se présenter automatiquement pour permettre aux passagers de respirer normalement pendant la descente. Une telle panne est rarissime, mais néanmoins prévue. Les pilotes sont régulièrement entraînés à traiter ce problème au simulateur !

Comment sont entretenus les avions ?

L'entretien des avions est aussi un sujet de préoccupation.

— *Maintenant, nous savons que les avions sont bien construits, mais après, sont-ils bien entretenus ?*

— La réponse est oui. Nous allons vous le démontrer en vous ouvrant les portes des hangars d'un département entretien[1]. C'est ici que les avions sont

---

1. Qui doit avoir reçu un certificat d'agrément pour l'entretien des aéronefs.

bichonnés. Les avions passent des contrôles techniques obligatoires, même s'ils se portent tout à fait bien. Les périodicités sont définies en fonction du nombre d'heures de vol (c'est l'unité la plus utilisée pour caractériser le vieillissement du matériel), d'un temps calendrier ou du nombre de cycles comptabilisés en montée-descente (pour les moteurs et pour la cellule). Nous n'entrerons pas dans les détails, mais retenez la philosophie de prévention dans l'entretien des avions.

Regardez ce planning de visite :

fréquence de la visite	durée d'immobilisation
tous les jours	1 à 2 heures
tous les 3-7 jours	1 nuit
tous les mois ou 2 mois	2 jours
tous les 18 mois	1 semaine
tous les 3 ans	3 semaines
tous les 7 ans (grande visite ou GV)	2 mois

Fig. 4.31. Planning des visites entretien de l'avion.

N.B. : Ce tableau n'a qu'une valeur indicative. Il y a des documents officiels qui précisent les échéances.

Prenez l'exemple des réacteurs. Ils sont toujours sous haute surveillance et suivent un programme d'entretien étoffé : suivi des performances en vol par ordinateur, usage du boroscope (dispositif optique à zoom), courant de Foucault ou ultrasons, visant à détecter d'éventuelles criques en préparation, rayons X, contrôle des huiles moteurs, spectres acoustiques, suivi des vibrations moteur.

L'administration, par le biais du Bureau Veritas contrôle le bon déroulement de toutes ces visites et l'exécution des travaux[1]. Si le Bureau Veritas estime que les règles d'entretien n'ont pas été respectées, il fait connaître ses observations à la compagnie qui est tenue de rectifier les déficiences constatées. Sinon, l'administration peut suspendre le certificat de navigabilité de l'avion.

La grande visite (GV) : l'avion subit toute une série d'opérations. Il est entièrement désossé (trains, gouvernes, moteurs, etc.). Les mécaniciens contrôlent la résistance aux sollicitations mécaniques et les effets de la corrosion. La cabine est entièrement déshabillée. Tout est contrôlé de A à Z.
Après la GV, l'avion sort des ateliers comme neuf. Il subit alors toute une série de tests de performance lors d'un vol de contrôle.

En plus de tous ces contrôles, chaque équipage vérifie « son » avion avant chaque étape. C'est la visite prévol.

— Je vais vous donner un exemple. Le départ d'un avion a été retardé parce qu'une famille de petits écu-

---

1. Aux Etats-Unis, ces contrôles sont effectués par la FAA *(Federal Aviation Agency)* et en Grande-Bretagne par la CAA *(Civil Aviation Authority)*.

reuils avait niché la nuit dans une soute. Les mécaniciens au petit matin, en faisant leur visite, ont aperçu un petit écureuil se glisser hors de l'avion. On a vérifié que ces petits rongeurs n'avaient pas fait de dégâts. On a même téléphoné à un vétérinaire pour s'assurer que leur urine n'était pas un acide aux effets sournois !

Enfin, il existe une maintenance préventive. Beaucoup d'avions modernes sont capables de donner leur état de santé à la base principale d'entretien par liaison satellite. Après chaque décollage, un message est envoyé au centre de maintenance, qui peut interroger l'avion à tout moment et détecter une faiblesse dans un système. Un carnet de santé très complet rend compte de tout ce qui concerne le suivi technique de l'avion : le CRM (compte rendu mécanique). Il est rempli par l'équipage à chaque vol, visé par le mécanicien sol à chaque escale et fait l'objet d'une approbation pour remise en service avant départ.

— *Mais que se passera-t-il demain avec la déréglementation et la guerre des tarifs ? Est-ce que les compagnies ne vont pas chercher à faire des économies sur l'entretien ?*

— Les organismes de contrôle sont là pour veiller au respect des règles. Ils dépendent de l'Etat et sont donc indépendants. Soyez juste vigilant sur le choix de votre compagnie.

Qui sont les pilotes ?

A l'origine de l'aviation, le « bon » pilote était le plus habile et le plus endurant. La passion du vol et la volonté de faire progresser les techniques justifiaient d'aller au bout de ses limites et de celles de la machine. Tout le monde a en tête les exploits des pilotes de l'Aéropostale. Les records tombaient. C'était le temps des héros, des têtes brûlées.

Depuis, tout a bien changé.

Les pilotes des compagnies aériennes n'ont plus rien de ces merveilleux fous volants qui vadrouillaient dans le ciel dans leurs drôles de machines !

Le pilotage est devenu un métier où les qualités ne sont plus la témérité et l'aptitude à improviser, mais la compétence, la rigueur, la précision et la régularité. Ce sont ces qualités qui sont évaluées au cours d'une sélection semée d'embûches dont moins de 5 % passeront avec succès les épreuves. Ceux qui réussissent ont en commun cette force et cette solidité qui confèrent une grande maîtrise de soi devant l'inattendu. Il leur faut ensuite potasser météorologie, navigation, aérodynamique, réglementation, mécanique, droit aérien, anglais aéronautique, facteurs humains pour réussir les certificats du brevet de « pilote de ligne ».

Ce qui n'a pas changé par contre, c'est leur motivation et leur plaisir de voler. *Cet avion* (c'est toujours celui sur lequel il vole !), *je l'ai tellement dans la peau.*

— *Les pilotes sont-ils contrôlés ?*

— Tous les navigants techniques travaillent en suivant une règle de fer.

La vérification des compétences est régulière. Ils sont soumis, tout au long de leur carrière, à plusieurs contrôles annuels : 1. un examen médical complet (deux, après quarante ans) ; 2. un contrôle en ligne sur un vol normal ; 3. trois contrôles au simulateur où l'instructeur teste la bonne connaissance de toutes les procédures de résolution de pannes. Des logiciels peuvent simuler toutes sortes de « scénarios catastrophes » afin d'entraîner le pilote à y faire face. « Prévoir le pire pour l'éviter », telle pourrait être une des devises du monde aéronautique. De plus, la DGAC (Direction générale de l'aviation civile) contrôle régulièrement les équipages des compagnies françaises, et les licences de pilotes de compagnies étrangères qui se posent en France. L'organisme du contrôle en vol fait office de conseil de l'ordre de la profession.

— *Et comment se passe le travail dans les cockpits ?*

— A chaque vol, les équipages sont constitués de pilotes différents afin d'éviter l'installation de routines. Ceci est rendu possible par la standardisation de la formation et l'utilisation d'une phraséologie standard dont voici quelques exemples clés. Trois types de communications sont obligatoires : 1. les briefings qui servent à préparer l'action en commun ; 2. les annonces qui visent à signaler à l'autre pilote une action ; celui-ci en contrôle systématiquement la bonne exécution ; 3. enfin, les fameuses check-lists, placées aux moments clés du vol (décollage, approche, atterrissage) établissent le lien entre pilotes et avion. Les vérifications à effectuer et leur ordre sont ainsi standardisés. Les check-lists permettent d'éliminer les éventuels oublis. Difficile en effet de perdre le fil de la pensée de l'autre pilote. Chaque action effectuée par l'un est annoncée, vérifiée et contrôlée par l'autre. C'est le « contrôle mutuel » ou « contrôle croisé ».

Quels avions voleront demain ?

Des avions plus nombreux

Tout le monde est en effet d'accord : le trafic aérien mondial est en constante et forte augmentation. Le trafic passagers a doublé en dix ans (entre 1986 et 1996). Les statistiques prévoient une augmentation de 5 à 6 % par an. Quant au trafic concernant la France, le nombre de mouvements (atterrissage, décollage ou survol) a passé la barre des deux millions en 1997[1] !

Aujourd'hui, dans le monde circulent plus de 10 000 avions de ligne qui transportent plus d'un milliard et demi de passagers chaque année ! Et ces chiffres ne cessent de croître.

Des avions plus gros et qui vont plus loin

Les constructeurs se préparent au moment où les compagnies aériennes ne pourront plus faire face à la

---

1. Statistiques DGAC, 2000.

croissance du trafic sans mettre en service des avions plus gros (500 à 700 places).

L'A 380, grâce à sa taille et aux technologies innovantes, est la réponse d'Airbus.

C'est un avion qui se veut avant tout convivial. Plus de confort. Plus d'espace. On parle même de nouveaux services possibles (bar, bibliothèque, etc.). Des groupes de travail planchent activement sur le sujet pour offrir des possibilités nouvelles aux compagnies.

Le rayon d'action sera également allongé. Avec le plein de passagers, l'appareil de base pourra franchir plus de 14 000 kilomètres (environ la distance Paris-Darwin, en Australie).

En dépit de ses dimensions plus importantes, de son rayon d'action allongé, pas vraiment de révolution. Comme on peut le lire dans *Air & Cosmos*[1] : « Exceptionnel mais classique ».

— *A quand le lancement ?*

— Autour de 2005.

Dans la même optique, Boeing a pour projet le développement des B 747.

Des avions provinciaux

Les compagnies régionales sont devenues un élément clef pour faciliter les départs des clients qui habitent la province. Des coopérations se nouent entre compagnie major (Air France, Lufthansa, KLM, etc.) et compagnies régionales. Très souvent, ces transpor-

---

1. *Air & Cosmos*, n° 1764, 29 septembre 2000.

teurs peignent leurs avions aux couleurs de la compagnie major dont ils dépendent. Avions plus petits (ATR, Fokker, etc.), mais, rassurez-vous, même souci de sécurité.

Des avions plus rapides

La vitesse et le voyage seront-ils compagnons ? Des supersoniques sortiront-ils des cartons ? Les constructeurs restent encore discrets. Les hommes et femmes d'affaires, ainsi que tous ceux qui n'aiment pas beaucoup la troisième dimension, sont tout naturellement favorables à une réduction du temps de trajet. Un voyage de quelques heures vers New York mais aussi des liaisons vers l'Asie, l'Australie et l'Amérique du Sud sans parler de petits week-ends exotiques, le temps d'une parenthèse ensoleillée, restent encore un rêve inaccessible.

Un temps de vol divisé par deux, un rayon d'action doublé >10 000 km, 250 places, tels seraient les souhaits des compagnies. Les experts ont recensé 150 routes de plus de 3 700 km pouvant être exploitées en supersonique en reliant vingt grosses métropoles.

Des avions plus autonomes

Les jets d'affaires ne seront plus réservés à une élite. Les Mystère et autres Falcon auront fait des petits pouvant emmener de 6 à 12 personnes dans des continents lointains. Un plus grand nombre d'entreprises utiliseront ces petits oiseaux alliant efficacité et élégance.

— *Et après-demain ?*
— Quel avion prendrez-vous avec vos petits-enfants ? L'avion n'est pas déjà « en forme ». Et n'oublions pas que les passagers ont aussi leur mot à dire. C'est de la concertation du pilote, de l'automate, du contrôleur et des passagers que ce futur aéronef verra le jour.

En conclusion, nous espérons que ces explications vous ont apporté démystification et clarté. Démystification, car voler repose sur des lois simples. Clarté, car vous avez été obligé de jeter certaines idées reçues dans la poubelle des préjugés ! Le système aéronautique est ainsi devenu pour vous un système rationnel et prévisible qui réserve une place prioritaire à la fiabilité du transport aérien. Votre représentation de l'avion et de son environnement s'est rapprochée de la réalité. Vous avez pris conscience que, dans un avion, tout est conçu, testé et contrôlé pour votre sécurité. Partout, l'esprit de précaution est présent.

Il ne vous reste plus qu'à remplacer votre catalogue « d'idées reçues » par celui que nous vous présentons ci-après.

Catalogue des idées acquises
● L'air, ce n'est pas du vide. C'est un fluide composé de molécules plus ou moins rapprochées. La nature ayant

horreur du vide, on n'y trouve pas le moindre trou, pas plus dans l'air que dans l'eau !

● Ne pas confondre la sensation de descente et la chute de l'avion. Dans les turbulences, l'avion reste sur sa trajectoire. Et rappelez-vous : plus le pilotage est précis, plus les sensations sont fortes.

● L'avion, c'est d'abord un planeur. Il vole grâce à ses ailes et non grâce à ses moteurs.

● L'avion n'est pas un vagabond du ciel. Il vole sur une route bien définie.

● La Terre n'abandonne pas ses enfants dans le ciel. L'avion reste en permanence relié à la Terre par radio.

● L'avion ne quitte pas la banlieue de la Terre. Au sol, une distance de dix kilomètres vous paraît dérisoire. Eh bien dites-vous que c'est l'altitude à laquelle croise un avion. Nous restons sur la peau « bleue » de l'orange (Paul Eluard).

5

Le voyage aérien, mode d'emploi

Convaincu par un environnement sécurisant, vous avez décidé de vous envoler vers une contrée inconnue. Voyager en esprit ne vous suffit plus. Cependant, le voyage en avion tient encore pour vous de l'expédition : le présent chapitre se veut une sorte de guide de préparation à l'envol.

Comment préparer votre voyage ?

Si possible, trouvez un complice. Comme dit Voltaire : « Cinq ou six misères ensemble font un établissement très tolérable ! » Choisissez de préférence le bon compagnon, celui en qui vous avez confiance et qui peut vous tenir la main. Mais si vous partez seul, ce n'est pas un problème. Vous trouverez de toute façon une hôtesse ou un steward à bord de l'avion pour vous réconforter.

Puis suivant un principe vieux comme le monde : anticipez. Ne comptez jamais sur le hasard dans tout ce que vous ferez. Il faut tout organiser.

Oui. Mais comment faire ? Comment ne rien oublier ?

Utilisez un outil bien pratique et bien connu des pilotes : la check-list[1]. Elle soulage la mémoire et vous prémunit contre les oublis. Préparez différentes check-lists. Ainsi, en suivant les conseils des grands voyageurs, vous ne négligerez rien de tout ce qui

_____

1. Liste d'opérations successives à vérifier sans omission.

peut contribuer à votre santé et à la sûreté de votre voyage. Ouvrons cette rubrique par une première check-list que nous détaillerons pour vous.

Check-list Pays de destination
- formalités police (passeport et visas) ;
- formalités santé (vaccins...) ;
- change et devises ;
- douane ;
- climat ;
- hébergement ;
- adresses utiles (ambassade, services médicaux...).

Police : nous vous suggérons d'avoir toujours un passeport en cours de validité (certains pays exigent même 6 mois de validité restante). Pour les formalités d'entrée concernant votre pays de destination, consultez votre agent de voyage ou le consulat correspondant au pays concerné.

Santé : des vaccinations[1] peuvent être exigées ou conseillées dans certains pays. Là encore, prenez un peu d'avance et veillez à être vacciné contre le tétanos et la poliomyélite. Ces maladies sont encore très présentes (pensez aussi à la diphtérie). Il est donc nécessaire d'avoir des vaccins en cours de validité.

En ce qui concerne les autres vaccins ou traitements préventifs (paludisme notamment), interrogez les services spécialisés. La compagnie Air France dispose d'un

---

1. Centre de vaccination Air France : Aérogare des Invalides 2, rue Esnault-Pelterie, 75007 Paris.
Tél. : 01 36 68 63 44 ou Minitel : 3615 code VACAF.

service médical qui est à votre disposition pour toutes informations concernant votre voyage. Il vaut mieux vous y prendre à l'avance, certaines vaccinations demandant des délais et plusieurs injections. Il existe aussi des recommandations spécifiques selon les destinations.

Les animaux doivent aussi être vaccinés. Ne manquez pas de vous renseigner et de vous munir du carnet de santé de votre petit compagnon.

Maintenant, nous vous proposons d'aborder un aspect important de votre voyage : **le choix de votre vol.** Utilisez la check-list Agence.

Check-list Agence

- éventail des tarifs et de vos droits associés (« rapport qualité/prix ») ;
- nom du transporteur ;
- type d'avion ;
- horaires de départ et d'arrivée et heure limite d'enregistrement ;
- réservation de siège ;
- aéroports de départ et d'arrivée (avec le numéro du terminal) ;
- durée du vol ;
- type de vol[1] ;
- services à bord ;

---

1. Attention : un vol « non-stop » est un vol sans escale ; un vol direct est effectué sans changement d'appareil mais des escales intermédiaires sont possibles.

• décalage horaire entre les pays ;

• moyens de transport pour se rendre à l'aéroport ; durée du trajet ;

• comment transporter votre petit chat ?

Nous allons répondre à quelques-unes des questions que vous vous posez.

— *Comment sélectionner le transporteur ?*

— Choisissez une compagnie en qui vous avez confiance et dont la sécurité est l'objectif prioritaire, même à l'heure des économies. Préférez une compagnie qui pratique votre langue. Vous vous sentirez plus à l'aise.

— *Qu'entend-on par compagnie charter ?*

— Le terme de charter désigne un vol non régulier. Les prix sont attractifs mais cet avantage a pour contrepartie des conditions restrictives. Vous serez moins bien installé. **Soyez vigilant sur le transporteur.**

— *Quel est le meilleur moment de l'année pour voyager ?*

— Evitez les périodes chargées (vacances scolaires, week-ends, etc.), si possible. Vous passerez plus vite les formalités et vous voyagerez plus confortablement. Hôtesses et stewards auront plus de temps à vous consacrer.

— *Quelle est la meilleure heure ?*

— Il y a les « lève-tôt ». Il y a les « lève-tard ». Evitez de bouleverser vos habitudes. Si vous pouvez, choisissez un horaire de départ qui vous permette de vous réveiller naturellement, et qui se situe dans la matinée pour éviter l'accumulation de la fatigue de la journée, encore que certains préfèrent le voyage nocturne. *La nuit, c'est bien. Je ne vois rien. J'oublie que je suis là-haut.* Ce qui compte, c'est de vous connaître et de ne rien négliger de ce qui peut faciliter un tant soit peu le voyage.

— *Quelle classe choisir ?*

— A chaque classe, son contrat. En classe Espace, Club, Business ou Première, vous serez à l'avant de l'appareil. Vous y trouverez plus de stabilité, plus d'espace. Vous pourrez aussi choisir et réserver votre siège en achetant votre billet. En outre, vous aurez accès au salon VIP *(very important person)* à l'aéroport. Vous pourrez y siroter un verre dans un cadre rassurant. En classe Tempo, économique ou touriste, vous bénéficierez de tarifs promotionnels, mais, en contrepartie, d'un peu moins de confort.

— *Quelle place choisir à bord de l'avion ?*

— Il y a des places à choisir et des places à éviter, ceci uniquement en fonction de vos goûts. Vous avez le choix entre :

• un siège en avant des ailes ou sur les ailes (les mouvements de l'avion y sont moins amplifiés qu'à l'arrière) ;

• un siège qui donne directement sur le couloir ; vous pourrez ainsi vous lever facilement ou parler aux hôtesses et aux stewards ;

• un siège près des portes si vous avez de longues jambes ;

• un siège près d'un hublot pour voir se dessiner
les crêtes des montagnes, regarder les lumières des
villes et des villages ou voir se former un troupeau de
nuages. On n'est jamais tout à fait seul devant un
beau paysage. C'est du moins ce qu'affirme Emile
Verhaeren : *J'ai pour voisin et compagnon*

> *Un vaste et puissant paysage*
> *Qui change et luit comme un visage...*

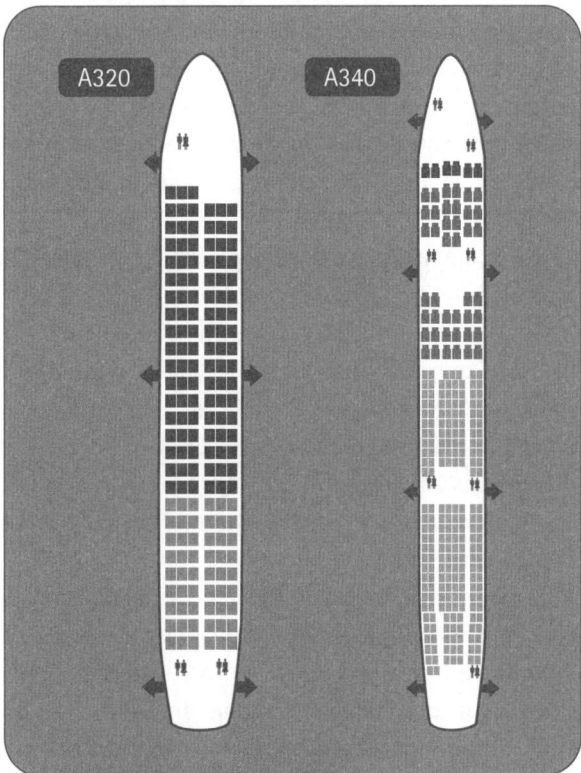

Fig. 5.1 Plans des cabines.

Vous êtes préoccupé par une difficulté personnelle. Ne vous inquiétez pas, la compagnie trouvera une solution. Quelques exemples de problèmes qui n'en sont pas :

— *Comment voyager confortablement avec un bébé ?*

— Il existe des sièges à proximité desquels on fixe un berceau ou une nacelle pour le jeune voyageur.

— *Je suis végétarienne. Vais-je devoir jeûner ?*

— Non, bien sûr. Les demandes particulières peuvent être prises en compte : menu végétarien mais aussi menu enfant, menu préparé selon certains rites religieux, menu régime. La mention SPML *(special meal)* apparaîtra, à la suite de votre nom, sur la carte d'embarquement. Passez la commande lors de votre réservation.

— *Je ne peux pas me déplacer seul. Comment puis-je faire ?*

— Aucun problème. Il suffit de demander à l'avance une assistance spéciale (chaise roulante) à l'aéroport. Vous pouvez bénéficier d'un embarquement prioritaire et d'un accueil personnalisé dans la plupart des aéroports.

— *Mon mari est non-voyant. Peut-il prendre l'avion seul ?*

— Il pourra voyager facilement. Beaucoup de choses sont prévues. Les consignes de sécurité, notamment, sont en braille. Le PNC sera à sa disposition pour lui indiquer les commodités du vol.

— *Je suis fumeur. Puis-je fumer à bord des avions ?*

— De moins en moins. Si vous êtes « accro » du

tabac, prenez la précaution de mettre un patch, ou d'emmener des gommes à la nicotine. Si vous n'en avez pas sur vous, demandez-en à l'hôtesse.

Enfin, notez bien que l'heure indiquée sur le billet est l'heure de départ du vol. Mais vous devez être enregistré avant l'heure limite d'enregistrement (HLE).

Votre billet en poche, il vous reste à connaître le terrain. Pour prendre son envol, un point de passage obligé : l'aéroport. Si vous n'avez pas l'habitude des aéroports, quelques jours avant votre départ allez repérer les lieux. Le champ d'aviation constitué d'une piste en herbe et d'une baraque en bois s'est transformé en un ensemble technique et commercial très sophistiqué. Mieux vaut le connaître pour profiter de ses avantages... car il y en a ! Sur place, regardez les passagers, ceux qui partent, ceux qui arrivent. Certains aéroports accueillent plus de 55 millions de passagers par an !

Suivez le circuit passager. Des téléviseurs ou des panneaux indiquent les horaires de départ, les destinations, les numéros de vol, les zones d'enregistrement et les portes d'embarquement. Les « totems », qui sont nombreux et se situent, le plus souvent, à l'entrée du terminal de l'aéroport, ne sont pas toujours très visibles. Mais mieux vaut les avoir repérés ainsi que les banques d'enregistrement et les filtres de police. Rien de tel que le stress pour brouiller les pistes.

Vous pourrez également constater qu'il existe de nombreux services à la disposition des passagers :

boutiques de luxe, librairie, pharmacie, banques, bars, etc., mais aussi un service médical. Celui-ci comprend médecins et infirmières qui sont là pour vous porter assistance, en cas de malaise. Le plus souvent, une ambulance de réanimation est en attente sur le parking, prête à intervenir. Il arrive fréquemment qu'un passager se présente au service médical pour juguler les débuts d'une crise d'angoisse. Un entretien personnalisé, la mise en situation de détente et éventuellement un calmant facilitent le départ. *Si, par contre, son état ne s'améliore pas, il est pris en charge,* nous dit Philippe Bargain, responsable du service médical d'urgence (SMU) de Roissy-Charles-de-Gaulle. Il est rassurant de savoir qu'on a la possibilité d'être accueilli, au départ comme à l'arrivée, dans une structure médicale 24h/24.

Comment préparer votre départ ?

Evitez la bousculade le jour du départ. Là encore, utilisez plusieurs check-lists pour ne rien oublier.

Check-list Documents voyage
- passeport[1] ;
- billets d'avion ;
- carnet de vaccinations ;
- ordonnance médicale (si vous suivez un traitement) ;

---

1. Vous avez pensé à faire une photocopie de celui-ci pour faciliter l'émission d'un nouveau document en cas de perte.

- permis de conduire international ;
- assurance de voyage ;
- argent[1] ;
- adresse et numéro de téléphone de votre lieu de séjour.

Les bagages : Ah ! si seulement vous pouviez faire comme monsieur Fogg[2] partant faire son tour du monde, et ordonnant à son valet Passepartout : « Pas de malles. Un sac de nuit seulement. Dedans, deux chemises de laine, trois paires de bas... Nous achèterons en route. » Difficile ! Retenez néanmoins qu'il vaut mieux voyager léger. Faire ses bagages relève de l'art. Prenez le temps d'y réfléchir. Renseignez-vous sur le climat et adaptez votre garde-robe à votre voyage (tourisme, affaires, obligations diverses). Pour conjuguer élégance et confort, faites une sélection douillette, mais sévère. Ne pratiquez jamais le remplissage maximum. Ne vous inquiétez pas non plus des froissements à l'arrivée. Voici un petit truc d'hôtesse : transformez votre salle de bains en sauna pendant une demi-heure ; la vapeur d'eau défroissera les plis des vêtements que vous aurez suspendus. Prévoyez une étiquette d'identification mentionnant vos nom, prénom, adresse et téléphone sur chaque bagage. Vérifiez la taille de votre bagage de cabine (dont le total de ses trois dimensions doit être

---

1. Carte bancaire internationale + un peu d'argent local pour les menus frais à l'arrivée, en lieu sûr (pochette anti-pickpocket).
2. Le héros du *Tour du monde en quatre-vingts jours* de Jules Verne.

inférieur à 115 cm). Votre valise sera rangée en soute[1].

🛫 **Check-list Bagage cabine**
- vos médicaments et la trousse médicale de voyage (en annexe à la fin du chapitre) ;
- votre trousse de toilette ;
- vos lunettes ou vos lentilles de contact ;
- vos papiers importants... (en particulier le discours de votre conférence, etc., tout ce qui vous est vraiment indispensable à l'arrivée ou précieux) ;

Si vous voyagez sur un vol long-courrier, pensez à emmener :
- un pull douillet (une couverture sera à votre disposition à bord de l'avion, mais un vêtement « à soi » est rassurant) ;
- une bouteille de votre eau minérale non gazeuse (des boissons seront offertes à bord, mais disposer de sa bouteille d'eau personnelle vous incitera à boire plus).

Si vous voyagez en classe Espace, l'hôtesse vous offrira une pochette de voyage (contenant des chaussons, un masque pour les yeux, un petit nécessaire de toilette). Aucun souci d'organisation ! En classe Eco-

---

1. Pour des raisons de sécurité, il est interdit de placer dans vos bagages des produits explosifs, inflammables, corrosifs ou toxiques tels que : allumettes, briquets, gaz comprimé, feux d'artifice, chlore, aérosols, peinture. Pour des raisons de bien-être, évitez certains produits alimentaires odorants !
En cas de doute, demandez conseil avant de faire vos bagages.

nomique, offrez-vous le luxe d'une petite « trousse de toilette » maison.

Check-list Trousse de toilette
- masque pour les yeux (offert sur certaines compagnies) ;
- boules Quies ;
- parfum léger, eau de toilette ;
- chaussons (important pour le confort de vos pieds !) ;
- petit coussin gonflable ;
- brosse à dents + dentifrice ;
- rasoir de poche + mousse à raser ;
- peigne ;
- crème hydratante ;
- collyre (larmes artificielles) pour les yeux sensibles (si vous portez habituellement des lentilles de contact, évitez de les porter en vol : l'air est trop sec).

— *Comment ne pas trouver le temps long à bord ?*
— Vous trouverez à bord des revues, des jeux, peut-être un film. Néanmoins, pensez à emmener vos propres outils de diversion.

Suggestions de distractions
- baladeur avec vos cassettes favorites (musique), des cassettes nouvelles (pièces de théâtre, romans...) ;
- micro-ordinateur portable [1] ;
- cartes à jouer ;

_____

1. L'utilisation n'est pas autorisée pendant les phases de décollage et d'atterrissage.

- jeu d'échecs ;
- livre de jeux d'attention et de logique ;
- minipuzzles ;
- tapisserie ou tricot (mais oui !) ;
- compte rendu de réunion simple ;
- carnet d'adresses à recopier ;
- carnet pour dessiner ou noter vos impressions ;
- magazines et revues (votre sélection).

Le jour J : comment préparer votre vol ?

Revêtez-vous de la tenue qui possède la vertu de prendre l'air sans vous faire perdre vos aises. Evitez les ceintures, choisissez des vêtements amples, décontractés et infroissables, des matières chaleureuses et légères, des chaussures faciles à enlever et à remettre.

Avant de tourner la clé dans votre serrure, vérifiez une dernière fois que vous avez bien dans votre sac votre passeport, vos billets et votre carte de crédit.

Vous avez calculé votre heure d'arrivée à l'aéroport. Prenez des marges, mais pas trop. Faites-vous conduire si possible. Vous pouvez aussi utiliser les cars qui relient les centres-ville aux aéroports ou prendre un taxi. Si vous préférez prendre votre voiture, pensez à noter le numéro de votre place et du parking. Cela facilitera votre retour.

Dirigez-vous vers le terminal indiqué sur votre

billet (exemple à Roissy, Aérogare 2, Terminal A, B, C, D ou F) ; puis, repérez la zone d'enregistrement de votre vol. Si vous avez besoin d'être rassuré ou que vous ne trouvez pas l'indication souhaitée, allez à un comptoir d'information où une hôtesse vous renseignera[1].

— *Quand passer le filtre de police ?*

— Avant ou après l'enregistrement, en fonction des terminaux. Vous devrez montrer patte blanche : carte d'identité, passeport ou visa selon le pays de destination. La police vérifiera aussi que vous disposez bien d'un billet ou d'une carte d'embarquement[2].

Vous arrivez à votre comptoir d'enregistrement. Quelques personnes font la queue. Pendant l'attente, occupez votre esprit. Imaginez « votre » équipage. Comment sont-ils ? Que font-ils ? Si vous aviez le don de double vue, voici la scène qui se déroulerait sous vos yeux :

H –2 h : briefing PNT

Vos pilotes sont au bureau de la préparation des vols et examinent en détail le dossier de votre vol (cartes météo, cartes des terrains, plan de vol, caractéristiques de l'avion, mesures de sûreté, fret, nombre de passagers, particularités…).

---

1. Les informations concernant les vols (zone d'enregistrement et porte d'embarquement) ne sont affichées sur les écrans qu'1 h 30 à 2 heures environ avant l'heure de départ.
2. Dans certaines aérogares, les bureaux de change ou les distributeurs de billets sont inexistants dans la zone sous douane. Mieux vaut y penser avant de passer le filtre de la police.

— *La météo ?*

— *C'est OK. Il fait beau.*

Si seulement vous pouviez le savoir, cela vous rassurerait !

— *C'est toi qui fais l'étape aller. Je ferai l'étape retour. D'accord ?*

Une répartition rigoureuse des tâches. Commandant, officier-pilote (copilote), deux statuts différents. Un seul maître à bord, mais la même compétence professionnelle. L'un double l'autre.

— *Voici les terrains de dégagement.*

Toujours une solution de secours.

— *Tu calcules le carburant de ton côté. Moi du mien.*

Toujours le contrôle mutuel (« *cross-check* »).

— *Rappelle-moi le poids de l'avion, avec le dernier chargement prévu...*

— *Comment le pilote peut-il calculer le poids de l'avion, je ne suis pas encore enregistré ?*

— Chaque passager n'est pas pesé. Le poids d'un passager est forfaitaire et compté large ! Seules exceptions peut-être, les géologues avec leur sac de cailloux et les pèlerins qui ramènent des couffins entiers de pierres saintes !

Par contre, les bagages de soute et le fret sont pesés et leur poids est communiqué à l'équipage.

Maintenant jetons un coup d'œil à l'équipage PNC.

H –1h 30 : briefing PNC

L'équipage commercial est là environ 1 heure et demie avant le vol. La préparation doit être minutieuse quand il s'agit de recevoir cent à quatre cents personnes ! Le chef de cabine présente le nombre et les particularités des passagers (votre présence peut-être !), le PSIC (plan de service en vol et d'intervention du commissariat). Chaque vol a un PSIC adapté au temps de vol, à l'heure de décollage et d'atterrissage, à la destination. Les PNC retrouvent ensuite les pilotes pour un briefing commun.

L'équipage se dirige vers l'avion ; suivons-le.

H –1h 10 : départ de l'équipage à l'avion

Les pilotes commencent leur visite prévol. Elle est effectuée avant chaque vol avec la plus grande minutie. Deux phases : 1) visite prévol intérieure pour tester les circuits et mettre l'avion sous tension ; 2) visite prévol extérieure. La liste des vérifications à effectuer est reprise sur une check-list. Parallèlement, ce tour d'avion permet de surveiller le chargement et les pleins.

L'agent d'enregistrement vous fait signe. Il est temps de quitter l'équipage que vous retrouverez tout à l'heure et de reprendre votre place dans la file d'attente.

— *Madame, c'est à vous ?*

Vous présentez votre billet et vos bagages. Si vous n'avez pas eu l'opportunité de choisir votre place lors de l'achat de votre billet, exprimez vos préférences.

L'agent vous remet une carte d'embarquement et le talon de l'étiquette de vos bagages sur lequel est inscrit le code de l'aéroport de destination (à conserver soigneusement). Vos bagages glissent sur le tapis afin d'être embarqués à bord de votre avion. L'agent vous précise l'heure et la porte d'embarquement.

— *Que puis-je faire après l'enregistrement ?*

— Trouvez un dérivatif avant de passer en salle d'embarquement. « Faites en sorte de ne jamais être oisif », recommandait déjà Sun Tse, ce vieux stratège chinois, à ses soldats pour calmer le stress de l'attente, avant la bataille.

Si vous voyagez en classe Espace[1], vous bénéficierez de l'atmosphère feutrée des salons d'attente. Sinon, des bars sont à votre disposition dans différents points de l'aérogare.

Profitez des « boutiques hors taxes » dans lesquelles vous trouverez de quoi faire diversion à bons prix ! Acheter capte l'attention. C'est un réducteur de stress performant. Vous oublierez l'avion durant quelques minutes. (A consommer avec modération !) Un guichet de change vous permet de disposer d'un peu de monnaie locale. Vous pourrez aussi téléphoner. Si vous n'avez pas de portable, pensez à prendre une carte de téléphone. Surveillez néanmoins l'heure !

— *A quoi sert le contrôle de sûreté ?*

— Avant d'accéder à la salle d'embarquement, un contrôle est effectué pour assurer la sécurité du vol : vérification du contenu des bagages à main par rayons X. Tous les passagers doivent passer sous un

---

1. Les passagers de la classe Espace disposent généralement d'un salon privé où ils trouvent confort, accueil attentionné, bar, télévision, journaux, téléphone et fax.

portique détecteur de métaux. Si un objet dit « objet Sécurité » est repéré (couteau, épée de collection, etc.), son propriétaire est interrogé. Si tout va bien, l'objet est placé dans une pochette spéciale et mis en soute. Il sera restitué à son propriétaire à l'escale de débarquement.

— *Que puis-je faire en salle d'embarquement ?*

— Vous trouverez des journaux gratuits, des téléphones. Feuilletez une revue, engagez une conversation même futile, vérifiez vos achats, écoutez vos cassettes. Rien de tel que la voix de Fernandel racontant la chèvre de monsieur Seguin[1] pour faire descendre de quelques degrés votre stress. Regardez ce qui se passe autour de vous. Observez les autres passagers comme si vous deviez les décrire. Faites-le avec un souci du détail. Appliquez-vous. Y a-t-il quelque chose qui vous frappe ? Rien ne vous frappe. Regardez encore. Poursuivez votre observation. Prenez la plume et forcez-vous à écrire même ce qui n'a pas d'intérêt, même ce qui est le plus banal : le lieu, la salle, les couleurs, les sièges, les passagers, leurs vêtements. Vous serez étonné de ce que vous aurez pu noter.

Pensez à l'équipage. Où est-il ? Que fait-il ?

H –1 heure :

« Votre » équipage est maintenant à bord de « votre » avion.

Côté cockpit, les pilotes installent leur « bureau volant ».

---

1. Daudet A., *Les Lettres de mon moulin.*

Ils ont sorti la documentation nécessaire, affiché les moyens radio, inséré le plan de vol dans les « centrales à inertie ».

Côté cabine, le PNC vérifie le matériel de sécurité et surveille le bon déroulement du chargement hôtelier. Tous les plateaux sont-ils bien là ? La glace ? Les boissons ? Les petits pains ? La vidéo est-elle bien programmée ?

Le commandant de bord supervise les opérations. Avec le coordinateur du vol, il détermine l'heure d'embarquement des passagers (en général H -45 min). Le coordinateur du vol surveille le bon déroulement du chargement. L'assistant avion accroche le « tracteur » qui repoussera l'avion du parking et s'occupe des pleins carburant. Puis les pilotes vont effectuer la check-list « vérification poste », la première d'une longue litanie qui rythmera le vol et qui est le signe de la standardisation des tâches et des procédures. Jamais le même vol, jamais le même équipage, mais toujours le même scénario. Dans un cockpit, chaque action est prévue et vérifiée. Cette première check-list annonce l'imminence de l'embarquement.

— *Et comment saurai-je quand je dois embarquer ?*
— Un appel est fait au micro. Présentez-vous aux agents de la compagnie avec votre carte d'embarquement dont une partie sur laquelle figure votre numéro de siège vous sera rendue. Dirigez-vous vers l'avion ou vers le bus qui vous y emmènera.
— *Et si le vol est retardé ?*

— Ne vous inquiétez pas. Le départ peut être différé pour divers motifs : pour une raison de sécurité (attente de créneau, perturbations météorologiques, vérifications techniques), pour un problème hôtelier (plateaux manquants) ou encore pour embarquer des passagers en correspondance. L'attente est une situation psychologique inconfortable, mais un fait est certain : l'avion ne partira que si tout va bien.

Et maintenant, entrez dans l'avion. L'hôtesse vous accueille. N'hésitez pas à l'informer que c'est votre baptême de l'air, ou que vous n'êtes pas tout à fait (ou pas du tout) à l'aise. Elle en tiendra compte tout au long du vol.

Elle vous indique votre siège. Déposez manteau et sac de voyage dans le « rack » à bagages. Vous conservez votre sac à main, vos journaux et outils antistress (jeux, tapisserie, etc.).

Vous vous installez à votre place. Déroulez sans attendre le planning de vos activités avec le sérieux du bon élève ! Il vaut mieux tirer la langue que de laisser l'inquiétude envahir votre cerveau. Regardez les journaux dans la pochette devant vous. Commencez un jeu. Sortez votre carnet. Dessinez ou écrivez. Votre voisin vous semble sympathique.

Si vous le pouvez, engagez la conversation. Sinon, pensez à contrôler votre respiration. « A l'attention des PNC, l'embarquement est terminé », dit l'agent d'escale. C'est parti. Maintenant, le vol est devant vous.

Annexe Trousse de santé

Une première précaution est de souscrire à un contrat d'assurance valable pour la destination choisie.

Qu'emporter en voyage ?

Nous vous proposons ci-dessous les bases d'une trousse médicale de voyage à adapter en fonction de votre voyage avec l'aide de votre médecin. Prévoyez :

1. Les médicaments

• vos médicaments habituels en quantité suffisante pour la durée de votre séjour (avec votre ordonnance) ;

• médicaments contre la fièvre et la douleur, contre la diarrhée, contre les douleurs abdominales, contre les vomissements, contre les allergies, contre les petits maux des yeux, contre les brûlures légères ;

• pansements : désinfectant cutané (flacon étanche ou compresses imbibées d'antiseptique), compresses stériles, sparadrap.

2. Les produits spécifiques à emporter en zone tropicale

• lutte contre les piqûres d'insectes : répulsifs à appliquer sur la peau découverte, insecticides (diffuseurs électriques ou tortillons) ;

• les médicaments contre le paludisme, adaptés au pays (vous renseigner auprès d'un service spécialisé) ;

• désinfection de l'eau : comprimés antiseptiques (Micropure, Hydrochlonazone) et filtres.

Ne pas oublier : crèmes solaires, thermomètre, seringues à usage unique, petits ciseaux, une paire de lunettes de soleil, préservatifs[1]...

---

1. Conseils donnés par le Service médical d'assistance aux passagers du groupe Air France.

Comment faire votre nid dans l'avion[1] ?

---

1. Ce chapitre a été réalisé au-dessus des nuages en collaboration avec Jeanne Ghiani, cadre PNC et docteur en psychologie.

Maintenant que vous avez bien compris qu'un avion vole et vole même très bien, il reste à expérimenter votre nouveau savoir. Laissez-vous guider et l'avion se métamorphosera en une bulle de vie, un cocon ailé dans lequel vous ne vous sentirez plus captif mais protégé.

Qui sont les hôtes de l'air ?

Vous allez être les hôtes de passage d'un monde habité par une ethnie particulière, « les PNC[1] ». Mettez-vous sous leurs ailes. Mais, tout d'abord, il nous semble utile de vous faire mieux connaître cette nouvelle espèce d'hommes et de femmes ailés qui ont choisi de vivre entre ciel et terre. Stewards et hôtesses sont avant tout des nomades. Ils se sentent bien partout à condition d'être ailleurs demain. Leurs origines sont multiples, leurs antécédents surprenants sans qu'il soit possible de déterminer une constante qui rendrait compte de leur présence à bord. Peut-être les chercheurs découvriront-ils un jour le gène du navigant ! Pour l'instant, cette population se distingue des humains sédentaires par la conjonction de plusieurs facteurs. Ils sont nés aux quatre coins du monde. Ils ont souvent fait des études dans des domaines divers autant qu'étranges. Ils ont exercé des métiers variés : chauffeur de maître, « GO », pro-

---

1. Personnel navigant commercial.

fesseur d'anglais, infirmière, publiciste, comédien, informaticien, jardinier, décorateur, brocanteur ou dompteur ! *Pour moi*, dit Jeanne, *c'est tout simple. Un stage de psychologie dans le service de sélection du personnel navigant a été le déclic. Le virus du vol a apporté une conclusion inattendue à mon diplôme de psychologue.* »

Les PNC ont en horreur les horaires de bureau et les repas à heure fixe. La pluie, ou le beau temps, ne les laisse pas indifférents, mais l'accélération du temps par les « courriers » satisfait leur recherche du don d'ubiquité. *La neige est douce à Montréal puisque le soleil brille aux Seychelles et que j'y serai bientôt.* Beaucoup entrent dans cet univers en croyant que c'est un « job de passage ». Il n'est pas rare de les revoir fidèles au poste vingt ans plus tard.

Une seule remarque s'impose pour conclure ce rapide aperçu sociologique : voler peut provoquer une accoutumance et cela peut être contagieux ! Méfiez-vous !

Pour unifier des hommes et des femmes d'origines aussi diverses et leur apprendre le métier de PNC, une solide formation aéronautique en trois volets est prévue :

1. La formation commerciale concerne les aspects techniques du métier : réchauffer les « cassolettes[1] », connaître les crus et les fromages du terroir, savoir lire un taux de change. Bien entendu, une partie des

---

1. Plats chauds.

cours est consacrée à l'art de la relation : comment trouver le style approprié à l'infinité des cas rencontrés. Les PNC sont triomphants quand ils ont pu détendre un passager stressé ou faire rire l'enfant qui voyage seul.

2. La formation « sécurité et sauvetage » a pour objectif d'entraîner les équipages au maniement de différents équipements (toboggans, cagoules, extincteurs). Les exercices sont répétés chaque année pour créer des comportements réflexes. En aéronautique, tout est prévu, même l'improbable.

3. La formation secourisme concerne la pratique des premiers soins. Le PNC sait pratiquer la respiration artificielle, un massage cardiaque, une piqûre intramusculaire, et même un accouchement !

Autre particularité de la population navigante, pilotes, hôtesses et stewards forment un groupe structuré : l'équipage. Le commandant de bord est le « maître » à bord. Il est responsable du bon déroulement du vol. Assis en place gauche dans le cockpit, on le reconnaît à ses quatre galons dorés. A sa droite, le copilote. Derrière eux, sur certains avions, l'officier mécanicien navigant. En cabine, l'équipage commercial a aussi son chef. Vous le reconnaîtrez à ses galons argentés si c'est un homme, à son insigne de poitrine si c'est une femme. Sur gros porteurs, il y a deux ou trois chefs de cabine (un par classe). L'un d'eux sur qui repose la responsabilité de l'équipage commercial est le chef de cabine principal.

Que faire en cas de malaise à bord ?

Il est tout à fait naturel de se poser cette question. La réponse, là encore, est simple. L'avion est sans doute le seul moyen de transport où vous pourrez bénéficier en permanence d'une assistance médicale. Si vous ressentez une douleur ou un accès de fièvre, le PNC prendra immédiatement soin de vous. Il a, de par sa formation et son expérience, la possibilité de vous soulager rapidement. A bord se trouvent bien rangées deux pharmacies : l'une contient des médicaments d'utilisation courante tels qu'aspirine, dramamine, compresses d'arnica ou sérum physiologique ; l'autre, la « boîte docteur » ne peut être ouverte que sous le contrôle d'un médecin. Elle comporte du matériel médical et des médicaments dont l'utilisation est réglementée.

« Y a-t-il un médecin dans l'avion ? » En cas de malaise sérieux, une annonce est faite et il est très rare que personne ne se présente. Si tel était le cas, il est prévu un modèle d'échange d'informations entre l'équipage et un médecin du SAMU[1] par liaison radio, et ceci d'un bout à l'autre du monde. Le SAMU détermine la gravité du cas et la conduite à tenir. Cela peut même conduire à dérouter l'avion si nécessaire vers l'aéroport le mieux équipé pour prendre en charge le passager souffrant.

---

1. Service d'aide médicale d'urgence.

Ainsi, si vous ressentez le moindre malaise psychologique ou physique, n'hésitez pas à appeler l'hôtesse. Le stress peut provoquer des troubles impressionnants mais sans gravité, comme la sensation « d'étouffer » ou des spasmes de l'estomac. Il est possible de vous soulager. N'ayez plus peur d'avoir peur. Dans un avion, vous ne serez jamais tout seul.

Comment gérer le temps là-haut ?

L'horloge en vol perd ses aiguilles. En montant dans l'avion, vous quittez l'horaire local pour entrer dans un temps différent, un temps qui change selon les méridiens. Quelle heure est-il ? demande un passager entre Paris et Bangkok à l'hôtesse. Mais où ? se demande l'hôtesse.

— *Alors comment s'y retrouver ?*

— Ce sont les différentes phases du vol et du service qui vont rythmer votre temps à bord. Autant de points de repère pour vous.

Venez. Nous vous proposons de suivre une « envolée » de Roissy vers Dorval (aéroport de Montréal) et nous allons vous décrire par le menu son déroulement côté cabine (en direct) et côté cockpit (la petite souris nous transmettra fidèlement ses observations).

Imaginez-vous à bord de l'avion à l'aéroport de Roissy, en attente du départ. L'agent d'escale apporte les dernières informations et descend de l'avion.

Une première annonce est faite :

Mesdames, messieurs, bonjour. Le commandant Chevrier et son équipage sont heureux de vous accueillir à bord de ce Boeing 747 d'Air France à destination de Montréal, aéroport Dorval. Nous vous souhaitons un agréable voyage.

Dans le cockpit, les pilotes préparent le départ.
Différentes **C/L**[1] vont rythmer les étapes du vol, illustrant la standardisation et la contrainte imposées dans le travail. C'est la garantie que les choses nécessaires sont faites, sans aucun risque d'oubli.
C/L avant mise en route.
Les PNT effectuent la mise en route. Le démarrage des moteurs est réalisé en liaison interphone avec les mécaniciens au sol qui surveillent le bon déroulement des opérations. Le premier défi est de partir à l'heure.
C/L après mise en route.

Les portes sont fermées.
Toboggans sur « armé »[2].
Pour les personnes sensibles aux espaces clos, un conseil, ne regardez pas les portes se fermer, plongez dans une revue, parlez à votre voisin ou fermez les yeux en vous concentrant sur votre respiration.

L'avion quitte le parking. Le roulage débute souvent vers l'arrière (*push-back*). L'avion est poussé jusqu'à ce qu'il puisse utiliser ses réacteurs en marche avant.

---

1. C/L : check-list.
2. Un toboggan armé se déploie automatiquement si on ouvre la porte.

La démonstration de sécurité (par une cassette vidéo ou par l'équipage) est faite pendant le « roulage ». Elle est obligatoire sur toutes les compagnies. Plutôt que de vous laisser envahir par les images inquiétantes suscitées par cette présentation, rappelez-vous que c'est un signe de la culture de sécurité propre à l'aéronautique. Lorsque vous accrochez votre ceinture en voiture, vous ne visualisez pas un accident. Retenez surtout le message de la fin : *bon vol.*

Block départ : 12 h 00 TU (temps universel) soit 13 h 00, heure locale.

En liaison avec le contrôleur aérien chargé de la circulation au sol, les pilotes font rouler l'avion vers la piste. C'est le moment pour l'équipage d'effectuer la **C/L roulage.**

L'avion roule sur la piste. Selon les vents dominants, les pistes de décollage peuvent être à plusieurs kilomètres du point de parking. Le roulage vous paraît long. Parlez à votre voisin. Regardez par le hublot les lumières de l'aéroport, si cela peut vous distraire. Si, par contre, la vue du ciel vous inquiète, plongez le nez dans votre sac et rangez votre portefeuille. Explorez les documents que vous avez dans la pochette devant vous. Feuilletez un journal. Dessinez. Imaginez les pilotes dans le cockpit. Si vous pratiquez la relaxation, c'est le moment de faire vos exercices. Faites n'importe quoi, mais efforcez-vous de faire quelque chose.

Les pilotes effectuent le **briefing avant décollage :** rappel de la configuration de l'avion, de la masse et des vitesses associées, de la trajectoire après décollage, des procédures en cas de panne moteur avant ou après la vitesse « V1».

La tour de contrôle donne l'autorisation de s'aligner sur la piste et de décoller : « AF 046 autorisé alignement et décollage piste 27. »

C'est ensuite la **C/L avant décollage** et les dernières vérifications.

Mesdames, messieurs, ici le commandant de bord. Décollage dans deux minutes. Je vous souhaite un bon vol.

Quand le PNC va s'asseoir et met sa ceinture, c'est le signe que le décollage est imminent, que tout a été vérifié et que tout est normal.

Vous ressentez l'accélération puissante des moteurs. C'est que l'oiseau de fer tranquillement assoupi sur son parking se réveille. Bien dans sa peau, peu à peu réchauffé par le roulage, il se prépare à l'envolée. Dès qu'il atteint la vitesse de rotation, il suffit de tirer sur le manche et il s'élance vers son élément, l'air. La vitesse lui rend sa légèreté. La portance « aspire » l'avion vers le haut.

Pendant la mise en poussée des réacteurs, tous les paramètres moteurs sont surveillés. Le CDB tient la manette des gaz au-delà de 80 nœuds.

Le pilote annonce « décollage, TOP » et relâche les freins. Lors de l'accélération les vitesses « V1 » et « vitesse de rotation » sont annoncées. Le pilote tire alors sur le manche et l'avion s'envole. Le décollage est rendu effectif par l'annonce « Vario[1] positif » et « Train sur rentré ».

Vous avez appris petit à petit à associer les bruits que vous percevez aux différentes phases du décollage. Ainsi, ce grondement sourd, c'est la rentrée des roues pour éviter qu'elles ne freinent inutilement l'avion. Cette réduction des moteurs, c'est parce que l'avion vole à 1 500 pieds[2] (500 m) au-dessus du sol. Par courtoisie pour les riverains, les pilotes réduisent la poussée des réacteurs toujours surpuissante au décollage, pour diminuer les nuisances. Ce bruit sec, plus ou moins audible selon votre place dans l'avion, c'est la rentrée des becs et des volets (après 3 000 pieds) pour mettre l'avion en configuration croisière.

Vous comprenez mieux l'origine de vos sensations. Vous ressentez un léger déséquilibre. L'avion penche. C'est normal. Il s'incline, vire et prend son cap. Vous percevez une légère turbulence. C'est de la turbulence de frottement due au passage du vent sur des obstacles, dans les basses couches de l'atmosphère.

---

1. Le variomètre est l'instrument qui mesure la vitesse verticale.
2. En aéronautique, on compte encore en pieds. 1 pied = 30,48 cm.

Le rituel des C/L se poursuit confortant les relations entre les pilotes, assurant la standardisation du travail et le contrôle de la bonne exécution de toutes les tâches.

C/L après décollage.

Le pilote accélère jusqu'à sa vitesse de montée. Les paramètres des principaux systèmes de l'avion sont vérifiés : moteurs, pressurisation, électricité, assistance hydraulique, etc.

C/L montée (après 10 000 pieds, ou 3 000 m).

En fin de montée, les paramètres de croisière sont calculés et affichés (vitesse et poussée des réacteurs dépendant de la masse, de l'altitude et de la température extérieure).

L'altitude de croisière prévue est confirmée. Le copilote contacte le contrôle de « Shanwick » (au départ de Paris) pour obtenir la « *clearance* océanique » (la route autorisée pour la traversée atlantique) et insère alors les paramètres de navigation dans les calculateurs de bord. Le commandant reste en contact avec le contrôle aérien du pays survolé (France, Grande-Bretagne...).

A la mise en croisière, la capture de l'altitude désirée est surveillée par l'équipage ainsi que l'acquisition de la vitesse de croisière.

Sur l'écran, la géovision, système relié aux instruments de bord, vous permet de suivre en temps réel la route empruntée, la vitesse de l'avion, les kilomètres parcourus, la température extérieure et le temps

de vol écoulé. Regardez la carte des routes aériennes[1] :
de Paris à Montréal, vous n'êtes jamais bien loin d'un
aéroport !

Mesdames, messieurs, ici le chef de cabine princi-
pal, Jeanne Ghiani. Sophie Bienveillant, François
Letendre, chefs de cabines, veilleront avec moi ainsi
que tout l'équipage à votre confort...

Les offres se poursuivent : écouteurs, trousses de
confort, serviettes rafraîchissantes ou *oshibori* selon
les classes. Le temps se structure en fonction du programme des services qui est annoncé.

Le chef de cabine passe dans l'allée. Vous pouvez
lui faire signe. Il se penche vers vous :

— *A quelle heure servez-vous le déjeuner ?*

— Dans une petite demi-heure.

Ces quelques mots replacent l'avion dans la vie
quotidienne.

L'équipage, quelques minutes plus tard, présente
les menus et offre un apéritif :

— *Que souhaitez-vous boire ?*

— Je voudrais une Reine sanglante[2]. Non, plutôt
un Jeannot Marcheur sur des rochers[3]. Mon fils
prendra un jus de gazon[4].

Pendant ce temps, les fours dans les galleys
réchauffent les cassolettes du déjeuner. C'est le moment

---

1. Très souvent vous trouverez ces cartes dans le journal de bord.
2. Nom canadien pour bloody mary (cocktail vodka-jus de tomates).
3. Nom canadien pour Johnnie Walker *on the rocks*.
4. Une menthe à l'eau.

des journaux télévisés qui vous apportent les dernières nouvelles du monde.

Les pilotes poursuivent leur veille active. Tous les 10° de longitude ils font une **C/L point tournant** et vérifient que tout se déroule normalement. Entre autres, ils contrôlent le suivi correct de la route. Ils s'assurent que la consommation de carburant est conforme aux prévisions et gèrent leur vol en conséquence (changement d'altitude ou de vitesse). Ils surveillent le bon fonctionnement de tous les systèmes de l'avion. Ils informent le contrôle de leur position et de leur altitude. Ils suivent l'évolution météo des différents terrains survolés ainsi que la météo du terrain de destination.

Le contact radio est permanent. L'avion est toujours relié à la Terre. Le fil tient bon.

Le repas est un moment privilégié pour vous détendre et converser avec votre voisin. Ne résistez pas aux sucreries, chocolat ou glace. Outre leur saveur agréable, le sucre a une valeur énergétique qui vous permettra de reconstituer votre stock de glucides.

Vous pouvez ensuite faire quelques achats et regarder un film. La moitié du voyage est déjà bien entamée ! Il est temps de prendre un peu de repos.

Le retour sur terre

Une heure avant l'atterrissage, un pilote écoute et note la météo du terrain de destination ainsi que les particularités éventuelles annoncées par le contrôle.

L'équipage rédige le carton d'atterrissage où sont inscrites les vitesses associées à l'atterrissage, la masse de l'avion et la trajectoire en cas de remise de gaz.

La descente commence vingt-cinq minutes avant l'atterrissage, soit à peu près 200 km avant destination.

Mesdames, messieurs, ici le commandant de bord. Nous allons commencer la descente dans trois minutes. A Montréal, le temps est beau et la température est de 10 °C. Je vous souhaite une bonne fin de vol.

« AF 046 autorisé à descendre vers le niveau 190. »

Après l'autorisation du contrôle : « AF 046, vous êtes n°1 pour l'approche. » La descente commence par la **C/L descente.**

Le commandant de bord contacte l'escale pour annoncer une heure d'arrivée estimée et indiquer les particularités des passagers (ceux qui ont des correspondances par exemple).

« Dernière pression référence altitude 1 025 hectopascals. »

« AF 046, descendez 2500 pieds, autorisé ILS. Rappelez en finale », annonce le contrôleur.

C/L approche.

La vitesse est progressivement réduite. Les becs et les volets sont sortis au fur et à mesure de la décélération. Le pilote aux commandes rejoint alors l'axe de piste et suit les indications de l'ILS.

La descente et la fin de vol donnent lieu à des activités indispensables : remplir les documents d'immigration, plier la couverture, la donner à l'équipage ainsi que les écouteurs, ranger ses objets personnels et remettre ses chaussures.

L'atterrissage

L'allumage de la consigne « défense de fumer » (qui va souvent de pair avec la sortie du train) signale l'imminence de l'atterrissage.

Apparition de la piste. L'avion est en palier et arrive sur le plan de descente, le *glide*. Le pilote demande la sortie du train et des volets atterrissage. Volet 1. Volet 5. Volet 10. Volet 30. Il recherche la vitesse d'approche finale.

C/L avant atterrissage.

Tout est paré pour atterrir. « Air France 046 autorisé atterrissage », annonce le contrôleur.

1000 pieds (300 m). L'avion est paré stable en trajectoire et en vitesse (sinon, c'est la remise de gaz pour se repositionner dans de bonnes conditions). A partir de 200 pieds, la radio-sonde annonce la hauteur 200, 150, 100, 50, 30, 20. Le train d'atterrissage n'est plus qu'à dix pieds de la piste... qu'à deux pieds. Les roues touchent le sol.

Le bruit assourdissant des moteurs sur la piste prouve que l'équipage utilise la puissance des réacteurs pour ralentir l'avion en détournant leur jet vers l'avant.

Les aérofreins sont également sortis dès le toucher des roues afin de plaquer l'avion au sol, ce qui augmente l'efficacité du freinage.

« Air France, roulez pour le poste 113 par Kilo et Papa. » Le pilote aux commandes suit le cheminement indiqué par la tour de contrôle pendant que le ou les autres membres d'équipage préparent l'avion pour l'arrivée. Volets et aérofreins sont rentrés. Tous les systèmes inutiles sont coupés. La température des freins est vérifiée afin d'éviter une éventuelle surchauffe. Après ce « brin de ménage », la **C/L après atterrissage** est effectuée.

Mesdames, messieurs, nous sommes arrivés à Montréal, aéroport Dorval. Il est quinze heures et treize minutes en heure locale et la température est de 10 °C.

Le temps terrestre reprend son cycle.

Le roulage à l'arrivée peut paraître long. Les parkings sont souvent à plusieurs kilomètres de la piste en service. C'est le moment de savourer votre victoire. Vous êtes là où vous rêviez d'aller.

Arrivé au point de stationnement, l'assistant sol guide l'avion jusqu'à son arrêt complet. Le pilote serre alors le frein de parc et la consigne « attachez vos ceintures » s'éteint. Puis l'avion est connecté à un générateur auxiliaire de courant. L'équipage peut alors couper les moteurs.

Block arrivée : 20 h 13 (heure TU[1]), soit 15 h 13, heure locale.

1. TU : temps universel = heure du méridien de Greenwich.

Des passerelles sont amenées au contact de l'appareil dès l'arrêt des réacteurs. Une certaine effervescence s'empare de la cabine. On entend le cliquetis des ceintures, chacun est pressé de retrouver la station debout, de faire quelques mouvements d'étirement. Ne vous levez pas trop vite. En prenant votre temps, vous éviterez les bousculades vers la sortie. De toute façon, rien ne presse. Il vous faudra attendre les bagages de soute.

Les portes s'ouvrent. Une bouffée d'air frais envahit la cabine. Le débarquement des passagers peut commencer. Un dernier sourire vous accompagne lorsque vous franchissez la porte. *Au revoir. A bientôt sur nos lignes.* Lorsque les passagers ont quitté la scène, la cabine redevient coulisse. L'équipage PNC arpente une dernière fois les allées, vérifiant que rien n'a été oublié.

Les pilotes rangent la documentation, coupent tous les circuits et remplissent les papiers relatifs au vol.
Après la **C/L au parking,** les dernières vérifications étant effectuées, l'équipage peut débarquer.

Vous venez de suivre le déroulement d'un vol Paris-Montréal, un exemple type. Maintenant, quelques conseils d'ami pour vous acclimater à l'avion.

Comment chausser les pantoufles de l'espace ?

Vous avez le choix entre deux comportements typiques qu'il est d'ailleurs fortement conseillé d'alterner pour éviter ennui et ankylose. Il s'agit soit du type « ermite », soit du type « explorateur ». Il n'existe pas de portrait-robot bien évidemment, mais vous pouvez vous reconnaître des affinités avec l'un ou l'autre et adopter leur style et leur savoir-faire.

L'ermite volant va droit à son siège, s'assied rapidement. Généralement, il met ses écouteurs, prend un livre ou ouvre son portable. Il est dans sa bulle, oublieux de l'avion. Il déjeune ou dîne rapidement, demande une couverture et s'endort après avoir mis l'étiquette *« Don't disturb »*. Le rêve, quoi !

L'explorateur ailé a l'œil fureteur. Il est impatient de la nouveauté, engage la conversation avec ses voisins. L'avion est encore au sol qu'il connaît le prénom des hôtesses et des stewards de sa zone. Il s'est déjà levé pour repérer les lieux. Il a recréé son monde social. Le voyage-découverte a commencé.

Si, en situation d'anxiété, vous avez plutôt tendance à vous replier sur vous, inspirez-vous du style ermite pour créer votre bulle. Si, au contraire, sous stress, vous avez du mal à tenir en place, prenez exemple sur l'explorateur.

Le type ermite

Commencez par prendre possession de votre territoire : le fauteuil et ses accessoires — l'accoudoir, le vide-poche, la liseuse[1] et l'aérateur (orientable, pour l'air frais, au-dessus du siège).

Essayez de bien vous caler sur votre siège et de l'incliner au maximum. Certes, le confort n'est pas identique dans toutes les classes, mais prospectez pour en tirer le meilleur profit. Presque tous les fauteuils s'inclinent maintenant. Plus ou moins, il est vrai !

Repérez dans l'accoudoir les boutons de sélection vidéo (version française ou anglaise), les différents canaux musicaux, le volume sonore.

La pochette en tissu fixée sur le dossier du siège devant vous sert de vide-poches. Livres ou journaux, trousse de toilette, bouteille d'eau, enveloppes de la couverture et de l'écouteur y trouveront place. Elle contient déjà un sac (au vilain nom de « sac vomitoire ») qui peut servir de petite poubelle et la notice de sécurité de l'avion. Vous y trouverez également une revue de bord. Ce magazine donne des informations intéressantes sur le vol et les différentes escales. Vous y trouverez aussi des pages de jeux qui occuperont votre esprit et feront passer le temps.

La tablette peut servir d'écritoire pour dessiner, consulter vos dossiers ou recevoir votre « portable ». Elle se transforme en « table » au moment des repas.

---

1. La commande d'éclairage individuelle est située soit au-dessus de votre tête à côté de l'aérateur, soit sur le bras du fauteuil. Elle est orientable sur certains appareils.

Vous pouvez essayer de vous reposer. Dormir n'est pas toujours un rêve. D'abord, mettez-vous à l'aise. Vous n'êtes pas dans votre lit, mais vous pouvez vous installer confortablement en utilisant au mieux les accessoires, oreillers (dont celui, gonflable, que vous avez acheté) et couverture. Vous ne pouvez pas toujours vous mettre en pyjama[1], mais vous pouvez enlever vos chaussures et mettre vos chaussons.

C'est le moment de mettre une « petite laine ». Vous pouvez avoir froid pendant votre sommeil à cause de la mise au repos de votre organisme. De plus, un vêtement douillet est rassurant.

Vous avez dans votre sac votre parfum préféré, à moins que ce voyage ne soit l'occasion d'en essayer un autre (découvert dans la boutique de bord) dont le nom invite au voyage (*Vol de nuit, Envol, Angel, Mahora* ou *Wings,* etc.). Quelques bouffées peuvent faire fondre le stress comme une cire. Le parfum possède des pouvoirs irrésistibles. Il peut vous entraîner sur les chemins de votre passé, bien loin du temps présent.

Ainsi installé, tout est ordonné pour un sommeil aérien. Mettez un masque sur vos yeux. Si vous pratiquez une technique de relaxation[2], c'est le moment d'utiliser votre savoir-faire. Par contre, n'essayez pas de dormir à tout prix.

Il est de toute façon conseillé au cours du vol de

---

1. C'est possible en première classe sur certains vols, notamment Air France en Espace 180. Le pyjama vous sera même offert !
2. Quelques conseils de relaxation ont été donnés au chapitre 3.

vous lever quelques minutes pour vous dégourdir. Marchez dans l'allée. Faites aussi régulièrement quelques exercices pour réduire la fatigue et éviter l'ankylose.

« Air gym » (en douceur)
Façon occidentale :
• massez-vous régulièrement les jambes de bas en haut ;
• bougez vos pieds (la pointe des pieds vers le bas, levez le talon et vos genoux ; puis levez la pointe des pieds en laissant votre talon sur le sol) ;
• écartez vos orteils, puis repliez-les ;
• faites bouger vos bras ; ouvrez et fermez vos mains ;
• massez votre nuque délicatement ; faites tourner doucement vos épaules et laissez-les retomber naturellement.
Façon orientale :
• mettez délicatement votre main à plat contre votre front, sans appuyer ;
• stimulez les points centraux au-dessus et au-dessous de vos lèvres ;
• déroulez les « ourlets » de vos oreilles et tirez-les légèrement vers le haut ;
• massez vos pommettes énergiquement, tout en entrouvrant légèrement la bouche ;
• massez le creux de la paume de la main en rayonnant vers les doigts ; puis pincez les extrémités de chaque doigt au niveau des ongles.
A faire lentement, sans jamais forcer. Respirez douce-

ment en gonflant légèrement le ventre. Durée de chaque exercice : environ 1 minute.

Le type explorateur

Si, par contre, vous vous sentez des fourmis dans les pieds dès que vous êtes assis, adoptez le comportement de l'explorateur. Vous avez accumulé de la tension sous l'effet du stress au départ. Il va falloir l'éliminer. Quitter votre siège pendant la croisière est non seulement possible, mais vivement conseillé[1]. Même si les allées dans l'avion ne sont pas des avenues, elles permettent de vous dégourdir les jambes et de faire un « parcours santé ». N'hésitez pas à aller et venir en respectant néanmoins les rideaux tirés qui délimitent les frontières entre les différentes classes. La marche vous permet de faire un peu d'exercice !

De plus, être debout offre un changement de perspective. L'espace disponible s'agrandit et permet de localiser les différents points du territoire qui deviendront vite des passages rituels ou facultatifs. Sur la plupart des vols long-courriers, des consoles placées à certaines portes contiennent des boissons en libre service. Des porte-revues vous permettront de compléter votre revue de presse.

---

1. Quand les consignes lumineuses « attachez vos ceintures » sont éteintes et que l'équipage PNC vous l'autorise.

Avec qui parler ?

Vous partez à l'autre bout de l'Europe ou du monde. Dans l'avion, parce que vous avez du temps et que les autres en ont aussi, vous pouvez rencontrer des compagnons de voyage qui ont envie de parler, de vous écouter. Ce moment entre ciel et terre peut être l'occasion d'une réflexion partagée :

— *Comment quitter sa peau de civilisé le temps d'une lune ?*

— *Pourquoi ai-je décidé de faire du trekking au Népal alors que j'ai horreur de marcher ?*

— *Où pourrais-je rencontrer le lama qui m'enseignera la sagesse du monde ?*

— *Vais-je enfin « accomplir ma légende personnelle* [1] *» ?*

Les interrogations les plus diverses et les plus profondes ne trouvent pas forcément de réponse, mais l'avion leur donne une autre perspective, une autre résonance. Communiquer est un luxe offert à l'aube, au-dessus de la taïga sibérienne ou au-dessus des Andes.

Vous pouvez aussi converser avec les hôtesses et les stewards. *Est-ce que vous faites souvent la ligne ? Connaissez-vous Montréal ou Singapour, ou Bangkok ?* Entrée en matière classique, qui peut vous entraîner vers un tourisme hors des chemins battus. Vous pourrez tout savoir sur le dernier restaurant à la mode à

---

1. Coelho P., *L'Alchimiste*, Anne Carrière.

Venise ou la dernière comédie musicale à Broadway. Vous saurez où acheter un funboard ou un amortisseur de voiture. Vous connaîtrez l'heure du lever de lune sur le Taj Mahal. Vous découvrirez comment assister à une cérémonie dans un temple bouddhiste, hindouiste ou taoïste à Colombo, Delhi ou Tokyo, comment récolter le thé de Darjeeling ou pêcher le saumon en Alaska. N'hésitez pas à consulter ces précieux guides vivants.

Certains lieux sont propices à ces échanges. Cela dépend des types d'avion. Le galley[1] peut être un lieu d'accueil « semi-privé ». Les rideaux fermés indiquent que des préparations culinaires sont en cours. Mais quand les rideaux sont ouverts, vous serez toujours les bienvenus pour une boisson ou un « brin de causette ». Le « poste de garde » où veille un membre de l'équipage a d'abord une fonction de sécurité (la détection de tout fait anormal tel que bruit ou odeur), mais vous pouvez parler à la « sentinelle » !

Comment concilier gastronomie ailée et forme à l'arrivée ?

Manger, oui, mais léger, léger. Boire beaucoup. C'est un conseil d'Hippocrate qui ne date pas d'aujourd'hui : « Prendre garde aux changements. Quand on voyage, peu manger et éviter la soif. » Côté aliments, Hippocrate recommandait la bouillie d'avoine

---

1. Office, cuisine dans l'avion.

sucrée. Les temps ont changé ! Mais on peut retenir l'idée de nourriture simple et plutôt frugale. D'où le plaisir de déguster à bord du fromage ou des fruits. Pensez aussi à consommer, à petites doses, un peu de sucre, surtout si vous avez été un peu stressé au départ.

A bord, me direz-vous, on ne compose pas son menu. Aussi, négociez au mieux entre les mets qui vous sont proposés, votre appétit et les conseils de sobriété. Se nourrir reste *un art qui échappe aux schémas*, dit J. Trémolières, nutritionniste et humaniste.

Buvez de l'eau[1], beaucoup d'eau. Savourez l'eau. C'est le lieu idéal pour apprécier les différents crus de l'eau et en détecter les subtilités en fonction des moments du vol, même sans soif. L'hygrométrie des cabines est très faible. A vous de compenser en vous désaltérant très régulièrement. Vous pouvez boire de l'eau ou des infusions, mais évitez les eaux pétillantes. De même, thé, café ou Coca-Cola sont à consommer avec modération, comme tous les excitants.

— *Et l'alcool ?*

— Autant un verre de vin ou de champagne peut être euphorisant et vous permettre de voir le vol « en rose », autant un abus peut être préjudiciable, car l'altitude augmente les effets de l'alcool. De même, le mélange alcool-tranquillisant est à proscrire. Il est responsable de nombreux malaises.

---

1. Il est conseillé de boire un litre d'eau plate par 4 heures de vol.

— *Et la cigarette ?*

— Fumer n'est plus autorisé sur la plupart des compagnies. Le système de ventilation à bord de l'avion peut difficilement purifier entièrement l'air « vicié » par des fumées de cigarettes. Pour votre santé et le bien-être de tous, il a été décidé d'interdire de fumer. Munissez-vous de substituts avant votre départ, ou demandez au PNC de vous en donner.

Choisissez votre mode de vie pour traverser les airs et arpenter la planète : regarder, écouter, sourire, manger, dormir, lire, travailler, parler ou rêver.

Vous pouvez aussi : flirter avec les nuages, admirer les bleus du ciel, surprendre une aurore boréale que vous aurez fait venir en sifflant à la manière des Esquimaux, contempler un soleil qui n'en finit pas de se coucher. Matin et soir, le ciel vous offre ses symphonies de couleurs.

Observez la « Terre des hommes » par le hublot. Elle n'est pas bien loin. Apercevoir les lumières des petits villages ou la couleur des champs apporte un apaisement lié à la vue de paysages familiers. Contempler la planète. Survoler l'océan ou le désert peut procurer un sentiment de sérénité.

Si l'exploration du monde de l'air ne vous tente pas, levez-vous et allez discuter un petit moment avec l'hôtesse. Quand vous regagnerez votre siège, vous aurez le sentiment de retrouver un lieu familier. La présence de vos voisins, loin de vous peser, ajoutera un élément vivant au confort de votre petite bulle de vie. Voler consiste à mettre en place une stratégie personnelle qui fait du temps contrainte un temps plaisir. L'avion-cocon ouvre un espace à découvrir, un temps pour se découvrir.

Comment remettre vos pendules à l'heure ?

Enfin ! L'avion est au parking. Même si vous êtes fatigué, vous pouvez prendre quelques instants pour sentir avec joie vos pieds fouler la terre retrouvée.

— *Et en cas de correspondance ?*

— Il vous reste encore une partie du voyage à accomplir. Mais la perspective de l'arrivée se profile. Vous avez prévenu l'équipage durant le vol, en particulier si le temps de transit est court. De toute façon, signalez-vous en sortant de l'avion. Un agent d'accueil vous indiquera le comptoir des correspondances.

Si vous êtes arrivé à destination, attendez vos bagages et passez les formalités de police et de douane. Changez un peu d'argent si vous ne disposez pas de monnaie locale. Des comptoirs d'information sont à votre disposition. Des agents vous indiqueront le moyen de transport pour rejoindre votre lieu de destination (métro, bus, navette, voiture de location, taxi [1]).

Dans la voiture qui vous emmène, savourez votre victoire. Vous avez retrouvé la terre ferme. Une harmonie recompose le monde.

---

1. Si vous optez pour le taxi, renseignez-vous sur le prix usuel auprès du service d'information, prenez un taxi « officiel » et négociez le tarif avec le chauffeur.

L'avion vous a permis de changer rapidement d'environnement. Pour vous permettre de profiter au mieux de votre séjour, voici maintenant quelques conseils qui faciliteront votre adaptation.

Si vous avez changé de fuseaux horaires, mettez votre montre à l'heure du pays. En ce qui concerne vos horloges internes, ce sera un peu plus compliqué[1]. Un déplacement rapide enjambant plusieurs fuseaux horaires entraîne une brusque désynchronisation entre votre cycle biologique (calé sur votre pays d'origine) et les horloges de votre pays d'arrivée. La resynchronisation avec le temps local peut demander plusieurs jours. En attendant, vous vivez une phase de décalage. Qui n'a pas connu à New York un réveil vers 2 heures du matin et une faim matinale ! Comment combattre les effets des décalages horaires ?

Il est conseillé, si l'escale est courte (un jour), de rester (si possible !) au rythme du pays de départ.

Si le séjour est plus long, adoptez d'emblée le rythme du pays hôte même si la journée vous paraît rétrécie (vers le pays du Soleil-Levant), même si elle vous semble bien longue (vers les Amériques).

Pour faciliter l'endormissement, optez pour un bain et un repas riche en glucides (un plat de pâtes !). Inversement, l'exposition au soleil ou à la lumière favorise l'éveil. Une douche et un repas à base d'œufs et de viande vous aideront à tenir le coup jusqu'au

---

1. La plupart de nos horloges biologiques (sommeil, température, etc.) ont des cycles voisins de 24 heures (période proche de la rotation de la Terre sur elle-même) et sont guidées par l'alternance du jour et de la nuit. Le problème, c'est qu'elles sont réglées sur notre lieu de domicile.

soir. Participer aux activités locales vous permettra de garder les yeux ouverts. Si vous êtes un adepte des siestes courtes, cela facilitera votre récupération.

Enfin, attention au café. Si chacun connaît les effets bénéfiques d'une ou deux tasses de café, il est nécessaire de rappeler qu'au-delà de cinq à six tasses, des effets secondaires peuvent être au rendez-vous : troubles du rythme cardiaque et anxiété notamment.

En pratique, le traitement du *jet lag* doit être très personnalisé. Pour un décalage de six fuseaux horaires, il vaut mieux se contenter de mesures naturelles. Au-delà, vous pouvez utiliser un somnifère pour induire le sommeil (à choisir avec votre médecin traitant) lorsqu'il fera nuit localement.

Et maintenant, profitez de votre séjour. Laissez-vous gagner par la curiosité. L'homme fait partie des *aventuriers du monde animal*[1]. Il a besoin de nouveauté. Posez plus longtemps votre regard autour de vous. *Pour ma part*, écrivit un jour Robert Louis Stevenson, *je ne voyage pas pour aller quelque part, mais simplement pour aller. Je voyage pour l'amour des voyages. L'important est de bouger.* Ou comme le dit Diane Ackerman : *L'important, l'histoire d'amour avec la vie, est de vivre d'autant de façons différentes que possible, d'étriller sa curiosité comme un pur-sang nerveux, de l'enfourcher et de galoper sur les grasses collines chaque jour*[2].

---

1. Morris D., *Le Singe nu*, Grasset.
2. Ackerman D., *Le Livre des sens*, Grasset.

Et même si vous faites un séjour éclair pour une raison professionnelle, au détour d'une rue, une sensation inhabituelle, une odeur, une image, une rencontre peuvent réveiller un cerveau assoupi et vous faire goûter un plaisir inattendu.

Je ne chercherai pas à expliquer l'attrait du voyage. Il faut se jeter à l'eau pour en savourer le charme. Il est vrai que le voyage a des propriétés particulières. Il peut dilater le sablier du temps et vous apporter en cadeau un stock de belles images à vous faire rêver, un stock d'anecdotes à partager. Le moi se gonfle de tous les apports étrangers et revient parfumé des saveurs orientales, bruissant de musiques des Andes, salé de l'océan Pacifique et nostalgique à jamais du désert. Il peut vous permettre d'être doré par le soleil quand il neige en France. Il peut vous permettre de nouer des relations privilégiées avec vos clients. Rien ne remplace la convivialité d'un repas ou d'une partie de golf pour tisser des relations.

Quant à la peur de voler, même si elle ne peut s'évacuer complètement (est-ce souhaitable d'ailleurs, le plaisir de surmonter une frayeur n'a-t-il pas plus de piment qu'un plaisir tranquille ?), elle fera place à la joie de voler, sentiment euphorique entre tous qui peut provoquer une accoutumance. Voler est un virus. Celui-ci est contagieux et vous pouvez l'attraper en côtoyant pilotes, hôtesses et stewards !

7

Sur la piste de ceux
qui ont pris leur envol :
quelques exemples

On trouvera rassemblé ci-après un choix d'exemples d'hommes et de femmes « terrorisés » par l'avion et qui ont appris à domestiquer l'oiseau mécanique. Vous reconnaîtrez au fil de la lecture les représentants de chacune des familles, Terrien, Décideur, Anxieux, « Spatiophobe », Sujet à la panique, Victime d'un traumatisme. Enfin, la parole est donnée à trois d'entre ceux qui ont pris leur envol.

La comparaison est un élément fécond et fait apparaître, au-delà des différences, ce que représente le stress de l'avion et comment on peut le surmonter.

Une Terrienne se laisse pousser des ailes

Madame Z., professeur dans un lycée, vient consulter car son mari a organisé un voyage avec des amis à Bali. Sa relation à l'avion est *exécrable*. Comment un gros avion peut-il voler ? Les petits, à la limite. Ils sont légers, mais ces gros monstres ? *J'ai besoin de comprendre.* A bord des avions, elle se sent mal jusqu'au moment où les roues de l'appareil touchent à nouveau la piste. Elle ressent alors un immense soulagement !

La dernière fois qu'elle a pris l'avion, elle a tenté les calmants, mais elle n'a ressenti aucune amélioration durant le vol. Elle s'est *écroulée* par contre à l'arrivée. Depuis, elle ne le prend plus.

Madame Z. est une femme active qui semble par

ailleurs avoir un bon équilibre personnel. Professeur de mathématiques, elle se présente comme une personne rationnelle et pragmatique. Elle se dit toutefois d'un tempérament un peu anxieux. Ce départ la préoccupe car, s'il lui arrive quelque chose, sa dernière fille et ses petits-enfants se retrouveront sans soutien. Elle est catholique pratiquante, mais se dit que c'est peut-être un peu tôt pour frapper à la porte de saint Pierre.

Elle n'est pas particulièrement attirée par les voyages. Mais là, il lui est difficile de ne pas accompagner son mari. Elle n'aime pas non plus la montagne. *Je suis de la plaine.*

Elle n'a aucune connaissance particulière dans le domaine aéronautique. Elle n'a pas d'ami pilote et l'envol d'un avion tient plus pour elle du miracle que de la science ! Quant à son mari, il voyage énormément et trouve ses peurs totalement saugrenues, de même que le fait de suivre un stage pour ne plus avoir peur. *Il n'est pas question que je te paye ce stage,* telle a été sa réaction. Elle a pourtant décidé de suivre cette formation et de régler le montant en prenant la somme sur sa cassette personnelle !

Le stage d'initiation aéronautique a été bénéfique, car elle a pris conscience que l'air est un fluide et a compris comment volait un avion. Son appréhension était aussi liée à une vieille représentation de l'avion à pistons des années soixante. Elle a pu vérifier avec précision que le danger réel actuel était minime. Elle a été sensible à la préparation des pilotes à toutes les éventualités.

Son voyage à Bali s'est bien passé. Elle s'est autorisé un peu de champagne qui a dissipé la petite appréhension du départ. Elle a pu bavarder et manger sans problème durant le vol. Elle a visité le cockpit à l'aller. Au retour, elle n'en a pas éprouvé le besoin.

Ce qui lui reste de ses craintes ? Pas grand-chose en fait, sinon qu'elle préfère que cela ne « turbule » pas.

Il s'agit là d'un cas assez typique de Terrien. La peur vient de l'ignorance. Une fois l'avion apprivoisé, beaucoup de ses craintes se sont envolées. Madame Z. ne sera jamais une « mamie volante », mais elle prend maintenant facilement l'avion sans faire la grimace, notamment pour aller voir ses petits-enfants qui habitent Nice.

C'est un gros boulet que je ne traîne plus.

⬤ Actions de changement mises en œuvre
Entretien avec un spécialiste du stress : diagnostic et choix de la stratégie :

• stage « Apprivoisez l'avion » ;

• visite cockpit lors du premier vol ;

• préparation minutieuse de l'emploi du temps du voyage (sol et vol) ; au sol : achats ; en vol : petits problèmes de mathématiques, correction de copies, etc.

Un air à danser

Madame L. est professeur de danse. Elle doit se déplacer pour accompagner ses élèves mais est terrorisée en avion. Assise dans son fauteuil, elle y reste clouée durant tout le vol, cadenassée, chosifiée. Elle ne supporte pas que les hôtesses marchent dans l'allée. *Elles vont déséquilibrer l'avion.* Si le commandant indique un point touristique du côté gauche de l'avion, elle fait contrepoids de l'autre côté.

Elle qui est tout en mouvement et en légèreté sur la terre devient un bloc de pierre dans l'avion. *Je suis tellement tendue que je n'arrive pas à plier mes genoux. Je deviens caillou.*

Le premier travail avec cette jeune femme est de lui faire changer sa représentation de l'avion. Le fait que les ailes de l'avion soient flexibles a été une révélation. De l'image « masse de fer », elle est passée à celle d'un objet profilé, souple. Le bloc de métal s'est métamorphosé en oiseau de Brancusi.

Puis, de l'image, on est passé au mouvement. La balançoire. Les sports de glisse. L'envol. Les virages de l'avion.

Compte tenu de sa formation sportive, l'acquisition d'une technique de relaxation a semblé un bon outil thérapeutique : détendre le corps pour détendre l'esprit. Elle a ressenti une amélioration sensible six semaines après.

Elle a ensuite travaillé par elle-même à la recherche d'attitudes dynamiques en situation assise.

Elle est parvenue à une sorte de danse sur place à coups de très légers mouvements, une succession de positions dont elle a la maîtrise et qui lui permettent de franchir le cap du décollage. Elle écoute dans sa tête un rythme de musique correspondant. Elle a un stock d'images qu'elle se visionne mentalement, dont les célèbres entrechats de Vaslav Nijinski (dix dans un saut !) et se remémore sa célèbre répartie : *C'est facile. Il n'y a qu'à monter en l'air et y rester un peu de temps.* Elle s'essaye aussi à s'imaginer en l'air en train de faire des entrechats ; ça danse tant et si bien dans sa tête que l'avion s'envole !

Elle réussit maintenant à se lever dans l'avion, même si la marche dans les allées reste un peu difficile. Elle préfère adopter le style « ermite », fermer les yeux et danser dans sa tête.

Je m'imagine être un personnage volant d'un tableau de Chagall sur une musique de Tchaïkovski.

Actions de changement mises en œuvre

Entretien avec un spécialiste du stress : diagnostic et choix de la stratégie :

- suivi d'une thérapie comportementale et cognitive (acquérir une technique de relaxation et travailler sur les images mentales) ;

- stage « Apprivoisez l'avion ».

Le souvenir évanoui

Sportif, plutôt du genre casse-cou, monsieur X. prenait l'avion sans aucun problème. Ciel, terre, eau. Il était à l'aise dans tous les éléments jusqu'à un certain jour. Au cours d'un de ses voyages, il s'envole dans un petit avion qui relie deux îles. Pas d'état d'âme en ce qui le concerne. Il monte sans appréhension dans un vieux « coucou ». Le vol se déroule normalement. Soudain, en phase d'atterrissage, il se rend compte que quelque chose « cloche ». Trop vite. Trop raide. Sensation de vitesse excessive. Il aperçoit la piste. Il est secoué dans tous les sens. L'aile touche. L'avion sort de piste et s'arrête dans un bruit de ferraille. Déporté sur l'avant, il se cogne brutalement au fauteuil devant. Il pense que sa dernière heure est arrivée.

En fait, il a eu plus de peur que de mal et s'en tire avec quelques blessures superficielles dont il guérit rapidement. Il reprend ses activités professionnelles. C'est lors de son voyage retour qu'il s'aperçoit qu'il éprouve une *grosse frayeur* dans l'avion dès que celui-ci bouge un peu : sueurs, tremblements, palpitations, etc. Cette crainte persiste et a même plutôt tendance à s'amplifier. Or, dans son métier, voyager par avion est une nécessité.

Il décide de prendre le taureau par les cornes et est venu nous consulter. Lors de l'entretien, il a minutieusement détaillé l'histoire de cet événement et ressenti à nouveau « dans ses tripes » la grosse peur qu'il avait éprouvée. Après cette « décharge émotionnelle », il s'est senti un peu soulagé. Il a ensuite suivi un stage. Au cours de la séance de simulateur, le pilote lui a fait vivre plusieurs atterrissages perturbés en décortiquant les différentes étapes et en lui montrant les possibilités de reprise en main de l'avion. Cette compréhension lui a permis de classer l'événement dans sa mémoire et d'éviter la confusion avec les sensations éprouvées en vol turbulent.

Il reprend maintenant l'avion normalement. Il a certes perdu « le statut de Candide[1] », mais sa confiance regagne du terrain. Et s'il se sent un peu anxieux, il se présente à l'équipage et demande à passer un moment dans le cockpit.

Je me suis « presque » réconcilié avec l'avion.

Actions de changement mises en œuvre
Entretien approfondi pour « laver la mémoire » avec un spécialiste des traumatismes majeurs ;
- stage de « réconciliation » avec l'avion ;
- accueil en cockpit et discussions avec les pilotes lors des premiers vols.

L'apprentissage du « lâcher prise »

Monsieur D. s'est décidé à venir consulter après qu'il eut délibérément « raté » son avion alors qu'il se

---

1. L. Crocq, médecin militaire, spécialiste des névroses de guerre, utilise cette expression pour exprimer la confiance qu'un individu peut avoir tant qu'il n'a pas pris conscience du danger.

rendait à une réunion de travail à Francfort. Il se présente en entretien, honteux de cet évitement. Il se tient très raide sur la chaise.

Quand a-t-il commencé à prendre l'avion ? Comment se passaient ses voyages ? Plus jeune, il n'avait aucun problème pour prendre l'avion. L'appréhension est venue progressivement sans se souvenir d'incident particulier.

Il est marié, père d'un jeune enfant d'un an. Il a récemment changé d'emploi. Il a été « chassé » et il occupe un poste de « n° 2 » dans un secteur important d'une banque internationale.

Fils unique, il dit avoir une mère très anxieuse.

Il fait de la moto, aime bien la vitesse, mais là il maîtrise la situation. Il a même participé au rallye Paris-Dakar.

Comment est sa relation à l'avion ? Voilà sa réponse : *L'aérien n'est pas mon milieu... Il y a des places à bord de l'avion qui m'incommodent... J'ai horreur d'être coincé entre deux voisins. Je n'ai aucune envie de parler.* Dernièrement, il a fait un vol avec une jeune collègue qui l'a traité de porc-épic. Il y a des jours pires que d'autres, mais, de toute façon, s'envoler lui demande toujours un effort. Il a l'impression à la moindre turbulence que l'avion va se casser en deux. Il garde l'oreille accrochée à tous les bruits et arrive à destination épuisé. Pas question de manger ni d'avoir une occupation. *Je garde les yeux ouverts et je surveille la mimique des hôtesses. Si je vois le commandant dans l'allée, je n'ai qu'une envie, c'est*

qu'il regagne le cockpit pour reprendre les com-
mandes... Je pense souvent à mon fils.

Monsieur D. représente assez bien le profil du
Décideur. Au cours des entretiens, le problème du
stress professionnel est largement évoqué. Il occupe
un poste à haute responsabilité. Il est appelé à prendre des décisions importantes sous la pression des
marchés.

Sur le plan familial, sa vie n'est pas très facile
entre sa femme qui est acheteuse dans un grand
magasin, son fils et une mère qui semble très « mater-
nante ». Ce qui lui pose le plus de problèmes maintenant, ce sont les exigences contradictoires dans sa
vie de famille entre ses trois états : père, fils, mari.

Le cumul des stress est responsable pour une part
de ses difficultés en avion. Comment améliorer la
situation ?

Premier conseil : se ménager des petites bulles de
liberté. Il s'est aperçu, au cours de l'entretien, que
depuis la naissance de son fils, il a laissé de côté
toutes ses activités personnelles. Il décide d'avoir une
meilleure hygiène de vie en reprenant à petites doses
une activité sportive, le jogging. Rendez-vous pris
avec un de ses amis, une à deux fois par semaine, à
l'entrée de la forêt voisine.

Second conseil : anticiper ses voyages et évacuer
certains sujets irritants les jours où il doit partir en
voyage. Il va préparer son vol comme une compéti-
tion (ce qu'il connaît). Maximum de préparation la
veille pour être en forme le jour de « l'épreuve ».

Il décide également de suivre un stage d'initiation au vol pour mieux se familiariser avec le monde aéronautique qu'il ne connaît pratiquement pas. Plutôt littéraire, ses connaissances en aérodynamique sont très relatives.

La rencontre avec les pilotes lors du stage qu'il a suivi et les explications sur les lois de l'aérodynamique l'ont beaucoup intéressé.

Quel est le bilan ? Il prend maintenant l'avion sans problème ou presque, juste un léger stress au décollage. Son dernier vol avec remise de gaz par un brouillard épais ne l'a pas inquiété. *Au retour on a recommencé trois fois l'approche. Je n'ai pas eu peur. Je n'étais absolument pas dérangé. J'observais tranquillement.* Il n'a plus de fantasmes de crash. Il identifie les bruits et les phases vécues au simulateur lui reviennent automatiquement. Il demande souvent à passer un moment en cockpit, simplement pour le plaisir de discuter avec les pilotes. L'aéronautique commence à l'intéresser.

C'est un bon exemple parmi les personnes qui ont des difficultés à passer la main. La prise de conscience de la rigueur de la sélection et de la formation des pilotes facilite la délégation de confiance. La connaissance des principes aéronautiques lui permet maintenant de suivre le déroulement du vol.

Je suis devenu un passager actif.

Actions de changement mises en œuvre
Entretien avec un spécialiste : diagnostic, programme

de gestion des stress aéronautique, professionnel et familial :

• stage « Apprivoisez l'avion » et lecture de journaux spécialisés aéronautiques ;

• autoévaluation du stress professionnel et familial. Revoir sa gestion du temps : diminuer les facteurs de stress fondamentaux ; rechercher une vie plus saine et plus conviviale ; s'octroyer un peu de temps pour soi. Etape 1 : reprise de la pratique sportive avec un ami (jogging et tennis) ;

• éviter les stress inutiles le jour du départ.

Après la pluie, le beau temps

Pour mademoiselle W., l'idée d'un voyage en avion était « paniquant ». Or, travaillant dans un laboratoire pharmaceutique, les évitements successifs des voyages en avion commençaient à lui poser de sérieux problèmes au plan professionnel.

Elle avait peur de se trouver pieds et mains liés là-haut. *Quand je vois un avion, je n'ai pas peur, mais si je suis dedans, je me dis qu'il va arriver quelque chose, que l'avion va être foudroyé ou qu'il va exploser. Cela va m'arriver à moi... Quand je dois prendre l'avion, j'y pense chaque jour, et quand la date se rapproche, j'y pense à chaque heure, à chaque minute. Je prends la météo tous les jours sur Internet. La veille, je dors très mal. Curieusement, le jour du départ, cela va un peu mieux... jusqu'en salle d'embarque-*

ment. Là c'est l'horreur parce que je me dis qu'il va y avoir des turbulences. Je monte dans l'avion comme un zombie. Même, une fois, j'ai cru que je ne monterais pas. J'ai demandé des calmants au service médical de l'aéroport. Les médicaments n'ont eu aucun effet durant le vol. J'étais terrorisée. Par contre, en arrivant, j'étais complètement lessivée.

L'entretien fait apparaître un niveau d'anxiété élevé. Un lien avec son histoire passée ? Peut-être. Elle raconte son enfance. Un père marin. Une mère d'un tempérament très anxieux. Mademoiselle W. se souvient de l'écoute rituelle de la météorologie, chaque jour, lorsque son père était en mer. Les avis de tempête avaient un effet terrorisant sur la famille. Pour cette jeune fille, le vent reste associé à l'angoisse maternelle vis-à-vis de son père.

Cette prise de conscience l'a aidée à prendre de la distance par rapport à son anxiété. Désormais, pour des vols courts, elle n'a plus de problèmes. Pour des vols plus longs, elle emporte un léger calmant (« au cas où ! »). Elle est sensible à l'ambiance et préfère voyager accompagnée. Autrement, elle se présente à l'hôtesse. Elle n'est pas tout à fait à l'aise avec les turbulences, mais elle prend son mal en patience. Elle n'a plus, en tout cas, de réaction d'évitement.

Par beau temps, je m'envole maintenant presque avec plaisir.

Actions de changement mises en œuvre

Entretien avec un spécialiste : diagnostic et choix des outils thérapeutiques :

• entreprendre une psychothérapie ;

• préparer minutieusement son voyage en avion : choisir un compagnon rassurant ; se signaler au personnel navigant ; prévoir l'organisation de son emploi du temps durant le voyage (attente aéroport : faire des achats ; en vol, lecture de guides sur le pays de destination ; écouter des cassettes de musique).

La stratégie des petits pas

Monsieur K. vient consulter parce qu'il ne peut plus prendre l'avion. *Rien que l'idée de monter dans un avion et de voir la porte se fermer me panique.* Cette appréhension terrorisante est à replacer dans un contexte d'anxiété plus large.

L'entretien met à jour une enfance difficile. Il évoque un traumatisme de naissance raconté par sa mère. *Je suis mort à la naissance. Le cordon s'était enroulé autour de mon cou. Etranglé, j'ai été. J'ai dû être réanimé.* Il dit avoir toujours peur de manquer d'air. *Je suis claustrophobe. Je ne supporte absolument pas les tunnels. Je ne prends pas le métro.* Il ne supporte aucun endroit clos dont il n'a pas la maîtrise pour sortir. Il a besoin d'air, d'espace et de vue. Il ne supporte pas l'obscurité, vécue comme un espace menaçant.

Plusieurs tentatives thérapeutiques avec des progrès inégaux. Il a toujours le sentiment d'être en situation d'insécurité. Il faut qu'il contrôle tout en permanence. Dans un endroit inconnu, il est mieux debout. Il a l'impression de mieux maîtriser l'environnement. Il est toujours en état de veille. Telle est la description de ses difficultés actuelles.

Les choses ont été mieux pendant quelques années. Il a pu aller aux USA et le vol s'est plutôt bien passé. Du coup, il a pris l'avion assez régulièrement, principalement pour des raisons professionnelles. Il a même effectué plusieurs voyages à Beyrouth durant la guerre. Il ne se sentait pas à l'aise à l'idée d'un voyage au Proche-Orient, mais il partait quand même et travaillait efficacement sur place.

La situation s'est à nouveau détériorée après un accident de voiture où il est resté enfermé, les portières coincées, en attendant l'arrivée des pompiers. Ceux-ci ont dû ouvrir la porte au chalumeau pour le faire sortir.

Du coup, toutes ses peurs ont resurgi : *Je n'aime pas me trouver seul la nuit dans une maison... Je n'aime pas le bateau... J'ai aussi des angoisses quand je me promène dans la campagne... Je ne prends plus l'avion.* Cela ne lui pose plus de problème dans son activité professionnelle. Ses déplacements peuvent se faire en voiture ou en train. Mais il souffre de ses limitations et se sent quelque part « handicapé ».

En ce qui concerne l'avion, il a essayé de guérir le mal par le mal en accompagnant un ami qui fait de la voltige. Expérience qu'il a trouvée très désagréable. Il s'est forcé en pensant que cela passerait. Mais le remède est pire que le mal.

C'est alors qu'il est venu nous consulter.

Au cours de l'entretien, il a pris la décision de reprendre une psychothérapie (comportementale). Celle-ci l'a aidé à se débarrasser de vieux symptômes agoraphobiques resurgis à la suite de l'accident de voiture.

Après quelques mois, il a retrouvé progressivement les degrés d'autonomie perdus (les tunnels, l'obscurité, les ascenseurs, les ponts, les trains...). Il reprend maintenant l'avion. Pour l'instant, il se limite à des trajets européens et au-dessus de la terre. Il conserve certaines habitudes en voyage. *J'ai besoin de mes marques.* Il poursuit sa progression. Point important. Il n'est plus freiné dans ses déplacements.

Le cas de monsieur K. paraît assez exemplaire par sa persévérance pour regagner l'autonomie perdue et ses efforts pour surmonter ses difficultés, tout en acceptant ses limites. Cet homme qui risquait une certaine marginalité a renoué le fil de son existence avec une vie sociale active.

Ma claustrophobie me grignotait chaque jour un peu d'espace. Ma vie se réduisait comme une peau de chagrin. Je regagne progressivement la liberté perdue.

Actions de changement mises en œuvre
Entretien avec un spécialiste : diagnostic et choix de la thérapie :

- suivre une psychothérapie comportementale et cognitive ;
- participer à un stage de familiarisation à l'avion (adaptation à la situation « close » dans un vol simulé) ;
- préparer minutieusement le voyage : repérage de l'aéroport ; confort du voyage (en classe Espace) ; organisation de l'emploi du temps durant le vol (écouter un choix de musiques variées).

La porte ouverte vers la liberté

Monsieur C. est actuellement informaticien dans une entreprise américaine. Il s'est dirigé vers une carrière d'ingénieur sans motivation particulière. Un parcours sans faute : l'élève modèle, les classes préparatoires, une « grande école ». Il a beaucoup travaillé et continue à investir la plus grande partie de son temps dans son activité professionnelle. Mais il ne se sent pas heureux. Il lui manque la dimension humaine. Toute une partie de lui reste en sommeil.

Il effectue des voyages professionnels réguliers par avion aux Etats-Unis. Il a commencé à être mal à l'aise, puis sa peur a grossi. Maintenant il est malade deux jours avant le départ.

Et pourtant, il se dit « fasciné » par l'aéronautique. Il a même été à deux doigts de présenter le concours de pilote de chasse vers l'âge de 17 ans. Ensuite, il a voulu faire du vol à voile. La première fois qu'il a pris un avion de ligne, il a trouvé l'avion « très puissant », le vol « surprenant ». Au retour, l'avion a traversé une zone de turbulences, ce qu'il n'a pas « trop apprécié ». Il prend depuis l'avion régulièrement mais toujours avec une attitude ambivalente, fasciné au plan technique, plus inquiet au niveau des « éléments extérieurs », l'orage, les turbulences. Petit à petit, la situation a empiré. *J'ai commencé par prendre en grippe la sensation physique du décollage.* Puis l'angoisse a commencé à précéder le vol. Il se sent très stressé. Il est énervé. Un scénario catastrophe envahit son esprit. *J'imagine des choses monstrueuses. J'angoisse. Je suis malade... Dans l'avion, je prie tout le temps... Je prends des calmants. Sans effet... Et je suis épuisé à l'arrivée.*

Sa peur en avion n'est pas vraiment la peur du crash. Elle est liée à un mal-être plus général et en particulier à son manque d'épanouissement. Ses livres préférés – *Jonathan Livingston le goéland*[1], *L'Alchimiste*[2] – sont signes d'une quête d'un certain idéal et traduisent un goût de l'aventure. L'avion est le symbole de la liberté... pour les pilotes à l'avant, mais lui... est à l'arrière, « sac de sable ligoté sur son siège » !

Il a commencé une thérapie (psychanalyse) pour voir plus clair en lui. *Je n'ai pas choisi la voie la plus facile.*

Sa peur devrait diminuer quand il s'autorisera

---

1. Bach R., *Jonathan le goéland*, Flammarion.
2. Coelho P., *L'Alchimiste*, Anne Carrière.

plus de liberté et de plaisir. Il a déjà retrouvé son vieux rêve d'adolescent : *Je veux apprendre à piloter.*

Actions de changement mises en œuvre
Entretien avec un spécialiste : diagnostic et choix de la stratégie :
• commencer une psychanalyse ;
• apprendre à piloter (en projet).

L'oiseau de fer s'est fait tendre

Isabelle, écrivain et comédienne, a écrit le récit de ses aventures avec l'avion. Nous vous laissons découvrir son histoire.

1960. J'ai six ans. Maman part en Afrique. Mon père, mon frère et moi-même l'accompagnons à Orly. Dans la voiture, elle ne parle pas. Son regard reste figé sur le pare-brise. De temps en temps, elle se retourne. Toujours cette même expression étrange sur son visage... Maman a peur ! Je le sais, mon huitième sens, celui propre à l'enfance, celui qui décode si bien les sentiments des adultes, me le dit.

Maman va embarquer. Le front et le nez collés à la vitre, je la regarde sur la passerelle nous faire un petit signe de la main.

Devant elle se dresse, majestueux, l'énorme oiseau de fer qui va me la voler.

Mon cerveau reçoit l'information : **avion = abandon = danger.**

Sur le chemin du retour, je range bien profond dans mon inconscient cette terrible équation !

1973-1979. Je suis une veinarde !

Un membre de ma famille est employé dans une compagnie aérienne. De ce fait, à tarifs préférentiels, je voyage en qualité de GP[1]. C'est ainsi que je voyage vers des destinations magnifiques : Rio, Tahiti, Buenos Aires, etc.

Pour monter à bord, il faut qu'il reste de la place. Je dois demander l'autorisation au commandant. La vie à bord est merveilleuse. Chaque vol est une fête. Le personnel de bord me dorlote. Souvent je suis invitée à passer un moment dans le cockpit, en croisière. Le commandant, le copilote, le mécanicien m'expliquent tous les secrets de ces monstres volants.

A peine l'avion atterri, je n'éprouve qu'une envie, redécoller vers la magie de la Voie lactée.

1979-1991. Tandis que l'industrie aéronautique ne cesse de progresser, je dis oui devant monsieur le maire. Le jour même, mon statut de voyageur GP s'envole. Désormais, je deviens un passager comme tout un chacun. Je ne verrai plus le commandant avant de monter à bord.

C'est l'hiver, je dois me rendre à Nice. Alors que j'enregistre mes bagages, une sensation bizarre m'envahit. Et si l'avion n'arrivait pas... Si, comme on peut le lire dans la presse, survenait une catastrophe ! J'essaye de me rassurer. Bien évidemment, les journaux

---

1. Billet à réduction pour les agents d'une compagnie aérienne.

ne peuvent pas tenir une rubrique de tous les vols arrivés à destination ! La voiture est plus dangereuse que l'avion, etc. Quoi qu'il en soit, la peur est là.

A l'instant même où mes pieds quittent le couloir pour se poser sur la moquette de l'Airbus, une sensation de danger imminent m'oppresse. Je gagne mon siège dans un mutisme total. Impossible de répondre aux sourires avenants des hôtesses.

Les portes se ferment. L'avion roule sur la piste. Les hôtesses commencent le ballet des démonstrations des consignes de sécurité ! J'ai alors la preuve réelle que je suis en danger. Sinon, à quoi bon ces consignes ?

L'avion amorce inexorablement sa prise d'élan sur la piste. Les battements de mon cœur suivent à l'unisson l'accélération de l'appareil. Nous décollons. L'avion, vers le monde mal connu des nuages, moi, vers l'univers absurde de la peur. Mes mains accrochées aux accoudoirs deviennent moites, ma gorge se serre. Je cherche une contenance en fixant le journal de mon voisin ! Je n'en vois même pas le titre tant la panique m'accapare. Je lève le nez vers le filet d'air placé au-dessus de ma tête. Il ne faut pas faire un mouvement, cela pourrait déstabiliser l'engin ! L'appareil prend son allure de croisière. Dehors, le bleu paisible du ciel... Dedans, mon imagination tricote. Et si un vol d'oiseaux venait à se prendre dans les réacteurs, et si un autre avion venait en face, et si le commandant avait une crise cardiaque et si... et si...

Nous amorçons la descente. Dans ma tête, le sang

stagne comme un lac. Mes pieds poussent sur le sol pour... freiner la descente ! Enfin, les roues du train d'atterrissage touchent le plancher des vaches. C'est un miracle !

Je sors de l'habitacle exténuée par le combat que je viens de mener.

Le retour approche. J'échange mon billet d'avion contre un billet SNCF !

Pendant un certain temps, autant que cela est possible, j'évite le cauchemar de l'avion et me prive par la même occasion de voyages.

Ceci jusqu'au jour où ma phobie est devenue tellement intense qu'au décollage, j'ai éprouvé la sensation épouvantable que mon visage se déformait ! C'est alors que j'ai décidé de me faire soigner.

1991-1994. Sur les conseils d'une amie, je téléphone au service médical d'Air France et leur expose mon problème. Mon interlocutrice me donne le numéro de téléphone d'une psychologue spécialiste de la peur en avion !

Sceptique, je prends rendez-vous avec cette personne.

Notre premier rendez-vous se déroule dans son cabinet à Air France. J'expose tous les méandres de « ma folie » sans restriction aucune. Marie-Claude D., c'est son nom, répond de façon très précise à toutes mes questions. Elle me donne des petites recettes pour mon prochain vol : me présenter au personnel de bord en leur exposant (brièvement) mon angoisse, dessiner pendant le vol (cela dépolarise l'esprit de la peur), m'imaginer à l'extérieur de l'avion et le regarder voler.

A l'issue de cet entretien, Marie-Claude me propose de faire un stage en simulateur destiné à vaincre ces peurs.

Un an plus tard, je me décide, j'ai un projet de voyage dans le Sud marocain.

1994-1995. Par un matin brumeux de novembre, je me rends dans la zone industrielle de Roissy où doit avoir lieu le stage. J'arrive dans une salle où sont déjà présents deux autres stagiaires. Une femme et un homme. Finalement nous sommes cinq. Sont présents également Marie-Claude et un commandant de bord.

Chacun expose sa peur. Si l'origine du « mal-être » varie selon les individus, nos sensations sont très voisines : impression d'étouffement, tremblements, accélération du rythme cardiaque, peur de bouger dans l'avion, incapacité à accepter le plateau-repas, etc.

Puis on rentre dans le vif du sujet. La première partie de la matinée est destinée à un enseignement « théorique ». Le commandant nous expose de façon très claire, schémas à l'appui, comment les masses d'air agissent sur un avion. A quels tests réguliers est soumis le personnel.

C'est ainsi que j'apprends qu'un avion est inexorablement tiré vers le haut, qu'il repose sur l'air et qu'il est presque plus difficile de faire descendre un avion que de le faire monter. D'où les aérofreins sur les ailes de l'appareil. Un avion, même énorme, si ses moteurs s'arrêtaient, plane pendant une vingtaine de

minutes ! Cela laisse du temps pour plusieurs ma-
nœuvres, etc.

A l'issue de cette partie théorique, notre petit
groupe se dirige vers un des simulateurs où les pilotes
sont constamment entraînés. Le simulateur est une
réplique exacte du poste de pilotage d'un A 340. Un
commandant de bord prend place aux commandes.
L'un des participants est invité à être le copilote et
s'installe sur le siège.

Le premier commandant, celui qui nous a fait la
partie théorique du stage, est à l'ordinateur. C'est lui
qui va programmer les séquences de vol que nous lui
demanderons. Nous choisissons nos destinations :
Hong Kong, Los Angeles, Munich, etc. (l'ordinateur a
en mémoire tous les aéroports du monde ou presque !).
Une fois notre destination choisie, nous décollons.

Chacun des participants rappelle les causes de
son angoisse : fortes turbulences... et si un réacteur
prenait feu... et si un deuxième réacteur tombait en
panne, etc. A cet instant, les alarmes se déclenchent,
le simulateur réagit aux données enregistrées par
l'instructeur. Nous sommes très secoués. Certains
« passagers » réagissent... En réponse, le pilote aux
commandes fait des gestes précis, dénouant rapidement la situation. Cette séance en simulateur dure
environ une heure. Nous volons ainsi vers une dizaine
de destinations, dans des conditions comme jamais
vous n'en connaîtrez ! A la sortie du simulateur, plusieurs pannes ont été passées en revue !

A l'issue du stage, je suis partie pour le Sud marocain.

Le vol s'est déroulé avec des phases de calme et
de peur. Toutefois, ma peur était « gérable ». Chaque
fois que mon imagination prenait le dessus, les souvenirs du stage me revenaient et faisaient ainsi bar-
rage à mes sensations désagréables, les empêchant de
s'étendre.

Dire que le stage est un miracle, non, mais il est
une aide considérable pour voyager normalement,
oui, mille fois oui.

*Cette jeune femme, en rencontrant le commandant
avant de monter dans l'avion, se sentait protégée.
Visage connu, contact personnalisé, elle ne se posait
pas de question. En devenant « un voyageur comme
tout un chacun », elle a perdu ce lien privilégié et a
fait l'expérience de la solitude. Le stage lui a permis
de tisser une nouvelle relation avec l'avion et le personnel de bord.*

L'automate au doigt et à l'œil

*Anne explique ses aventures avec l'avion et vous
fait partager ses peines et ses espoirs.*

Journaliste aéronautique depuis maintenant huit
ans, j'avais, comme on dit, le sens de l'air et une sorte
d'euphorie dès le décollage. Un brin magique, le vol
sur avion privé, sur ULM, sur planeur ou sur jet, allez

savoir ? Ceux qui pilotaient ces machines conçues pour défier les lois de la gravité m'inspiraient une confiance absolue. Quant aux machines elles-mêmes, les machines légères en tout cas, elles me paraissaient plus proches de l'oiseau que du bus. Alors à quoi bon se priver de la contemplation des nuages et des cieux, sans parler des levers de soleil renouvelés lors des vols long-courriers vers la Chine ou les Etats-Unis...

Et puis, j'ai effectué de nombreux reportages, lu nombre d'ouvrages, notamment sur les controverses autour de l'avion tout électronique... Il me semblait que le passage du mécanique au virtuel constituait un progrès à double tranchant en terme de sécurité. Sans doute parce que mes démêlés avec mon ordinateur m'avaient appris les aléas de l'usage des machines, surtout lorsque c'était moi qui étais aux commandes, il faut bien l'avouer. Ma rapidité intellectuelle étant en léger décalage par rapport à mes gestes, beaucoup d'incidents de jeunesse se produisirent : je suis ce qu'on appelle une piètre manœuvrière.

J'avais pu tester, dans mon métier de reporter-passagère auprès de pilotes plus ou moins expérimentés, que la confiance était liée à la capacité manœuvrière des hommes de l'air, à la conscience de leurs limites due à leur entraînement et aussi à leur grande maîtrise des différents paramètres.

Pour moi, cependant, plus on était proche de Blériot ou des premiers Piper, plus la sécurité et la capacité de s'en sortir était évidente. Plus il y avait de la sophistication technique et plus il fallait s'assurer que les hommes ne perdraient pas pied. D'ailleurs, il apparut au fil de mon enquête sur les « avions intelligents » qu'en dernière instance, c'était le pilotage de base qui devait reprendre le dessus en cas de problème avec les calculateurs de vol et que l'équipage et son commandant de bord avaient toujours, en situation dégradée, le dernier mot.

J'effectuai donc le 29 juin un vol en simulateur au centre d'entraînement Airbus de Toulouse. Démonstration concluante, même si, en place droite, je n'en menais pas large et me sentais légèrement stressée par les ordres et les rappels à l'ordre de *Big Brother* ordinateur.

L'après-midi, j'étais embarquée pour un vol d'essai, avant livraison, d'un Airbus A 300 destiné à une compagnie chinoise. Quelques positions inusuelles au-dessus des Pyrénées afin de permettre au Falcon d'accompagnement, bourré de photographes, d'accomplir sa mission. Dans le cockpit, tout était méticuleux, calme, serein. Totale adéquation entre les hommes et la machine. Un vol zen, de plus, les caractères chinois abondants en cabine me faisaient rêver.

Et le lendemain après-midi, alors que j'étais encore à Toulouse, j'appris par la télévision le crash de l'A 330 en vol d'essai.

Ce fut un choc. Une interrogation : était-ce l'équipage d'essai de la veille ? Puis, j'assistai à la funèbre conférence de presse très succincte. En résumé : trop tôt pour tirer des conclusions.

En reprenant l'avion pour revenir à Paris, j'ai

senti mon cœur battre plus vite, plus fort. Et la série des « si » a commencé dans ma tête. J'avais peur.

A partir de là, pour moi, l'aviation moderne, c'était le risque du rêve prométhéen de l'homme de surpasser les dieux en les défiant par la science et non par le combat mesuré avec les éléments...

C'est alors qu'Anne a suivi un stage d'initiation aéronautique qui lui a permis de retrouver la confiance.

Les explications des pilotes et la séance de simulateur l'ont rassurée quant aux capacités des hommes à maîtriser ces nouvelles technologies. Il en résulte une gestion plus pointue, plus économique et plus confortable pour les passagers. Et, surtout, elle a bien perçu la différence entre le pilote d'essai qui vole aux limites de l'avion pour en tracer le domaine de vol et le pilote de compagnie aérienne qui vole toujours en deçà des possibilités techniques de l'avion.

Le carnet de bord d'une ex-phobique

Au départ, Michelle présentait toutes les caractéristiques de la phobie de l'avion. Même la vue d'un avion déclenchait l'angoisse et des réactions d'évitement. Le désir de résoudre ce problème était très fort et elle est venue consulter. Elle a noté les principales étapes qui jalonnent son chemin vers l'envol. Vous pouvez suivre sa trace en lisant son carnet de bord.

1993. J'ai programmé un voyage pour Malaga. Je reste complètement crispée tout le temps du voyage. La perspective du retour me gâche les derniers moments de mon séjour. Pour réduire le temps de vol, nous décidons de repartir par Madrid et nous traversons toute la sierra Nevada pour rejoindre l'aéroport. Le vol vers Paris me paraît interminable. Je ne peux pas regarder par le hublot. Je ne peux rien avaler et je reste agrippée à mon fauteuil.

1994. Un voyage est prévu pour Séville. Il m'est impossible de prendre l'avion.

Juin 1995. Je prends un premier contact avec madame Dentan à la suite d'un article sur le programme antistress aéronautique proposé pour les personnes ne pouvant pas prendre l'avion. Je ne donne pas suite.

Octobre 1995. Des amis me sollicitent pour un voyage en Grèce prévu en avril 1996. Je suis fortement tentée. J'ai envie de connaître ce pays. Je décide de reprendre contact avec madame Dentan.

Novembre 1995. Toutes les sessions de stage sont complètes jusqu'à fin décembre.

Janvier 1996. Un premier rendez-vous avec madame Dentan est fixé. L'entretien a lieu un mercredi matin, et ensemble nous essayons de repérer les situations difficiles et recherchons une stratégie d'amélioration. Comment parler de l'avion ? Quelles émotions cela suscite ? L'entretien se termine par un petit programme d'exercices à faire avant le deuxième entretien prévu en février.

Février 1996. Deuxième rendez-vous. Un point est fait sur le mois écoulé. Nous continuons à traquer les points négatifs et à pointer les données positives. La date du stage initialement prévu début mars est reportée au 3 avril, soit environ deux semaines avant mon départ pour la Grèce.

Mars 1996. Je continue à faire mes « travaux pratiques ». A la mi-mars, je réserve ma place d'avion à Orly. Date du vol : le 23 avril. J'ai le choix entre deux horaires. Je choisis un horaire de départ à 13 heures pour avoir le temps de me préparer et d'arriver tranquillement à Roissy (une heure de transport). Après la réservation des billets à Orly, nous partons sur Roissy. Le temps est beau. Peu de circulation. Nous nous promenons dans le hall du terminal. Nous assistons à des embarquements et à des arrivées. Je consulte les tableaux d'affichage et je repère les comptoirs d'enregistrement d'Air France. Nous terminons cette visite par un déjeuner. Tout en mangeant, nous voyons l'animation des pistes.

A la fin de cette journée, j'ai franchi une première étape : me familiariser avec le lieu de départ.

3 avril 1996. C'est le jour du stage. Je pars à 9 h 30 de chez moi pour un début de stage à 11 h 30. Je préfère prévoir « large » pour éviter d'être stressée. La circulation est fluide ce mercredi matin en direction du nord. J'ai repéré la route hier soir et pourtant je me trompe à un embranchement. Je prends la direction de Soissons et laisse à ma droite la direction de Lille. Je tourne quelque temps dans les banlieues et j'arrive enfin, vers 11 heures, au centre d'instruction. Nous sommes en tout six personnes.

Le stage commence par la partie théorique. L'accueil est chaleureux. Les explications sont simples et claires. Jeu de questions-réponses entre les participants et l'équipe du stage.

13 heures. Nous passons aux travaux pratiques. Je me sens un peu tendue et je crains d'entrer dans le simulateur (reproduction exacte d'un cockpit d'avion). Nous sommes accueillis par deux commandants de bord. L'atmosphère est créée... Décollage, atterrissage, le temps, le lieu s'abolissent. Je suis aux commandes. Nous décollons de Hong Kong. Nous atterrissons à Nice. Les turbulences sont toujours présentes, tempête, orage. Diverses situations difficiles sont abordées. Les deux pilotes répondent à toutes nos questions et parlent avec enthousiasme de leur métier. Il est temps de revenir sur terre. Je sors de ce stage enchantée avec l'envie de m'envoler.

6 avril 1996. Je reçois d'une amie une carte d'un avion d'Air France. Je la place près de mon lit pour la voir chaque matin.

10 avril 1996. Je prépare ma liste pour le voyage. Je choisis les livres à emporter ainsi qu'un petit canevas. Broder est une activité qui me plaît et me détend.

18 avril 1996. Je regarde le magazine de l'aviation « Pégase » sur FR3.

21 avril 1996. Je vais prendre l'apéritif chez des amis pour mettre au point les détails concernant notre départ.

22 avril 1996. Je ressens un peu d'anxiété qui se manifeste par quelques désagréments somatiques. Je fais les derniers préparatifs avant de me coucher.

23 avril 1996. C'est le jour J. Je me lève comme d'habitude. Je pars de la maison à 9 h 30. J'arrive à 10 h 30 à Roissy. Aucun problème de circulation. A 10 h 45, j'enregistre mes bagages. J'informe l'agent de mon stress en avion et du stage que j'ai effectué. Très aimablement, il propose un siège côté allée et me souhaite bon voyage. L'attente dure deux heures dans l'aéroport que j'occupe en alternant promenade et achats divers. Je me sens bien malgré la longue attente.

Enfin, je rejoins la salle d'embarquement et nous franchissons la zone de sécurité. Encore une petite attente et, ça y est, nous embarquons. Je me présente à l'hôtesse de l'air et alors tout va très vite. Le commandant Lacombe et tout son équipage m'accueillent chaleureusement. Le chef de cabine m'offre le champagne. Je serai invitée un peu plus tard dans la cabine de pilotage, me dit-il.

L'avion se dirige tout doucement vers la piste de décollage en attendant l'autorisation de décollage. Tout à coup : pleins gaz. L'avion roule très vite. Le nez de l'avion se lève. Ça y est, je suis dans les nuages, toute surprise. Le voyage se déroule dans une atmosphère de détente et de sérénité. Des turbulences pendant le trajet, mais cela ne me trouble guère. Je déjeune un peu, regarde par le hublot. Autour de moi, quelques places vides, ce qui me donne l'impression d'espace. Je n'arrive pas à me concentrer sur un livre mais je parcours sans problème quelques revues. J'avance un peu mon canevas. Nous approchons d'Athènes. Le commandant annonce, à sa façon, la fin du voyage : « Nous allons bientôt atterrir, la mer est bleue, le ciel est bleu, il fait beau. »

Nous atterrissons. Je ferme les yeux. Quelques secousses et nous sommes à terre.

Les vacances se déroulent sans ombrage. Aucune pensée inquiète pour le retour.

1er mai 1996. Nous repartons en fin d'après-midi d'Athènes. Cet horaire a été choisi pour avoir le temps de me préparer sans avoir à me lever très tôt et pouvoir profiter d'Athènes.

Il y a peu de monde à l'aéroport. Nous faisons un petit tour dans les boutiques et nous embarquons. A bord, les conditions sont plus difficiles, l'avion est plein, l'attente est plus longue avant d'avoir l'autorisation de décoller. Il fait chaud. Enfin, nous décollons. Un moment de flottement qui est rapidement balayé. L'atmosphère est totalement différente mais intéressante à vivre. J'observe beaucoup. Nous atterrissons sans problème à Roissy vers 23 heures.

J'envisage déjà mon prochain voyage, un vol long-courrier.

Je pense maintenant faire partie de la grande famille des gens de l'aviation.

Ces quelques exemples sont tirés des rencontres avec les personnes très diverses quant à l'âge, le sexe, la profession, les motivations, qui sont venues nous consulter. Elles avaient en commun la volonté de surmonter leurs difficultés. Elles ont prouvé que c'était possible. Ce qui les a aidées, c'est l'analyse de leur peur, c'est le fait de ne plus se sentir seuls, c'est l'apprentissage de la gestion du stress et c'est surtout une meilleure connaissance du monde aéronautique. Pour certaines, c'est la guérison. D'autres ont noté les signes d'un « mieux » même si elles l'avouent avec la prudence d'un chat échaudé. Elles sont sur la courbe ascendante. Elles fréquentent toutes maintenant régulièrement les routes du ciel.

Conclusion

Le monde est grand.
Des avions le sillonnent en tous sens,
en tous temps.
Georges Perec[1]

Notre préoccupation a été de trouver les mots pour vous rendre plus familiers les nuages, le vent, les orages.

L'avion a perdu son statut de masse inerte pour

---

1. Perec G., *Espèces d'espaces*, Galilée.

devenir un gentil oiseau mécanique qui obéit au doigt et à l'œil du pilote.

Le monde de l'air n'est plus un vide terrorisant prêt à vous aspirer, mais un espace qui prolonge le monde des terres et le monde des eaux. En avion, vous ne serez guère plus éloigné de dix kilomètres de la Terre, à peine un peu plus haut qu'en montant au sommet d'une haute montagne. Vous commencez à apprendre à penser le paysage à la verticale.

Au décollage, les sensations extraterrestres se sont dissipées, mais vous ressentez encore un petit pincement au cœur. Vous murmurez ces vers d'Apollinaire :

La chenille en peinant sans cesse
Devient le riche papillon.

Qui n'a pas vu un papillon s'extirper lentement de sa chrysalide ne saurait croire combien il est difficile de s'arracher à la terre. Rien d'anormal d'éprouver quelques petites angoisses au moment du décollage. Mais celles-ci seront vite oubliées dès que vous volerez dans le grand bleu. Les notions d'effort et de plaisir s'entremêlent, l'effort ici garantit l'accroissement du plaisir.

Et même si, aujourd'hui, le ciel grimace et manifeste sa mauvaise humeur par des haussements d'épaules inconfortables, vous pensez seulement que Jupiter est bien soupe au lait.

Oubliées pour un temps les contingences de la vie de tous les jours, vous éprouvez maintenant une certaine reconnaissance pour cet oiseau mécanique domestiqué qui vous transporte dans sa course paisible. La Terre est interminable à pied. En revanche, sous l'aile d'un avion, la Terre se fait ronde et vous offre ses paysages et ses cultures. Le ciel vous offre ses couleurs de pastel, ses nuages dorés par le soleil couchant, son lever de lune. Bien calé dans votre siège, vous vous sentez finalement plus à l'abri dans le ciel que sur terre.

Maintenant, quand je suis en avion, c'est comme le soleil après la pluie.

Petit dictionnaire aéronautique

Ce petit lexique ne se veut ni dictionnaire scientifique, ni publication exhaustive.
En écrivant, les auteurs avaient pour principale ambition de faciliter à des non-spécialistes la compréhension de certains termes de ce livre.

Aérofreins ou **spoilers.** Surfaces mobiles situées sur l'aile servant à diminuer la portance de l'avion et sa vitesse. Leur utilisation (généralement à l'atterrissage) est génératrice de légères vibrations.

Aéronaute. Celui qui pratique la navigation aérienne.

Aéronef. Appareil volant plus lourd que l'air (avion, planeur, etc.).

Aérostat. Appareil volant plus léger que l'air (ballon, dirigeable).

Aiguilleur du ciel. Voir Contrôleur aérien.

Aileron. Surface mobile (vers le haut ou vers le bas) placée à l'extrémité de chaque aile et dont la manœuvre déclenche le virage.

Air. Mélange de plusieurs gaz dont les deux principaux sont l'oxygène (21 %) et l'azote (78 %). La fraction restante (1 %)

se compose d'argon, de gaz carbonique, d'hélium, etc.
On y trouve aussi de la vapeur d'eau.

Altimètre. Instrument qui fournit une information de distance
verticale par rapport à une référence choisie par le pilote
(niveau de la mer, niveau de l'aéroport, niveau de référence
standard...). En fait, c'est un baromètre qui enregistre
la pression extérieure et la compare à la pression du niveau de
référence choisi, convertit la différence en altitude sur un
écran gradué en pieds (1 pied = 0,3 m).

Altitude. Distance verticale de l'avion par rapport à un niveau
de « référence-pression », choisi par le pilote.

Altitude de sécurité. Hauteur minimale au-dessous de laquelle
l'avion ne doit pas descendre. Elle est calculée en ajoutant, à la
hauteur du relief local, une marge de sécurité réglementaire.

Anémomètre (ou **badin**). Instrument indiquant la vitesse
par la mesure de la pression exercée par l'air sur l'avion.
Il est gradué en nœuds (1 nœud = 1 mile nautique/heure =
1 852 m).

Annonces. Dialogue standard entre les pilotes visant
soit à demander l'exécution d'une tâche, soit à contrôler
qu'elle a été correctement effectuée.

Assiette. Angle que fait l'axe du fuselage avec l'horizontale.

Atmosphère. Couche gazeuse qui enveloppe la Terre.

Attraction terrestre. Force de gravitation exercée par la Terre.

BEA. Bureau d'enquêtes et d'analyses (description Encadré, chapitre 1).

Becs. Surfaces mobiles situées à l'avant de l'aile que l'on active au décollage ou à l'atterrissage, afin d'améliorer la portance à faible vitesse. Leur manœuvre va de pair avec celle des volets.

Briefing. Effectué par l'équipage avant le vol ou à certains moments précis du vol, il a pour but de préparer les pilotes à un projet d'action commun propre à chaque phase de vol.

Brouillard-brume. Suspension dans l'atmosphère de gouttelettes d'eau plus ou moins microscopiques réduisant la visibilité horizontale.

Cap. Orientation de la trajectoire de l'avion mesurée en degrés depuis le nord, dans le sens des aiguilles d'une montre. Exemples : cap 090° = cap est ; cap 180° = cap sud.

CAT *(clear air turbulence)*. Turbulence en ciel clair qui n'est matérialisée par aucun phénomène visible.

Check-list. Liste de toutes les actions et vérifications à faire avant, pendant et après chaque phase de vol. Exemples : C/L avant décollage ; C/L après atterrissage.

Clearance. Autorisation délivrée par le contrôle aérien.

Commandant de bord. Responsable du bon déroulement de tous les aspects du vol : sécurité, sûreté, conduite de l'avion, application des règles de l'air, passagers, équipage, etc.

Contrôleur aérien. Professionnel chargé de suivre
et de contrôler les mouvements des aéronefs afin d'assurer
la sécurité mais aussi la fluidité du trafic aérien.

CRM *(cockpit resource management).* Nouvel enseignement
dispensé aux pilotes sur les « facteurs humains », visant à
optimiser le travail en équipage.

Densité. Rapport entre la masse d'un certain volume
d'un corps et celle d'un même volume (d'eau ou d'air).

Dépression. Zone où la pression atmosphérique est plus basse
que celle des régions environnantes.

DGAC (Direction générale de l'aviation civile). Administration
placée sous l'autorité du ministre des Transports,
chargée de la réglementation, de la coordination
et du contrôle de toutes les activités aéronautiques civiles
en France ; elle emploie plus de 10 000 personnes.

ECAM *(electronic centralized aircraft monitoring).*
Ecrans qui, dans les nouveaux cockpits baptisés
glass-cockpits (cockpits de verre), ont remplacé les cadrans
et leurs aiguilles.

Extrados. Face supérieure d'une aile d'avion.

Finesse. La finesse d'un avion représente la distance
parcourue en vol plané en fonction de la hauteur ;
elle s'exprime par le rapport :

$$f = \frac{D \text{ (distance)}}{H \text{ (hauteur)}}$$

Exemple : un avion de ligne de finesse 22, lâché sans moteur à 10 km de haut, peut parcourir 220 km.

FL *(flight level).* Niveau de vol qui est exprimé en centaine de pieds.
Exemple : FL 30 = 3 000 pieds ; FL 310 = 31 000 pieds.

Fuseau horaire. La Terre est partagée en 24 fuseaux ou portions de sphère imaginaires. La zone géographique correspondant à un fuseau partage la même heure locale. (+1, +2, etc. ; -1, -2, etc., par rapport au fuseau horaire d'origine où passe le méridien de Greenwich).

Géovision. Système vidéo permettant aux passagers de suivre en temps réel, sur un écran, la trajectoire de l'avion ainsi que différents paramètres du vol (vitesse, altitude, température extérieure, etc.).

Givre. Pellicule constituée de minuscules cristaux de glace qui peut se déposer sur certains éléments de l'avion et altérer ses performances aérodynamiques. C'est pourquoi l'aviation s'en prémunit par des systèmes antigivrage.

Glass-cockpit. Littéralement « cockpit de verre » ; terme utilisé pour les cockpits des avions « nouvelle génération », principalement équipés d'écrans.

Gouverne de direction. Surface mobile verticale située sur la queue de l'avion ; sa manœuvre permet le contrôle du lacet, un peu à la manière d'un gouvernail de bateau.

Gouverne de profondeur. Surface mobile horizontale située

sur la queue. On la manœuvre par une action « avant-arrière »
du manche. Elle permet de monter ou de descendre.

GPWS *(ground proximity warning system)*. Système d'avertisseur
de proximité du sol. Une alarme se déclenche dès que le sol
se rapproche, si les conditions d'atterrissage ne sont pas
réunies ou si la vitesse de rapprochement du sol est trop
importante.

Gravitation. Phénomène physique responsable
des mouvements célestes en vertu duquel les corps s'attirent
proportionnellement à leur masse et en raison inverse
du carré de leur distance. C'est à Newton que l'on doit
la théorie de l'attraction universelle.

Grêle. Petites billes de glace plus ou moins régulières dont le
diamètre est compris entre 5 et 10 mm. La grêle se rencontre
principalement en zone orageuse.

GV (grande visite). Opération de maintenance effectuée
en moyenne tous les sept ans et pendant laquelle l'avion
est entièrement démonté, examiné, contrôlé (durée : environ
deux mois). Il en sort remis à neuf et un vol de contrôle est
effectué avant sa remise en service.

HF. Gamme d'ondes dites « hautes fréquences » qui, grâce
à leur capacité de réflexion sur les couches ionisées
de l'atmosphère, permet des communications à très longues
distances, ce qui peut être très utile aux avions pendant
les traversées océaniques notamment, bien qu'aujourd'hui
les communications satellites tendent à les remplacer.

HLE. Heure limite d'enregistrement, calculée pour permettre à l'avion de partir à l'heure.

Horizon artificiel. Instrument gyroscopique qui permet de connaître son assiette et son inclinaison, sans référence extérieure.

IATA *(International Air Transport Association).* Association internationale des transporteurs aériens. Cette association, créée à La Havane en 1945, est chargée principalement de l'harmonisation des réglementations relatives à l'ensemble du transport aérien entre les compagnies adhérentes.

ILS *(instrument landing system).* Système radio qui donne au pilote l'axe et le plan de descente en vue de l'atterrissage. Il permet de faire une approche jusqu'au sol même avec des niveaux de visibilité très bas.

INS *(inertial navigation system).* Système de navigation par inertie qui offre un mode de navigation précis et totalement indépendant de tout moyen terrestre. Ce système permet un contrôle permanent de la position même au-dessus des régions océaniques ou désertiques.

Intrados. Face inférieure d'une aile d'avion.

Jet ou **courant jet.** Ce sont des vents très forts (de l'ordre de 200 km/h) soufflant entre 5 000 m et 12 000 m. Ils peuvent parcourir de très longues distances et sont le siège d'importantes variations de vent à leur périphérie, ce qui génère des turbulences.

Jet lag. Terme anglais pour « décalage horaire ».

Latitude. Angle formé en un lieu donné par la verticale
du lieu avec le plan de l'équateur.
Exemples : équateur = lat. 0° ; Paris = lat. 48° N ;
pôle = lat. 90° N ou S.

Longitude. Angle formé, en un lieu donné, par le méridien
du lieu avec le méridien de Greenwich et compté de 0° à 180°
à partir de cette origine, + vers l'ouest et - vers l'est.
Exemples : Paris = lon. 4° E ; Montréal = lon. 70 W.

Mach. Rapport de la vitesse d'un mobile à celle du son dans
l'atmosphère où il se déplace. Mach 1 équivaut à environ
1 000 km/h suivant la température de l'atmosphère.

Montgolfière. Aérostat dont la sustentation est assurée
par de l'air chauffé au moyen d'un foyer situé sous le ballon.

Nœud. Unité de vitesse : 1 nœud (*ou knot*) équivaut
à un mille nautique/heure soit 1,852 km/h.

Nuage. Ensemble visible de minuscules particules d'eau
en suspension dans l'atmosphère.

OACI (Organisation de l'aviation civile internationale).
Née de la convention de Chicago, cette organisation
(185 membres en 2000) est entrée en fonction en 1947.
L'OACI a une fonction de réglementation et de législation dans
les domaines techniques du transport aérien
(notamment l'utilisation des avions et des équipages).
C'est un gage de sécurité.

Officier mécanicien navigant. Membre de l'équipage technique assurant la fonction mécanique sur les avions dits « classiques », en équipage à trois.

Officier pilote ou **copilote.** Pilote ayant les mêmes compétences techniques que le commandant de bord dont il dépend hiérarchiquement.

Orage. Les orages sont associés aux cumulo-nimbus et sont le plus souvent accompagnés d'averses de pluie ou de grêle. Ils sont aussi le siège de phénomènes électrostatiques (foudre) et de fortes rafales de vent.

Pesanteur. Attraction exercée par la Terre sur un corps situé à proximité de sa surface. G est la constante gravitationnelle associée à la pesanteur et sert de référence pour la mesure de l'accélération.

Pilote automatique. Système qui déleste le pilote des tâches basiques de pilotage.

Piste. Bande d'un terrain aménagée pour le décollage ou l'atterrissage. Elle est souvent identifiée par un numéro qui correspond à son orientation magnétique. Exemples : piste 27 = 270° ouest ; piste 33 = 330° nord-ouest.

Plan de vol. Ensemble des renseignements définissant un vol (niveau de vol, routes, etc.). Il est signé par le commandant et est transmis aux services de la circulation aérienne qui l'exploitent pour gérer le trafic aérien. C'est le « contrat de route » passé entre le pilote et le contrôleur.

Portance. Résultante des forces aérodynamiques créées sur l'aile par la vitesse de l'air, permettant à l'avion de vaincre l'attraction terrestre.

Pression atmosphérique. Pression exercée par l'air, en un lieu donné, et mesurée à l'aide d'un baromètre. Au niveau de la mer, la pression atmosphérique est en moyenne de 1 013 hPa (hectopascals). Elle diminue avec l'altitude.

Pressurisation. Système de gestion de l'air compressé issu des réacteurs. Il permet de reconstituer un air respirable (comparable à l'air qui serait respiré à une altitude de 1 500 à 2 000 m), et ce quelle que soit l'altitude de l'avion.

Radio balise. Radiophare utilisé comme aide à la navigation par les avions.

Simulateur. Représentation exacte de la cabine de pilotage d'un type d'avion. Il permet de reproduire les conditions de vol de façon réaliste et d'entraîner les équipages à résoudre toutes les pannes possibles.

Spoiler. Voir Aérofreins.

TCAS *(traffic collision avoidance system).* Système anticollision informant l'équipage de la position des avions se situant à proximité et permettant une manœuvre d'évitement coordonnée, si nécessaire.

Tropopause. Niveau où la température de l'atmosphère cesse de décroître pour rester stationnaire ou bien augmenter. La tropopause se situe vers 11 000 mètres d'altitude. Il y règne une température de - 56 °C. C'est la limite verticale des nuages convectifs (cumulo-nimbus).

Troposphère. Couche de l'atmosphère qui enveloppe la Terre et dans laquelle évoluent les avions subsoniques.

V1, Vitesse de décision. Vitesse associée au décollage avant laquelle, en cas de panne, le commandant prend la décision d'interrompre le décollage.

Variomètre. Instrument indiquant la vitesse verticale de l'avion (Vz), généralement gradué en milliers de pieds par minute.

Veritas. Organisme chargé par l'administration française de veiller au maintien en état de navigabilité des aéronefs immatriculés en France.

VHF. Bande de fréquence radio comprise entre 118 et 136 MHz utilisée par les aéronefs pour communiquer sur des distances moyennes (jusqu'à 400 km).

Volet. Dispositif placé sur le bord de fuite (partie arrière) de l'aile, que l'on déploie au décollage et à l'atterrissage. Ces volets permettent d'augmenter la sustentation à faible vitesse. Leur but est de diminuer les vitesses de décollage et d'atterrissage. Ils peuvent avoir des braquages différents, exemple : volet 5°, volet 20°.

Bibliographie

Ackerman D., *Le Livre des sens*, Grasset, 1990.

Albert E., *Comment devenir un bon stressé*,
Odile Jacob, 1994.

Albert E., Chneiweiss L., *L'Anxiété au quotidien*,
Odile Jacob, 1992.

André C., Lelord F., *L'Estime de soi*, Odile Jacob, 1999.

Bach R., *Jonathan Livingston le goéland*, Flammarion, 1975.

Barrois C., *Les Névroses traumatiques*, Dunod, 1988.

Besse J., Fournié A., Renaudin M., *Météorologie aéronautique*,
tome 3, ENAC, 1986.

Bezanger C., *Météorologie du pilote de ligne*,
Institut Jean-Mermoz.

Buffet J.-M., *Les Avions intelligents et vous*,
éd. Sees, 1993.

Coelho P., *L'Alchimiste*, Anne Carrière, 1994.

Cottraux J., *Les Thérapies comportementales et cognitives*,
Masson, 1990.

Dentan M.-C., « Le personnel navigant face à la piraterie
aérienne », thèse de doctorat de l'université de Reims Cham-
pagne-Ardenne, 1992.

Dentan M.-C., « Stress et adaptation », in *Briefings*,
IFSA-Dédale, 1992.

Gras A., *Grandeur et Dépendance, Sociologie des macro-systèmes techniques*, PUF, « Sociologie d'aujourd'hui », 1993.

Gras A., *Les Macro-systèmes techniques*, PUF,
« Que sais-je ? », 1997.

Gras A., « Qu'est-ce qu'une route ? », *Cahiers de médiologie*, n° 2, 1996.

Le Scanff C., « L'esprit incorporé », in *Le Corps surnaturé*, Autrement, 1992.

Morris D., *Le Singe nu*, Grasset, 1968.

Nardone G., Watzlawick P., *L'Art du changement*, L'Esprit du temps, 1993.

Perec G., *Espèces d'espaces*, Galilée, 1974.

Platon, *Timée*, Flammarion, 1969.

Rivolier J., *L'Homme stressé*, PUF, 1989.

Rivolier J., *L'Homme dans l'espace*, PUF, 1997.

Saint-Exupéry A. (de), *Terre des hommes*, Gallimard, 1953.

Sandori P., *Petite Logique des forces, Constructions et machines*, « Points », Seuil, 1983.

Sauteraud A., *Je ne peux pas m'arrêter de laver, vérifier, compter*, Odile Jacob, 2000.

Schultz J.H., *Le Training autogène*, PUF, 1958.

SFACT, *Manuel du pilote d'avion, Vol à vue*, Cepadues éditions, 1980.

SFACT, *Manuel du pilote, Vol à voile*, Cepadues éditions, 1981.

Vaillant R., *Météo plein ciel*, Teknéa, 1990.

Verne J., *Le Tour du monde en quatre-vingts jours*, Hetzel.

Vesters F., *Vaincre le stress*, Delachaux & Niestlé, 1979.

Vinci Léonard (de), « Du vol, Machines volantes », in *Carnets*, Gallimard.

Liste des illustrations

Les illustrations ont été réalisées par l'Atelier Grizou.

Adresses utiles

RÉGION PARISIENNE

Centre antistress aéronautique Air France

1, avenue du Maréchal-Devaux

91551 Paray-Vieille-Poste cedex

Tél. : 01 41 75 25 05

Fax : 01 41 75 16 44

Centre médical d'Air France

Service de vaccination

Aérogare des Invalides

2, rue Esnault-Pelterie

75007 Paris

Tél. : 01 36 68 63 44

Minitel 3615 Code VACAF

Hôpital Fernand Vidal

Consultation contre l'anxiété et les phobies

200, rue du faubourg Saint-Denis

75010 Paris

Tél. : 01 40 05 42 08

Hôpital Laennec

Consultation contre l'anxiété

42, rue de Sèvres

75007 Paris

Tél. : 01 44 39 69 99

Hôpital Saint-Antoine

Service de l'anxiété (assistance suite
à un traumatisme majeur)

184, rue du faubourg Saint-Antoine
75571 Paris cedex 12
Tél. : 01 49 28 26 45
Hôpital Sainte-Anne
Traitement des phobies (thérapies cognitives
et comportementales)
100, rue de la Santé
75014 Paris
Tél. : 01 45 65 80 00
**AFTCC (Association française de thérapies
cognitives et comportementales)**
100, rue de la Santé
75014 Paris
Tél. : 01 45 88 78 60
Fax : 01 45 89 55 66
Institut français d'action sur le stress
(Docteur Abusubul, Docteur Chneiweiss, Docteur Tanneau)
5, rue Kepler
75116 Paris
Tél. : 01 53 23 05 20
Préventis
(spécialisé gestion du stress et de l'anxiété)
55, avenue Marceau
75116 Paris
Tél. : 01 48 74 12 47
Fax : 01 56 89 26 27
e-mail : preventis-sante@wanadoo.fr

PROVINCE
BORDEAUX
CH Perrens, UICA, consultation de l'anxiété
121, rue de la Béchade
33076 Bordeaux cedex
Tél. : 05 56 56 17 32
Fax : 05 56 56 35 41
CAEN
CHU, Centre Esquirol,
Consultation de l'anxiété
Côte de Nacre
14000 Caen
Tél. : 02 31 06 44 27 ou
Tél. : 02 31 06 44 31
LILLE
CHU, Clinique de l'anxiété
57, boulevard de Metz
59037 Lille cedex
Tél. : 03 20 44 41 78
Fax : 03 20 54 78 20
LIMOGES
Centre hospitalier Esquirol
15, rue du Docteur-Marchaud
87025 Limoges cedex
Tél. : 05 55 43 11 00
Fax : 05 55 43 11 11
LYON
Hôpital Edouard Herriot
Service du professeur Herzberg
69437 Lyon cedex 03
Tél. : 04 72 11 78 15

MARSEILLE
Hôpital Sainte-Marguerite
270, boulevard Sainte-Marguerite
13009 Marseille
Tél. : 04 91 74 40 82
Fax : 04 91 74 37 41
NANTES
Hôpital Saint-Jacques
Service du professeur Besançon
85, rue Saint-Jacques
44000 Nantes
Tél. : 02 40 84 63 96
NICE
Hôpital Pasteur
30, avenue de la Voie romaine
06002 Nice cedex
Tél. : 04 92 03 77 52

Remerciements

Nos remerciements vont d'abord à tous nos clients qui ont fait l'effort de venir nous voir et de réfléchir à l'origine de leurs peurs. Ce sont eux qui ont posé les questions et qui ont ainsi tracé la trame de ce livre. Nous témoignons de la gratitude, notamment à Anne, Isabelle, Michelle, pour leur témoignage.

Le groupe Air France tient une place importante dans ce travail puisque c'est dans le cadre de son centre antistress qu'ont été élaborées les bases de ce livre. Nous sommes reconnaissants au président Jean-Cyrille Spinetta, et au directeur général France, Christian Boireau, qui ont toujours défendu le droit à la sérénité des clients qui empruntent les lignes de la compagnie. Leur appui nous a beaucoup aidés. Nos remerciements vont aussi à Daniel Mayran pour l'espace de communication qu'il a su favoriser au sein de l'entreprise ainsi qu'à l'équipe médicale du Service d'assistance aux passagers pour sa collaboration. Agnès Gascoin et ses collaborateurs tiennent aussi une place importante dans cette démarche.

Bien des aspects de ce travail reflètent un travail d'équipe. Nos remerciements vont aux pilotes qui ont apporté leur savoir technique, leur remarquable sens pédagogique pour faire comprendre à des non-

initiés le domaine aéronautique : Eric Adams, Héry
Andriant, Jean-Michel Bastard, Christian Bézanger
(qui nous a apporté sa double compétence de pilote
et d'ingénieur météorologiste), Stéphane Cabarrocas,
Christophe Cuny, Jean-Louis Françon, Virginie
Frendo, Laure Houédé, Luc Gramsch, Sylvie Granger,
Charles Lanata, Cristel Morlot, Michaël Richard, Michel
Vasseur, à Carolle Grangier, Anne-Charlotte Savarit
pour leur expertise de chef de cabine, à tous les
membres de l'équipe du centre antistress aéronautique
et plus généralement à tous les pilotes, hôtesses et stewards qui prennent à cœur de faire partager leur sérénité en vol.

Nous tenons enfin à remercier l'ENAC (Ecole nationale de l'aviation civile), le SFACT (Service de formation aéronautique et du contrôle technique), l'Institut
aéronautique Jean-Mermoz, qui nous ont donné leur
accord pour reproduire certains de leurs schémas.

Le Livre de Poche s'engage pour
l'environnement en réduisant
l'empreinte carbone de ses livres.
Celle de cet exemplaire est de :

800 g éq. CO_2

Rendez-vous sur
www.livredepoche-durable.fr

PAPIER À BASE DE
FIBRES CERTIFIÉES

Composition réalisée par INTERLIGNE

Achevé d'imprimer en juin 2017 en Espagne par Unigraf
Dépôt légal 1ª publication : octobre 2003
Edition 09 - juin 2017
LIBRAIRIE GÉNÉRALE FRANÇAISE - 21, rue du Montparnasse - 75298 Paris Cedex 06.

30/1632/6